"今天天晴，光线好，取景框
移过黛瓦青砖，移过岸边的垂柳，
移过杂七杂八的物件，移过熙熙
攘攘的行人，最后框住了不远处
的某个人。"

有爱的青春陪伴者

全球升温

Zoody 著

江苏凤凰文艺出版社
JIANGSU PHOENIX LITERATURE AND ART PUBLISHING

图书在版编目（CIP）数据

全球升温 / Zoody著. -- 南京 ：江苏凤凰文艺出版社，2024.6
ISBN 978-7-5594-8450-5

Ⅰ. ①全… Ⅱ. ①Z… Ⅲ. ①长篇小说－中国－当代 Ⅳ. ①I247.5

中国国家版本馆CIP数据核字(2024)第008412号

全球升温

Zoody 著

责任编辑　王昕宁
特约编辑　张　磊　伍　利
责任校对　言　一
出版发行　江苏凤凰文艺出版社
　　　　　南京市中央路165号，邮编：210009
网　　址　http://www.jswenyi.com
印　　刷　天津睿和印艺科技有限公司
开　　本　880mm × 1230mm　1/32
印　　张　9
字　　数　241千字
版　　次　2024年6月第1版
印　　次　2024年6月第1次印刷
书　　号　ISBN 978-7-5594-8450-5
定　　价　45.80元

目录

THE TABLE OF CONTENTS

全球升温

QUAN QIU SHENG WEN

目录

THE TABEL OF CONTENTS

全球升温

QUAN QIU SHENG WEN

Quan qiu
shengwen

楔子

烟雨暗千家，这样的画面在诗人笔下总是美轮美奂，但放到现实中看就不见得了。

水雾弥漫，商业街上行人稀少，垂杨亦无精打采。

温誓撑着伞赶路，衬衫被雨打湿贴在胳膊上，冰凉黏腻，叫人不舒服。

要不是那物件他已经眼巴巴地等了大半个月，他绝不会在这样的天气出门。

口袋里的手机“叮叮”两声，估计是任瑜在催他，温誓腾不出手，没管，只是加快了脚下步伐。

一路走到璟瑜轩，他裤脚管也潮了，收了伞立在木门边，他没急着进去，先拿出方巾擦了擦眼镜。

任瑜在里头瞧见他的身影，赶忙出来迎，男人的声音和门缝一同打开：“我说大少爷啊，你还能来得再慢一点吗？”

温誓重新戴上眼镜，原本清隽的眉眼被遮了几分。

他张口就问任瑜：“货呢？”

“里头。老孙刚打电话来说到巷子口了，可别被他抢了。”

温誓朝他笑笑，说：“不会。”

任瑜绕到柜台后，拿出一张方布摊开在桌面上，里头包着五六枚铜币：“你看看，都是大样，这颜色也漂亮，我估摸着得四位数。”

温誓拣起其中一枚拿在手中。钱币外圆内方，上头刻着“乾隆通宝”四字，铜质黄亮，字口清晰，也没什么磕碰留下来的瑕疵。

越仔细端详，他嘴角的弧度越弯，镜片上倒映着钱币折射出来的微光。

“确实是好东西。”温誓放下铜币，“我都要了。”

他话音刚落，木门又被打开，走进来一个盘着串珠的中年男人，一开口也是同样的一句：“货呢？快给我看看。”

任瑜勾起嘴角坏笑，一副看热闹不嫌事大的表情，挑火道：“温老师刚全部要走，老孙你太慢了！”

孙茂林难以置信地瞪大眼睛，指着温誓问：“你小子全要了？”

温誓把方布小心地折叠收好：“对。”

璟瑜轩就这规矩，到店验货，先到先得，不提前透图，也不接受预订。

孙茂林问：“一个都不给我留啊？”

温誓嘴上说了声“抱歉”，可脸上那笑里可没一点不好意思。

孙茂林懊恼地“哎呀”了一声，伸出手说：“那也让我看看啊，看两眼总行吧？”

“算了吧。”温誓拍拍他的肩，“怕你看了心里更不舒服。”

任瑜在一旁乐得笑出声，就喜欢看这种场面。

他数落老孙道：“消息我可是统一发到群里的啊，谁让你跑不过人家。”

“他多大岁数，我多大岁数。”孙茂林又把枪口对准任瑜，“你以后照顾照顾我们这些老年人，给我们早发三分钟行不行？”

任瑜笑得露出一口白牙，摆摆手不买账：“你一冬泳健将算哪门子老年人？都没到退休年龄，我不认。”

温誓把东西收进口袋，不想留在这儿和他们闲聊，毕竟怀里揣着宝贝，这儿还有匹垂涎的饿狼。

看他迈步要往门外走，孙茂林朝温誓喊：“就走啦？怕我抢啊？”

温誓没回头，笑着留下一句：“好东西当然得自己偷着乐。”

他话里头那有意无意的嘚瑟让孙茂林气不打一处来。任瑜拍拍老孙的肩，安慰他过两天还有批货，让他别着急。

来时脚步匆匆，狼狈地淋了一身雨，离开璟瑜轩后，温誓沿着原路返回，这次闲庭信步，心情大好，再看眼前的朦胧雨景都觉得浪漫了起来。

此时不过才清晨七点多，只有早餐铺冒着热气早早开始营业。

他一醒来看见微信消息就赶过来了，还没来得及吃早饭，温誓走进去，向老板要了份招牌生煎。

小店里客人还不少，他找了张空位坐下，对面是个年轻女人，看样子也是刚来。

没一会儿，老板娘端上两盘生煎："来，这是你俩的。"

温誓把其中一份挪到自己面前，从竹筒里抽了一双筷子，小心戳破生煎包的表皮，鲜香浓郁的汤汁瞬间流出。

他刚要俯身张嘴，就看见有一道什么东西在空中划过弧线，溅到了自己身上。

温誓蒙了瞬，缓缓低下头，看了看衬衫上的油渍，又抬眸看了看对面的人。

对方一手握着筷子，嘴里还咬着一颗生煎包，目光呆滞，像是被定格住了。

"对不起！"反应过来后，女人赶紧丢下筷子，慌张无措下抽了好几张纸巾递给他。

温誓笑了笑，并未生气："没事。"

对方用水打湿纸巾想帮温誓擦，被温誓伸手挡住，说："不能碰水，会更难洗掉的。"

"哦。"女人讪讪收回手，"不好意思啊，我赔钱给你吧。"

"不用，真的没事，能洗掉的。"温誓简单擦了擦，对袖子上的油斑并不在意，"快吃吧。"

他重新拿起筷子，笑着加上一句："记得第一口咬小一点啊。"

女人点点头，想想还是过意不去，又向老板要了一碗桂花赤豆圆子送给温誓。

她吃起来速度很快，没一会儿盘子就空了，抽了张纸巾擦嘴，走之前又对温誓说了声："对不起啊。"

温誓也只好再说一遍："没关系。"

因为多吃了碗赤豆圆子，温誓站起来就感到撑了。

他走出早餐铺，放慢步速。那碗赤豆圆子对他来说太甜了，吃饱过后更觉得腻。

街边店铺陆陆续续地开了门，一家木工坊亮着灯，温晳无意间往里瞥了眼，目光却没收得回来。

他知道这家店，也路过无数回，今天却发现了点不一样的东西。

隔着落地玻璃窗，温晳看见了刚刚早餐铺里的那个年轻女人，穿着黑色 T 恤和宽松背带裤，黑发在后脑勺盘成一个松松垮垮的丸子头，一手锤子一手铲刀在给木头砸凹槽。

没想到她还是个小木匠。温晳停下脚步，饶有兴致地观摩起来。

在温晳的印象里，干木工的都是些老匠人，头一次见这样的年轻姑娘拿起铲刀削木头，画面说违和倒也不违和，挺新鲜的。

想到她刚刚咬着生煎包的傻眼表情，温晳弯唇笑了笑。

以为是个大大咧咧的性格，做木工的话，手艺好不好？

雨还在下，沿着伞面滴落在路边坑坑洼洼的水塘里。

屋里的人抬手把一缕发丝撩到耳后，停下来喘口气，温晳察觉自己停驻的时间过长，便收回目光，撑伞继续往前走。

整个周末都泡在雨水里，周一清晨却升起太阳，气温随着晴空万里一下子飙升，才四月就着急得像要入夏。

早些年刚接触古玩的时候，温晳很喜欢收集一些具有年代感的旧书，但后来又渐渐觉得这东西没意思，不仅占地方、易损坏还不值钱，他抽空整理了一下，打算都转手卖出去。

今天下午约着见面的就是一旧书收藏家，本职工作是高中历史老师，也是温晳以前的同事，想要他手上一本卢梭的《漫步遐想录》，还问他手头有没有古籍。

地点约在街头的松月茶室，清雅的店铺挨着一棵柳树，门口挂着两盏灯笼，纸面上画着花卉草木。

温晳走到门口，站在屋檐阴头下，拿出手机查看微信消息。

“哎，让让。”有两人抬着一张木桌走过来。

温晢抬眸，发觉自己挡了人家的路，赶紧往后退一步，给他们腾出位置。

唐老师还没回他的消息，看样子还在路上。

温晢摁灭手机屏幕，偏头往屋里张望一眼。

抬桌子的女人突然停下脚步，也回过头来。

两人目光对上时，温晢并没有一下子认出她来。对方朝他微微点了下头，又继续往前走。

那一瞬间温晢才想起来，是她。

她今天和那天又不太一样，上半身穿着件紧身T恤，下半身是宽松的军绿色工装裤，露出一截腰，黑发扎成马尾，手臂的肌肉线条清晰可见。

连温晢自己都没发觉嘴角是什么时候翘起的，目光一直追着人家的背影直至消失在屏风后。

他那时没想太多，只知道他和这个人不能再算陌生。

茶刚端上桌，几分钟后唐老师到了。

两人简单打了招呼，温晢把带来的东西放到桌上，先递给他那本《漫步遐想录》：“你看看。”

旧书封面边缘已泛黄，纸页捏在手里也薄脆，唐海小心翼翼地捧着，翻看扉页和目录：“对，就是这本。”

温晢把另一沓书也推给他，说：“古籍在这儿，我看都破损得挺厉害的，你确定要吗？”

唐海笑了笑，告诉他：“就要破的。我一个学生现在在大学里学文物修复，他们上课要用。”

“哦。”温晢了然地点点头，“那我回去再找找，有的话再联系你。”

“行。”

唐海说下午学校要有课，茶只喝了半盏就起身离开了。

温暂不想辜负这大好晴天，本身又是闲人一个，留了下来继续品茶。

松月茶室之所以闻名遐迩，也不全靠好茶和美食。

老板娘吴松月总爱穿着各式各样的改良旗袍，五官不说多精致漂亮，但一颦一笑韵味十足。

她从台阶上走下来，指着楼梯下的一块空间对身后的人说：“就这儿，你看做个架子，给我放放花草怎么样？”

“养花就算了吧，这儿都照不到太阳。要不我给你打个柜子，装装餐具什么的？”

“也行，你看着来。”

温暂看着那女人拿出卷尺，一边量一边在本子上记录数据。

金黄阳光洒在桌上，将茶杯里的水波映得透亮。

好景都在窗外，他却一个劲盯着那昏暗的小拐角，也不知道有什么好看。

等恍恍回过神，温暂拿起手边的茶杯浅抿了口，茶已经凉了，味道发涩。

他放下茶杯，起身离开了茶室。

第一章

益木坊

方潋把木棍插进竹蜻蜓叶片中心的小孔，轻轻吹了吹白胶，放到桌上等它自然干。

陈御回来了，扬着张笑脸，凑到方潋身边看了眼：“哟，小叮当啊。”

他伸手要来拿竹蜻蜓，被方潋拍手打断：“没干呢，别瞎动。”

陈御摸了摸自己的手背，对她说：“姐，我问你，有个客人想拿图片找你定做一个小木雕，你给不给做啊？”

方潋毫不犹豫地拒绝：“不给。”

“行吧。”陈御也猜到会是这个答案，套上工作围裙，去帮师父李肃元打下手。

方潋拿衣服擦了擦眼镜，找了块新木头，想再做个托盘。

元叔在外头锯木板做架子，店里时常充斥着各种各样的杂音，待久了也听习惯了，不觉得吵。

陈御的姐姐在附近开了一家家居生活馆，卖些餐具、香薰之类的杂物，方潋空闲时会雕些小东西，再被陈御带去店里卖。

她低下头，后颈的棘突隆起，几根碎发贴在皮肤上。

这种手艺活需要全身心投入，方潋盯着手中的木块，用曲线锯沿着画好的轮廓线小心切割。

十一点多，田柠在外头喊：“开饭了。”

“来了。”方潋应了一声，放下手里的工具抬起头，这才感觉到颈椎的酸痛。

她握拳捶了捶肩，起身收拾杂乱的工作台。

一早上总共做了三只竹蜻蜓，这玩意儿还挺好卖的，做起来也简单，方潋把它们收进盒子里，放到置物架上。

目光瞥到一个小木盒，方潋想把它换个地方，拿到手里却发现重量不对。

她心下一紧，赶紧打开盖子，里头果然空无一物。

方潋几乎是冲到陈御面前，问：“你动这盒子了？”

陈彻看了眼，回答说："对啊，你早上说东西在架子上让我自己拿的啊。"

方潋懊恼地闭了闭眼。

陈彻意识到不对劲，紧张道："姐，怎么了？我干坏事了啊？"

"没，我的错。"

李肃元拿着碗筷走出来，刚刚在厨房就听到外面的动静了，他问方潋："怎么了丫头？"

"你们先吃吧，我去趟陈晨店里。"方潋说完就快步朝门外走。

陈彻叫住她："哎，姐，我陪你去吧。"

方潋头也不回："不用。"

李肃元看见桌上那雕着花纹的小木盒，问陈彻："你把这里头的东西拿去卖了啊？"

陈彻点点头："对啊。"

李肃元拿起空空荡荡的盒子，"哎呀"了声："这可不好了，这盒子和里头的东西都是她爷爷做的。"

"啊？"陈彻五官扭曲在一起，害怕得攥住田柠的胳膊，"那完了，姐回来肯定要杀了我。"

田柠拍拍他，安慰道："不会的啦，而且就那么一会儿，肯定找得回来。"

晨晨小铺和方潋的益木坊虽然在一条街上，但一个在街头一个在巷尾，她一路赶过来，脚步没停过，走到门口时累得叉腰直喘气。

"陈晨姐。"方潋扶着门框朝里头喊。

陈晨听到声音，从柜台后起身走出来："潋潋啊，陈彻刚给我发消息了。"

方潋吞咽了一下，问她："东西呢？都在吧？"

"卖掉了几个。"陈晨带她到货架边上，"你看看。"

架子上摆着七七八八的小木雕，以猫狗等动物居多，有的是方溦自己做的，有的是方学益从前雕了给她玩的。

方溦能分清哪些新哪些旧，她把方学益做的那部分一个一个挑出来，捧在怀里仔细清点，眉头越皱越紧。

偏偏少了件最重要的。

方溦属鼠，前年生日时，方学益特地雕了只抱着板栗的小老鼠，那也是他生前做的最后一件东西。

其他东西没了倒还好，但这件万万不行。

方溦深呼吸让自己保持冷静，问陈晨：“你还记得是谁来买的吗？那只老鼠。”

“老鼠啊？”陈晨回想了一下，“哦哦哦，我记得，是个男的，他还来问我这个是不是自己做的，能不能拿图定制。”

方溦继续问：“是熟客吗？”

陈晨摇摇头：“但我认识他，好像是隔壁任老板的朋友。”

“能帮我要个联系方式吗？”

“行。”陈晨爽快地答应。

“你别担心啊，肯定找得回来。”陈晨一边说一边往门口走。

没一会儿，她再回来时，手上拿着张便利贴，告诉方溦：“任老板刚刚打他电话没接，你急吗？我把他地址也要来了。”

方溦接过便利贴：“谢谢。”

急倒是不急，一块小木头总不会消失不见，但不找回来她这颗心就浮在半空下不来。

方溦垂眸扫了眼纸上的字，听河路 7 号独栋别墅。

她挑眉，心情有些微妙。

听河路离这儿有四五公里，方溦把便利贴折好揣进口袋里，挥手向陈晨告别。

回益木坊后她没立刻进门，而是一拐弯去了街对面的文身工作室。

李萤坐在门口，看见她来了，喊了声“姐”。

方潋问：“张潮呢？”

李萤朝上指了指：“楼上。”

方潋走上二楼，张潮那间屋子的门开着，没客人，他在画图。

她站在门口敲了敲门，张潮抬起头看过来。

他俩见面用不着打招呼，方潋朝张潮摊开手，直接就说：“车借我一下，去个地方。”

张潮打量她一眼，没多问，拿起桌上的车钥匙抛给她：“小心点开啊。”

“知道了。”好久没开他的车，方潋发现钥匙上绑的挂坠还是她做的那个，一根木头胡萝卜。记得那会儿她懒得给它上色，忽悠张潮说保留原木颜色才好看，送了人家一半成品。

张潮看见她在盯着那钥匙扣，启唇说：“用惯了。”

方潋收回目光，扯了下嘴角：“回头给你做个新的。”

张潮管自己那辆杜卡迪叫“老婆”，方潋知道他宝贝，也不敢开太快。

到了听河路口，她把车停在绿树下，步行进去找那栋别墅。

树上栖息着麻雀，沿路栽种着桂花树，只是还没到花开的季节，枝头只有绿叶繁茂。

方潋绕了一大圈才找到大门口，也才发现自己有多蠢，这片儿其实都是人家的地。

她见过别墅，但没见过占地面积这么大的——徽派建筑风格打造的中式别院，门口摆着石狮子，踮起脚还能从围栏后看见院子里的假山和池塘。

气派毋庸置疑，却不是富丽堂皇的那种类型，清秀隽永，又威严不可触犯。

简直是皇宫啊！方潋在心里想。

在门口攥着手做了一会儿心理预设，方潋方才鼓起勇气踏上石阶，抬手摁响门铃。

很快，大门打开，走出来一个五十多岁的男人，面容看上去慈祥温和，方潋猜他是管家一类的角色。

“你好。”对方朝她笑了笑。

方潋捏着便利贴问：“请问温誓先生是住在这里吗？”

“对，你找他什么事？”

方潋向他道明来意：“我有件重要的东西不小心被他买走了，想找他要回来。”

“哦。”管家点点头，伸手请她进屋，“你先进来吧，我去帮你喊他。”

方潋跟着他跨过门槛，再好奇也不让自己东张西望，怕显得没见过世面。

房子和大门口隔着一片花园，屋里的人围坐在一起，应该是在吃午饭。

方潋站在院子里，看见管家进屋后和一个男人说了些什么，然后桌上的人都朝她这个方向看了过来。

她偏过脑袋挠了挠脖子，对那些汇集在身上的目光感到有些不适。

这院子里草木丛生，她今天穿了条五分裤，不知道是不是被蚊子咬了，小腿上有块皮肤痒得厉害，她又不好意思弯腰去挠。

屋里的男人起身走了出来，身形瘦高，穿着黑色短袖和杏白色长裤。

方潋觉得他看起来有些眼熟。

“你找我？”等男人走近，两个人四目相对后都一愣。

“是你啊。”方潋莫名感到松了口气，问他，“你叫温誓？”

“对。”温誓又往前走了两步。

两个人面对面站立，他问：“怎么了？”

“是你今天早上从晨晨小铺买走一只木雕老鼠吗？”

温誓点头：“对。”

方溦向他解释："不好意思啊，我店里的人搞错了，那个不是卖的，能麻烦你把它还给我吗？我把钱退给你。"

温誓耐心听她说完："这样啊。"

他留下一句"你在这儿等等"，就又回了客厅，再出来时怀里抱着一个小男孩，手里正抓着那只木雕老鼠。

"是这个吗？"温誓握着小男孩的手问她。

方溦点头："对。"

温誓嘴角翘起弧度，告诉方溦："这是我买来送给我外甥的生日礼物。"

"哦。"方溦眼睛盯着那小老鼠，没心情和他闲聊，只想快点把东西拿回来。

温誓又说："他挺喜欢的，我刚刚问他要他还不给，只能连人一起抱出来了。"

方溦提起肌肉僵硬地笑了下，心里有种不太好的预感。

温誓笑着问："怎么办啊？"

方溦说："那我直接上手抢了啊。"

温誓愣住："啊？"

"他哭了别怪我。"

温誓轻笑了声，颠了颠怀里的小孩，两个人脑袋凑着脑袋说了句什么悄悄话。

"给姐姐吧。"他说。

小男孩没哭也没闹，乖乖伸出手，把东西递给方溦。

方溦微微睁大眼睛，心想这不是很简单的事吗？

她接过木雕，另一只手从裤子口袋里拿出手机："谢谢你啊，我把钱退给你。"

"不用。"温誓说，"小钱，还麻烦你跑一趟。"

方溦摇了摇头："是我打扰你了。那这样吧，你下次去店里随便挑一个。”

她顿了顿，又改口说：“两个。今天我就先走了。”

转身的时候方潋迅速屈膝抬腿伸手抓了下小腿后面的那块皮肤，果然是被蚊子咬了，已经肿起一个小块。

“哎，等等。”温誓弯腰把外甥放到地上，让管家来牵他回去。

方潋直起身回过头，温誓问她：“你认识出去的路吗？”

方潋诚实地摇了摇头。

温誓还是嘴角挂着笑，过来给她带路，问她：“你怎么来的？”

“开车。”

“哦。”

这么并肩走在一起不说话总觉得有些尴尬，方潋挠挠胳膊，随便拣了个话题问旁边的男人：“你外甥多大了啊？”

温誓回答说：“两岁。”

方潋算了算：“他也属老鼠啊？怪不得。”

温誓一听，问她：“你也？”

“对。”

温誓点点头，嘀咕了句：“二十六。”

跟着温誓走出来，方潋才知道自己刚刚绕了多大一圈远路。

到路口时，温誓左右张望了圈，问：“你的车呢，停哪儿了？”

方潋抬手指了个方向：“就那儿。”

温誓的目光跟过去，看见树荫底下的那辆黑红配色的机车后整个人怔了两秒。

“这……你的啊？”

“嗯。”方潋走到车边，腿一跨坐上去，戴好头盔，朝他挥了下手，“走了啊。”

机车发动后噪音极大，在这片僻静的别墅区显得非常突兀。

那潇洒的身影就很快消失不见，温誓沿原路返回，走着走着，蓦地弯唇笑了。

他仍旧没想太多，只觉得这人挺特别的，让人想认识。

小腿上的蚊子包越来越痒，存在感极强，在十字路口遇到红灯，方潋停下车，用力挠了两下，直到火辣的痛感把痒意覆盖。

上次骑车应该都得一年多前了，短短十几分钟的路程也开不爽快，更何况是在车水马龙的城市街道上。

方潋把车停在张潮的工作室门口，没进去，将车钥匙给了李萤。

脚步匆匆地回到益木坊，她径直走向收纳柜，从里头翻出花露水往腿上猛喷了两泵。

陈彻看见她回来了，赶紧停下手中的活，提声喊："东西都找回来了吧？"

方潋"嗯"了声。

那小木雕被她装在口袋里，方潋拿出来，摸了摸"老鼠"的脑袋。方学益的手艺没话说，连老鼠抱着板栗的餍足表情都雕得活灵活现。

她将木雕握在手里看了会儿，又把东西重新装进木箱里，元叔过来提醒她："以后重要物品都带回家，别放店里。"

方潋应"好"，但还是把木箱放进了自己办公桌旁的抽屉里。

方学益是两年前走的，七十四岁的年龄，说起来也算是长寿了。

他做了一辈子木工，留给方潋一家木工坊和一套老房子。

方潋那会儿二十四岁，身上没什么钱，想把店开下去，也求个心里踏实，索性把老房子卖了，钱都存进卡里，自己重新在附近租了间六十平方米的小公寓。

房东是个很好说话的胖阿姨，不拦着她重新搞装修。方潋花了两年时间把那地方改造成自己喜欢的样子，但那儿到底也就是个能住人能睡觉的地方，在她心里算不上家，论归属感都不如这家木工坊。

方溦还是把自己的东西都藏在店里。

中午吃过饭有客人来访，想定制一张茶几。选好心仪的木材后，在款式上对方态度犹豫，犯起了难。

田柠尽量根据他们的要求找样图推荐，但客人看了好几张还是摇头不满意。

方溦察觉到那边的气氛不对，走过去问：“想要什么样的？”

是对年轻情侣，也许是要装修婚房。

女客人说：“我比较喜欢那种北欧风格，但又觉得到时候家里茶几、柜子、餐桌都是这种木头的会不会太单调啊？”

方溦点点头：“我懂你意思。”

以前找他们定制家具的都是传统中式风格，用的也多是红木。

这几年审美趋势变了，年轻人们开始喜欢什么北欧极简风和日式原木风，对家具的要求多元化起来。

方溦咬着下唇想了想，拿出手机翻出一张图递给他俩：“这种你们喜不喜欢？把茶几腿换成透明的亚克力板，上面还是木头的，看起来没那么闷。”

女人接过手机仔细查看图片，终于露出笑容：“这种不错啊。”

方溦问田柠：“选了用哪种？”

田柠回道：“白橡木，他们说想要好一点的。”

方溦提醒客人说：“到时候颜色不一定就是白的，可能会偏棕，想白一点可以用白蜡木。”

“这个没关系，哪种好用哪个。”

“行。”方溦看向田柠，“聊好了就帮他们下单吧，让陈彻明天去找两块亚克力板回来。”

“知道了，姐。”

这边的事解决完，方溦回了工作台，继续手边的活儿。

给松月茶室做的架子已经差不多成型，现在需要用砂纸打磨。

方潋戴上口罩，手中的机器“嗡嗡”开始运作，细小的粉尘飘浮到空中。

现在也有无尘的打磨机，不伤肺，但她试过后总觉得不得劲，好像看不到那些木灰，心里就没数。

元叔今天休息。上了年纪后，他总是关节痛，站久了腿就哆嗦。

店里头有间很简易的小厨房，今天的饭是方潋做的，一锅蛋炒饭，只有蛋和饭的那种。

陈御出去送货了，中午不在店里，她和田柠给他留了一口饭。

自从放晴后，太阳就有越来越毒辣的趋势，陈御一回来就大步走向冰箱拿冰可乐喝。

田柠对他说：“饭在锅里，你自己热一下。”

陈御回道：“哦，好。”

没一会儿他端着饭碗出来，边吃边问：“姐，这是你炒的啊？”

“嗯。”方潋放下打磨机，清理木板表面的灰尘。

陈御抱怨说：“盐都没炒开，刚刚那口差点没齁死我，你下次记得多翻炒两下。”

方潋撩起眼皮看向他，冷淡又不耐烦地说：“差不多得了。”

陈御识相地不吱声了，低头大口扒饭。

周六下午，方潋开着店里的货车去茶室装架子。见她一个人来的，吴松月喊了店里的男服务生出来帮她搬。

这儿以前只卖茶和糕点，后来生意不好，吴松月去大酒楼里重金招了两个苏菜厨子，一楼还是茶室，二楼就用来宴客。

说起来，方潋和吴松月从小就认识，她俩做过小学同学，长大之后又在一条街上生活，自然而然就成了朋友。

“陈御呢，怎么没跟着你来？”吴松月问方潋。

方溦一手拿着锤头，把木板组装在一起，回答她：“店里赶工，元叔这两天不在。”

“最近很忙啊？”

方溦反问：“什么时候不忙？”

店里的订单数量虽然不多，但这种手工活一单就得花个好几天时间。

有店员来喊吴松月过去，吴松月对方溦说：“你要帮忙就随便喊他们啊。”

“知道了。”

这楼梯下的小角落吹不到窗外的风，又闷又热，没一会儿方溦背上就出了层汗。

等架子装好，她用胳膊蹭了蹭额头，直起腰背喘了口气。

“嘿！”

方溦回过头，看见不知从哪儿冒出来的温誓，眼瞳放大，有些意外。

“嗨。”方溦有些生硬地打了个招呼。

其实温誓坐在那儿看她好久了，走过来了才发现自己连人家的名字都不知道，只能说声“嘿”。

他开口问：“上次忘了问你，你叫？”

“方溦，三点水一个收敛的敛。”

“哦。”温誓点点头，“方溦。”

“来喝茶的？”

“对，不过被放鸽子了。”

方溦发现了，他说话时总是提着嘴角。

这话一下子有些难接，方溦点点头，蹲下身去收拾自己的工具。

小角落本就昏暗，温誓往这儿一站更阻挡了光线，方溦整个人都置于阴影下。

她拿起一把锤头，听到对方问：“所以赏脸喝个茶吗？”

方溦抬起头，用眼神确认自己有没有听错。

温晳又问了一遍："已经点好了，不想浪费，可以吗？"

方潋突然不知道是该先回答还是先站起身，最后傻愣愣地拎着那把锤头站在男人面前，磕巴道："当、当然，我先去洗个手。"

温晳朝她笑了下，侧过身子指了个方向："我坐那桌。"

方潋来松月茶室那么多回，这里大到桌子、五斗柜，小到托盘、挂饰，很多都出自益木坊，但她还是头一次这么正儿八经地坐下来喝口茶。

一坐下，方潋搓搓大腿，眼睛都不知道该往哪儿放，到底有些不适应。

温晳倒好一杯西湖龙井递过来，她赶紧伸手过去接，指尖刚碰到杯身又被烫得回缩。

"我来吧。"温晳把茶杯放到她面前。

"谢谢。"

桌上还有一盘绿豆糕，温晳把盘子向方潋推近了些。

"你是做木工的？"他问。

方潋拿起一块绿豆糕咬了口，回答说："对。"

温晳端起茶杯："挺特别的。"

方潋不解："这有什么特别？"

温晳解释说："我是说，你很特别。"

方潋似懂非懂地"哦"了声。

她干了一顿活儿本就口渴，等茶稍稍冷却后一口就喝了大半杯，完全忘了要仔细品味。

方潋心里悄悄想，也许温晳请她过来才是浪费这好茶。

"我可以问你一个问题吗？"

"问。"

"上次那小老鼠，是你自己雕的吗？"

方潋摇摇头："那个不是。"

盘子里的绿豆糕甜而不腻，她吃完一块下意识想伸手再去拿，又觉得这样不太得体，把手放到桌面上，说：“是我爷爷做的，他过世了，所以说起来也是他留给我的遗物吧。”

温誓收了笑容：“这样啊。”

方潋说：“不过陈晨那店里的其他东西都是我做的，你下次去了随便挑，让她记我账上。”

温誓顺势夸她：“你手艺很好。”

方潋耸了耸肩：“还行吧。”

温誓把绿豆糕又往她面前推近了些：“你快吃，别客气，我不喜欢吃这种糕点。”

方潋以为他不爱吃甜的，对他说：“你可以试试看，这个不甜的。”

“是吗？”温誓配合地拿起一块。

他告诉方潋：“其实那天我托老板娘带了句话，想问问能不能定制一个。”

“原来是你要定制啊。”

温誓“嗯”了声：“我看你做的那些猫猫狗狗很可爱。”

方潋问：“你想做个什么？”

“我的猫。”

“有照片吗？”

温誓打开手机相册，找到照片后递给她看。

“黑猫啊？”

“对，辟邪。”

这说法让方潋觉得有意思，掀眸看了温誓一眼。

她把手机还回去，说：“你把图片发给我吧，我帮你做一个，毕竟欠了你人情。”

“那……”温誓顿了顿，“我加你微信？”

“好。”方潋拿出手机解锁屏幕。

“嘀”的一声后，对方的资料名片出现在屏幕上。

方潋的头像是只木雕柴犬，小小一只憨态可掬，昵称叫“已读不回”。

温誓点击“添加到通讯录”，给对方备注好名字。

方潋收到好友申请后在对方的主页上停留了一会儿。他的头像就是那只小黑猫，网名很朴实，叫“地球公民”，朋友圈里的照片缩得太小，看不出什么。

她点击通过，把手机放回桌面上。

方潋还得回店里，把茶喝完后就起身告辞了，和温誓约定说木雕做好了再联系他。

她走到楼梯口，刚要和吴松月打声招呼，就被吴松月拽住胳膊拉到一边，问：“你什么情况？”

方潋：“什么什么情况？”

吴松月朝大堂抬了下下巴，一副审问的口吻：“你什么时候和温誓认识的？”

方潋还没意识到问题的严重性，如实回答说：“他不小心买走了我的东西，我去找他要，就认识上了，现在算是我的客人吧。”

吴松月压低声音：“你知道他是谁吗？”

“温誓啊。”

“那你知道‘温誓’是谁吗？”

这还真把方潋问住了，她看着吴松月，摇摇头：“谁？”

吴松月又换了个问题：“你总听说过做水域开发的那个温澜生吧？”

方潋点点头，这块地方有名的富人也就那几个。

吴松月说：“他有个小儿子，都说不爱钞票专爱铜板，天天在外面搜集古物，纯纯一个败家子。”

方潋：“……你是说，温誓？”

吴松月抿着嘴点点头：“是的，就是他。”

“哦。”

吴松月瞪大眼睛：“你就‘哦’啊？”

“还以为是你前男友呢，吓死我了。”方潋重新迈步往门口走，对吴松月挥了挥手，“走了，拜拜。”

原本约了一收藏家见面，但对方临时有事赶不过来。

温晳在茶室坐了一下午，临近黄昏时才起身回家。

他没有正经工作，也用不着工作，外公留下的产业另有人帮他打理，他平日里除了遛狗逗猫，就是喝茶看书和逛逛古玩市场。

有人说他胸无大志，是游手好闲的败家子，温晳觉得挺对的。

温澜生共两任妻子，先后生了一女一儿，温晳上头还有个姐姐温词，一毕业就进了公司，大概率也是将来温家的继承人。

至于他，自认不求虚名不爱钱财，只是个逍遥闲人罢了。

温晳一进院子，冯叔就催他赶紧进屋去，说他姐姐和姐夫也在，一大家子人就在等他了。

他不关心屋里头那些人，只问：“腓腓呢？”

“在你房间里，让小梅喂过了。”

温晳点点头，走到玄关时，听到客厅里的人在说：“我们大少爷回来了。”

另一个人胳膊搭在沙发背上，转过脑袋来问他：“温少爷，又去捡什么破烂回来了？”

能这么调侃他的只有温词和简骏宁，温晳没理他们夫妻俩，走到沙发边上，把小外甥温昱扬抱起来。

温母秦昭对温晳说：“去书房喊你爸出来吃饭。”

温晳假装自己没听到，继续逗温昱扬。

看儿子态度不配合，秦昭脸色沉了下去。

简骏宁出来打圆场，起身说：“我去我去。”

温昱扬被阿姨带去喂饭，温晳挑了个离温澜生最远的地方坐下。

秦昭隔在父子俩中间，已经习惯他们的形同陌路。

也就温词一家回来的时候，饭桌上能热闹点。

“哎，秦姨，你认不认识什么木工啊？”温词问。

温誓夹菜的动作顿了一下。

秦昭摇摇头：“怎么了？要做家具啊？”

温词说：“想换一张梳妆台。我打算让扬扬以后跟着我们睡，现在那张梳妆台太大，如果卧室里再加一张床，就太挤了，今天去逛了逛家具城也没挑到合适的。”

“我认识。”一直安安静静的温誓突然开口，引得全桌人的目光都汇聚过来。

温誓又重复一遍：“我认识一个，开木工坊的，手艺还不错。”

温词惊喜道：“那太好了。”

“你要什么样的？把尺寸给我，我去找她帮你做。”

温词摇摇头，不想麻烦他：“不用，你把联系方式给我就行。”

“让他去办。”温澜生冷哼了声，“天天那么闲，总算能派上点用场。”

秦昭瞪了丈夫一眼，责怪他说话难听。

温誓早对这些话免疫了，看都不看温澜生，对着温词继续说：“就交给我吧。”

温词不知道他还打了其他算盘，但也不好再推辞，应下说：“行，那麻烦你了啊。”

“客气。”温誓夹了一块清炒虾仁到碗里，嘴角挂上了笑。

简骏宁心思敏感，打量了他一眼，好奇道：“你什么时候认识的木工啊？”

温誓说：“就那天来家里的那个。”

简骏宁想了想，他好像记得，是个姑娘？

“你不会看上人家了吧？”

温誓刚要否认，就听到温澜生带着惯用的大家长式口吻发话道：“多大的人了还胡来？”

温誓毫不犹豫地呛回去：“怎么胡来了？”

温澜生没说话，慢吞吞地夹了一筷子面前的白菜，沉声说道：“你平时往家里带什么乱七八糟的东西我就不管了，但其他事你自己心里有个数。”

自从上次过年的时候有亲戚提起要给温誓介绍对象，被他当众甩出一句“族谱上有没有我的名儿都不一定呢，还急着要我替温家传宗接代吗”，这个话题就成了家里的禁忌，没再被提起过。

温誓还以为温澜生已经认清现实，对他没期待了呢。

那既然这样，他也不打算说点对方爱听的了。

温誓提起笑容，看向桌对面的简骏宁：“对，在追呢，有好消息和你们说啊。”

简骏宁当了真，惊讶道：“真的啊？”

温词察觉到此刻的气氛异常，手伸到桌下掐了把丈夫的大腿，让他别说话了。

相比其他人，秦昭的心情更复杂，她一边想向温誓打听清楚，一边又怕惹怒温澜生，只能忍着好奇，什么话都不多说。

没一会儿，温昱扬被抱了过来，秦昭和温词聊起女人间的家常话，桌上的气氛很快恢复如常。

吃过晚饭，温誓没留在客厅和他们闲聊，回了楼上卧室。

小黑猫趴在窝里睡觉，温誓蹲下身给它顺了顺背上的毛。

还是猫好，猫只会叫，不会说人不爱听的话。

他坐到书桌前，拿起手边没看完的《悉达多》。

天色渐晚，月亮爬上枝头，走廊里偶尔响起脚步声，小梅来给他换过一次茶壶里的水。

这个夜如往常一样平淡。

温词一家三口离开后，秦昭端着水果走进温誓的房间，张口就问：“你刚刚说的是怎么回事啊？是气你爸的还是真的啊？”

温皙的目光没离开书本，态度敷衍地回道："你觉得呢？"

秦昭说："我不知道。"

温皙抬眸，看着桌上的茶杯，一瞬间竟然也犹疑了。

在脑子给出答案之前，嘴巴先开了口："我也不知道。"

周五一大早，温皙拎着一盒冰绿豆糕去了方潋的店。

他在微信上提前和她打过招呼，大致说了梳妆台的要求。

早上出门的时候温皙换了两套衣服，第一套是衬衫西裤，穿好后站到镜子前，他又觉得自己太小题大做，还是自然点的好。

隔着窗户看见有人在工作台前忙碌，温皙踏上台阶拉开玻璃门。

进来后才发现里头的面积比他想象中要大得多，入门右侧是一整面的工具墙，锯子、铲刀、打磨机，大多数温皙都叫不出名，旁边是两张工作台，站着一老一少两个男人，正低着头专心致志地做工，没有理会他。

左边看起来像块休息区，有沙发有椅子。温皙张望一圈，没看见方潋的人影，倒是一个年轻女孩走过来问他："是你要定做梳妆台吗？"

温皙点头："对。"

女孩给他指了个方向，说："姐在里头等你。"

方潋有一块单独的工作区域。听到动静，她抬起头向外看："来了？"

温皙翘起嘴角点头回应。

今天的方潋又有些不大一样，鼻梁上多了副黑色框架眼镜，头发还是高高束起，穿着件宽松的黑色体恤，胸前有字母印花。

大概是眼镜的原因，她看起来年龄不大。

想到这儿，温皙又在心里反驳自己，人家本来就年轻着呢。

温皙问她："吃早饭了吗？"

方潋回道："吃了。"

"那这个你留着当点心吧。"温皙把绿豆糕放到桌上。

方潋怔了怔："谢谢啊。"

"不用。"温晢留意到她手里的东西，问，"在做什么？"

其实一眼就能看出来形状，他问完才发现这问题显得自己有多蠢。

方潋说："你的辟邪神兽啊，看不出来吗？"

温晢成功地被她的说法逗笑："看得出来，很像。"

方潋放下手里的木块，从旁边的东西堆里抽出一本图册递给他："先选木材吧，质量比较好的都是进口的，价格偏贵，看你的需求。"

温晢翻阅着纸张，上面有各种木材的样图和名称，优缺点也罗列在旁，字迹是手写的，工工整整，一目了然。

他说："没事，用最好的就行。"

他没注意到方潋撇了撇嘴，嘴角翘起一个意味不明的弧度。

方潋已经画好一张梳妆台设计草图，今天他过来，正好把想法说给他听听："如果想要小巧一点的话桌上就只安个架子，镜子贴在推拉门上，旁边可以装三四个抽屉，收纳空间应该够用了，你觉得呢？"

温晢哪知道要多大的收纳空间才够装温词那些化妆品，他心里没概念，只能茫然地点头附和："都行。"

方潋也看出来了，放下图纸说："最好还是带你老婆亲自过来看看吧，省得到时候做出来她不满意。"

温晢看向她："不是我老婆，是我姐。"

"啊，哦。"

温晢又说："我没老婆。"

方潋扯了个礼貌的笑，表示自己知道了。

温晢看着她继续说："我也没女朋友。"

如果说前一句解释是必要，那后一句就有些刻意了。

方潋别开视线，摸了摸脸："嗯。"

温晢抿唇忍住笑意，不动声色地把话题揭过去："介意我把草图拍给我姐看看吗？"

“行。”方溦把纸递过去。

在等温词回复的时间里，温暂环顾了一圈方溦的工作间，问她：“平时忙吗？”

“还行。”方溦重新拿起刻刀，雕琢手中的木头小猫。

“生意怎么样？”

“也还行吧。”

“哎。”她抬起头，推了推鼻梁上的眼镜，问温暂，“你的猫叫什么名字？”

“腓腓。”

“胖的那个‘肥’？”

温暂摇头，手指在空中比画：“一个月，一个非常的非。”

方溦挑眉，她都不知道还有这个字。

温暂说：“腓腓是《山海经》里记录的一种神兽，传说养它可以带来快乐。”

“哦。”方溦低下头去，换了把半圆锉刀开始雕细节，“那传说是真的吗？”

“半真半假吧。”温暂笑意柔和地叹了声气，“可爱是真的可爱，烦起来也挺烦的。”

他顺着话题问方溦：“你有养什么小动物吗？”

方溦实话实说：“没有，我没这个工夫。”

温词回了消息，让温暂看着办就行，她没什么特别要求。

方溦对他说：“东西做好后还得晾个几天，到时候再联系你收货。”

温暂应“好”。

方溦提声喊：“田柠。”

她对温暂说：“跟她去下个单就行了。”

“好。”

温皙跟着店里的小姑娘回到前台，在本子上登记好电话号码和收货地址，付了定金。

田柠拿出手机问他：“要不要加个店里的微信？有问题随时联系。”

温皙说：“不用，我有方潋的微信。”

“哦。”田柠看了他一眼，眼神里多了些刚刚没有的好奇和探究，“那行。”

温皙走到门口，刚抬起手推门，又犹豫了，是不是该去和方潋打声招呼再走？

算了，他打消念头，现在再回去就又刻意了。

第二章

绿豆糕

方潋在店里待了一整天，给温晢雕的猫完成了大半。

店里只剩她一个人，元叔和陈彻走得早，田柠洗完碗也回家了。

天色漆黑，方潋锁好卷闸门，举高双手抻了抻身体。

二十五岁大概真是人生分水岭，坐久了腰和肩膀疼得厉害，改天得叫上吴松月去做按摩了。

回家后，方潋照例先进浴室洗澡。

不知道是不是热水器出了故障，今天她把水龙头拨到底也觉得水不够热，只能草草冲干净身上的泡沫，怕再洗下去连温水都没了。

套上T恤和睡裤，方潋用毛巾裹住湿发，打开浴室的门。

皮肤上的水珠被风一吹，她打了个哆嗦，把客厅的窗户关上。

还没吃晚饭，水壶里有刚煮沸的热水，独居青年能凑活就凑活，她打算泡个面。

方潋从小跟着方学益长大，老头睡得早起得早，她也跟着作息规律，晚上十点睡，早上六点起，到今天也一样。

等面泡开的时间里，方潋盘腿坐在地毯上，后背靠着沙发。

前两天陈晨给她介绍了个男的，对方叫赵行，是陈晨的高中同学，比方潋大了五岁，在派出所当民警，说是性格挺好的。

赵行十分钟前发了条微信过来，问她周末有没有空，约她出来吃个饭。

方潋捧着手机打字回道：还不知道，可能会忙。

没两秒，赵行就回复了：五一不休假吗？

方潋只能又拿起刚刚才放下的手机：不休。

她不知道陈晨怎么和别人介绍她的，估计也没仔细说。

赵行又发来消息，这人很健谈，总能自己找话题，不会让聊天框冷场。

他问方潋平时喜欢看什么电影。

方潋抬眸瞥了眼投屏上的画面，把手机放在一边，没回。

揭开泡面桶的盖子，热热的水汽蹿出来模糊了镜片，方潋摘下眼镜，用叉子把面和汤拌匀。

她不爱看电影，对科技片和文艺爱情片都不感兴趣，最近在看的是一部纪录片，《海派百工》，里头记录了几十种海城非遗代表性的制作工艺，现在看的这集讲琥珀雕刻。

手机“叮”了一声，有新的微信消息，方潋以为还是赵行。

两秒后又“叮”了一声，方潋放下叉子，拿起一看才发现是温誓。

地球公民：晚上好。

地球公民：绿豆糕吃了吗？

方潋改用左手拿手机，边吃面边打字：吃了。

她又追加一句：好吃。

地球公民：好吃下次再给你带。

方潋对着这句话发了会儿呆，斟酌后回复：不用麻烦。

那天拿回木头老鼠后，方潋在家闲着没事又自己重新雕了一只，想送给温誓的小外甥当赔礼，已经差不多做好了。

她起身走到工作台前，把木雕放在掌心拍了张照，想发给温誓看看。

手指点下“照片”按钮，方潋又犹豫了，这照片发了过去一来一回又有的聊。

还是算了，下次当面拿给他吧。

退出微信前，她回到和赵行的聊天框，发了句“都还行”。

她隔了那么长才回消息，人家也没恼，该秒回还是秒回。赵行说月底有部动画喜剧片要上映，约她假期一起去看。

方潋答应了。

一桶泡面被她几口快速消灭完，方潋起身把剩余的面汤倒进水池、盒子丢进垃圾桶，又从冰箱里拿了瓶啤酒出来。

以前她特别不明白老头为什么整天在她耳边唠叨，说家庭有多么重要，要她找个好男人成家。

现在她反倒能理解了，也许在老一辈们的眼里，他们能体会到的幸福就是柴米油盐，和爱人互相扶持，有子女陪伴在身边的平淡生活。

方潋自认没什么能耐，没什么远大抱负和理想，也成为不了什么厉害的大人物。

她能过好普通人的普通一生就很好了。

要是接触下来赵行真的不错，那能处就处，她也不憧憬什么轰轰烈烈的爱情了，只想找个好人，对自己和对天上的老头有个交代。

睡前她躺在床上，随手翻看朋友圈。

温暂还挺爱分享生活的，就是发的那些话方潋老看不懂，有的都太哲学了。

什么“梭罗人的故事告诉我们，世界上从来只有‘适者生存’，而非‘强者生存’”。

半个小时前他发了一组图片，零零碎碎的大小物件，有茶杯有花瓶，看起来都是价格不菲的艺术品，不过这次他配的文字倒是很接地气：清仓大甩卖咯，走过路过别错过。

方潋勾勾嘴角，给他点了个赞。

周六这天虽还没到五一，但是假期已经开始了，街道上明显热闹了起来。

方潋在街口吃完早饭，和平常一样去店里开门，没一会儿元叔他们就来了。

李肃元是方学益的徒弟，陈彻是李肃元的徒弟，方学益、李肃元是正儿八经的木工，方潋只能算是半路出家，以前方学益不让她干这个，只教过她怎么握刀雕木头。

严丝合缝的榫卯结构是实木家具的灵魂所在，元叔今天做的是个全套燕尾榫，方潋凑在旁边观摩。

李肃元凿了两个榫头，把锯子递给方潋，让她来试试。

陈彻看她学了一会儿上手就做得有模有样，忍不住羡慕道：“姐，你手怎么这么稳啊？”

李肃元说：“她十岁就拿铲刀玩了，你说呢？好好干你的活儿。”

方潋的注意力都集中在手里的木头上，这东西差了一分一毫都不准确，她不敢分心。

“还行不？”方潋问。

李肃元对她从来是不吝啬夸奖：“太行了，比陈彻好多了。”

陈彻听了不高兴了：“师父你能别踩一捧一的吗？”

方潋笑了笑，把手里的工具还给李肃元。

快到中午的时候店里来了个客人，田柠进去喊方潋：“姐，那个谁来了。”

方潋抬起头：“哪个谁？”

田柠不记得名字了，形容道：“来做梳妆台的那个帅哥。”

方潋放下圆弧刀，从椅子上起身走出去。

温晢站在门口，怀里抱着个小男孩。

看到方潋走出来，他提起嘴角说了声“嗨”。

他今天穿着湖蓝色衬衫和黑色长裤，一如既往的干净清爽。

阳光晃了下眼睛，方潋一下子有些反应不过来。

她走到他面前问：“你怎么来了？”

温晢对温昱扬说：“喊阿姨。”

小男孩乖巧地喊：“阿姨。”

方潋没计较上次还是姐姐呢，怎么今天又变阿姨了，她抬手戳了戳小孩软乎乎的脸颊：“你好。”

温晢单手抱着温昱扬，把手里的纸袋递给她：“绿豆糕，阿姨早上刚做好的。”

方潋看着他，心情微妙，接过袋子说了声“谢谢”。

“那个，我正好也有东西要给你。”她翘起大拇指往后指了下，“跟我进来一下？”

“好。”温誓把温昱扬放到地上，田柠把温昱扬牵走，说要给他找糖吃。

温昱扬向来不怕生，这是优点也是缺点，温词和简骏宁老怕儿子被人拐走。

方瀓带着温誓回到办公桌前，从抽屉里取出一个木雕，拿给他说：“这个送给你外甥。”

温誓接过，拿在手里看了看，一只身体圆滚滚的小老鼠，怀里还抱着一块芝士，模样有趣。

他问方瀓：“你做的啊？”

“嗯，赔给他。”

温誓笑着说：“很可爱。”

“哎。”他抬眸问方瀓，“那我的那个呢？”

方瀓看向桌上那一堆工具和小木块，说：“在这儿，还得上个色，下次再给你吧。”

“下次”这个词听起来很顺耳，温誓愉悦地笑了笑：“行。”

方瀓的手机架在桌上，画面上播着一个视频，那旁白听起来像是某部纪录片。

温誓玩着那木头老鼠，问方瀓：“怎么会想学这个？”

方瀓坐回椅子上，重新拿起圆弧刀，回答他：“我爷爷教的，小时候没什么玩具，就玩这个。”

温誓手撑着桌面微微俯身，看她握着刀儿笔就在猫屁股上雕出了两颗圆球，忍不住笑起来，评价说：“这也太细腻了。”

方瀓轻轻吹走刮下来的木屑，也不谦虚：“那当然。”

温誓靠在桌沿，随口闲聊道：“我以前有个学生，那段时间不是《我在故宫修文物》特别火吗？她看了之后就立志要去学文物修复。”

方瀓抬起头：“学生？”

温誓说：“我在学校教过一段时间书。”

"教什么？"

"体育。"

他说得一本正经，答得未加犹豫，方潋低下头，弯唇笑了。

那笑浅而轻，但温晢看得清清楚楚，成就感油然而生。

梗是烂梗，能把人家逗笑就行了。

他说："好吧，是历史。"

"猜到了。"方潋放慢语速，"温、老、师。"

温晢笑着应："哎。"

他今天来就是想送个绿豆糕，还得带温昱扬回家吃午饭。

方潋说那梳妆台下个礼拜就能做好送过去，温晢让她慢慢来，不着急。

他过来也不是为了催这个的。

看她还要工作，温晢不欲打扰，他握着木雕走出去，看见温昱扬骑在一匹小木马上，摇来摇去玩得不亦乐乎。

那木马是陈彻刚做好的，打算送给陈晨家的小女儿，看店里正好有个小孩，就抱他坐上去试试，谁知道他一上去就不肯下来了。

温晢蹲下身，张开双臂去抱温昱扬："走了，你妈喊你回家吃饭了。"

温昱扬不撒手，身体跟随木马一起晃动，龇着门牙笑得像海绵宝宝。

温晢无奈道："家里不是有小马吗？回去再玩。"

陈彻是个机灵的，趁机对小孩说："喜欢让你爸来店里订一个，哥哥给你做。"

温晢没耐心哄小孩，拎着温昱扬的胳膊把他提起来，在他哭之前把木雕塞他手里转移注意力。

走之前，温晢对陈彻说："是我外甥，不是儿子。"

"哦。"陈彻点点头。

等人一走，陈彻才意识到一个关键性问题，转头问田柠："他是谁啊？”

田柠耸耸肩，表示自己也不知道。

陈彻猜：“姐的新对象？”

田柠摇头：“不知道，可能是。”

李肃元锯着木头，插话道：“我看着不像，方潋不喜欢那样的吧。”

陈彻撇撇嘴，表示认同：“也是，她就没谈过什么正经人。”

温词和简骏宁今天有事，一大早就把小孩送到了温家。

吃过午饭，秦昭让温晢把温昱扬带上楼哄他午睡。

温晢不答应：“我都带他一上午了。”

秦昭软了语调，说：“我下午约了打牌，快点，好儿子，反正你又没事干。”

温晢还是不肯：“你让阿姨带他呗。”

秦昭板下脸色瞪他一眼，有些话不方便明说。

温晢拿她没办法，叹了声气，弯腰把温昱扬抱起来。

秦昭说：“你别嫌累，等你自己生了，你再不想管也得管。”

温晢笑了声：“我倒是那位亲生的，他管过我吗？”

秦昭一巴掌拍他胳膊上，压着嗓子提醒道：“别乱说话。”

温晢抱着温昱扬上楼去了，早上那点刚培养起来的好心情又被悉数捣灭。

小梅在收拾卧室，指着墙角堆叠成山的书问温晢：“要帮你搬到书房里去吗？”

“不用。”书房是温澜生的地儿，温晢不常去。

小梅又问：“那要不要在这里装个架子来放书？”

“架子？”温晢看着那堆书，心里起了个念头，对小梅说，“没事，我自己会看着办。”

他把温昱扬放到床上，找了本图片多的书让温昱扬自己翻着看。

没一会儿小孩就趴下了，眼皮子缓缓合上，都不用他来哄。

温誓拉好窗帘，把温昱扬抱进被子里，自己躺在另一侧。

光线昏暗不方便看书，他拿出手机，习惯性地点进方潋的朋友圈。

这两天他有事没事就会去看一眼，其实根本没什么东西，从2022年翻到底的2017年也就十几条内容，都快被他看出包浆了。

温誓一条一条地划拉过去，直观的感受就是这几年来方潋的性子变了很多。

最旧的一条发布在2017年的除夕夜，她晒了一桌年夜饭，配字：菜市场的虾涨到一百一斤，老头一边剥一边骂，说明年他要当黄牛倒虾，哈哈哈哈哈哈哈哈！

2017年11月5日，好像是她的生日。

老头突然拎了个蛋糕回来，粉色的，上面站着个芭比公主，晕，什么老直男审美。

2018年1月1日。

许愿，老头健健康康，我发大财。

2018年3月17日。

开张咯开张咯！谢谢老板，给老板磕头。

2018年7月2日。

上班第二天就想辞职不干了，回家看见老头烧了糖醋排骨，眼泪差点没绷住飙出来。

2018年10月28日。

成年人不好当，烦烦烦。

2019年2月5日。

今年年夜饭姐掌勺的，不用客气，直接夸。

2019年11月30日。

老天爷，别这样。

2020年1月21日。

好吧。

2020年4月3日。

拜，会想你的。

2021年7月12日。

我是有什么吸渣体质不？

2021年7月14日。

封心锁爱了！

2021年11月26日。

累累累累累累累累。

2022年2月1日。

讨厌过年。

最近一条就在上个月，方潋说：这日子越过越无聊。

估计再多看两天，温晢就能“全文背诵”了。他退出页面，一刷新居然看见方潋新发布了一条朋友圈。

图片上是他送的那盒绿豆糕，她说：停停，糖分超标了。

温晢愣住，看懂后又笑了。

应该是发给他看的，意思是让他以后别送了。

身边的温昱扬睡得正香，温晢摁灭手机屏幕，双手交叉垫在脑后。

他倒是没受挫，由头没了再找就行，牵不牵强、意图明不明显他这会儿也顾不上，就知道得去见她，得在她面前刷存在感。

温晢甚至没心思去仔细琢磨自己现在抱的是个什么心态，想太明白反而不好，想太多人会失去劲头，不如就暂且随心所欲着。

赵行约方潋在周二一起吃晚饭，出门前她站在全身镜前，犹豫一番还是把头发散开披在肩上。

男人的车停在巷子口，他站在副驾驶车门旁边，一手握着一杯奶茶。

看到方潋走过来，他扬起笑容抬了下胳膊。

“方潋。”赵行喊她的名字，是打招呼也是确认。

方潋把头发捋到耳后，浅浅笑了下作为回应。

他没有立即把手里的奶茶递出去，而是问：“有冰的有热的，你喝哪个？”

方潋说：“热的吧。”

“行。”

“谢谢。”

“上车吧。”赵行替她拉开车门。

他绕到另一侧上车，方潋扯过安全带扣牢，偷偷叹了一声气。

赵行带她去了一家烤肉店。节假日客流量多，看到门口坐了一排人在等位，方潋本想提议换一家吃吧，就看见赵行径直走向前台，和服务生说了句什么。

他俩被直接带了进去，看来赵行已经提前取过号了。

可是很奇怪，这个男人越体贴周到，越挑不出错，他的印象分越在方潋心里直线跌落。

赵行把菜单拿给方潋看，让她想吃什么就点，他不挑食。

方潋转着削得只有指节短的木头铅笔，问：“你经常来这里吃吗？”

赵行说：“这里离我单位挺近的，有的时候会和同事过来吃。”

方潋点点头：“哦。”

估摸着两个人也吃不了太多，她随便圈了几样菜。

赵行接过菜单扫了眼，提议道：“金枪鱼饭团很好吃的，加一个尝尝吧？”

方潋应“好”。

店员来给烤锅加炭，问他俩：“需要帮忙烤吗？”

赵行说：“不用，我们自己来。”

方潋举起桌上的茶杯，低下头在心里想，吃完肯定一身油烟味，今天回家又要洗头了。

五花肉片在架子上滋滋作响，冒出晶莹的油珠。

“你有什么特别喜欢吃的店吗？我们可以下次去吃。”赵行把烤至微焦的肉夹到方潋碗里。

“谢谢。”方潋用筷子夹起那片肉，裹上蘸料送进嘴里，回答说，“好像没什么，我不怎么出来吃饭。”

“平时都自己在家做？”

“也不是，就凑活着过。”

赵行继续往她碗里夹肉，笑着说：“那我做饭还挺好吃的。”

方潋也扯开嘴角：“是吗？”

“有机会让你尝尝。”

方潋保持住微笑，低头吃肉。

饭吃得差不多的时候，赵行拿出手机，说想看看有什么电影。

方潋抽纸巾擦了擦嘴：“这个点应该买不到什么好位置了吧。”

对方是个聪明人，听出她话里的婉拒。赵行放下手机：“也是，下次吧。”

“要不找个地方散散步？”方潋提议。

赵行嘴角的弧度又回归，答应道：“好啊。”

五一假期哪里都是人，他们从烤肉店出来，步行到附近的江滨街道。

气温降了下来，晚风凉爽，掀动发梢。

方潋隐隐闻到头发上的油烟味，后悔出门时没扎起来。

对岸城市闪烁着灯光，遥遥望去金碧辉煌。

前面是一家三口，小女孩被爸爸妈妈牵着，絮絮叨叨地分享着她这个年纪的奇思妙想。

方潋认真地旁听，连赵行和她说话都没留意到。

“方潋。”

“啊……嗯？”方潋愣愣回过神。

赵行说："问你冷不冷。"

方潋摇头："不冷。"

赵行是单眼皮，笑起来时眼睛是弯的，让人觉得亲切无害，方潋本以为做警察的面相会比较凶。

他说："不冷就好，我也没带外套。"

方潋笑了笑，收回视线继续往前走。

气氛说尴尬也不尴尬，一来一回总是有话聊。

都这把年纪了，早就在社交中摸索出一套体面法则，无论如何都不会让场面冷下去。

至于有没有粉红泡泡冒出来，那就只有他俩自己清楚了。

沿江走了一小圈，赵行先开口问方潋累不累。

方潋回答说："有点。"

"那我送你回去吧。"

"好。"

在回去的车上，听到方潋在打哈欠，赵行问："平时睡得早吗？"

"嗯。"方潋看了眼手机，已经快晚上九点了。

赵行把车停在路口，方潋借口里头路窄，没让他开进去。

赵行："到家发个消息，我走了。"

"拜拜。"方潋挥挥手，又叮嘱他，"路上小心。"

这个点巷子里僻静无人，方潋走在路灯下，把肩包提在手里，仰着脑袋疲惫地叹气。

远远看见松月茶室还亮着灯，她没继续往家的方向走，左转拐了个弯。

屏风挡住了视线，方潋往里走了两步，没在大堂里看见人，出声喊道："月月？"

吴松月听到声音，从里头探出脑袋，看见方潋后意外道："潋潋？

你怎么来了？”

“你干吗呢？”方潋看见桌上的瓶瓶罐罐和一篮子青色果实，伸手戳了戳。

“酿批新的青梅酒，去年的快喝完了。”吴松月打开她的手，“你手干净吗你？”

“哎？”刚刚在门口光线昏暗，吴松月没注意到，现在才发现今天的方潋和寻常不太一样，“打扮得这么漂亮，约会去了？”

方潋在椅子上坐下，回答说：“相亲，晨晨姐介绍的。”

吴松月给她倒了一杯水：“怎么跑去相亲了？”

方潋说：“这不是到年纪了嘛。”

“得了吧，你比我还小半年呢，我都不着急。”

“可我着急了。”

吴松月放下手里的冰糖，看着方潋，神色认真起来：“怎么回事啊，犯病啦？”

方潋拿起一颗青梅砸她：“滚。”

吴松月伸手接住青梅：“我说真的，‘贤妻良母’这四个字我怎么都不会想到你。”

方潋反驳：“谁说结婚就是要去做贤妻良母？”

“那你怎么了？”

“我……”方潋深呼吸一口气，看着面前昏黄的吊灯，说，“我不想再在大年夜的时候一个人吃一整份全家桶了。”

吴松月愣住，一下子反应不过来：“什么、什么意思啊？怎么一个人了？你不是说去元叔家过年了吗？”

方潋朝她笑笑：“我和叔说，我去你家吃年夜饭了。”

吴松月第一反应是生气：“你！”

可更多的又是心疼她，什么话都说不出来了。

吴松月拿起话梅往瓶子里倒，问：“那，他人怎么样啊？”

“嗯……”方潋一只手撑着脑袋，想了想评价道，“挺‘会’的，还行吧，再看看。”

吴松月说：“但我觉得啊，不管是谈恋爱还是结婚，肯定得找个自己喜欢的吧。”

“喜欢”这个词听起来已经很久远，只有十几岁的时候才会张口闭口“我喜欢你”“你喜不喜欢我”。

方潋刚要扯开嘴角对此表露一个不屑的笑，脑袋里却突然蹦出一个人。

她发完那条朋友圈后，温誓就真的没再来过。

他看懂了，这挺好，她本来就是这个目的。

但见人家真不来了，她心里又不上不下的，怕自己太过分，伤了人家的好心。

不知道是不是刚刚在江边被蚊子咬了一口，胳膊上有块皮肤泛痒，方潋抓了抓，没一会儿就鼓起一块小包。

她从椅子上起身，说：“回家了，你忙完也早点回去啊。”

吴松月应：“知道了。”

方潋回到家，第一件事就是洗脸卸妆。

她摁了两泵卸妆油糊上脸，紧闭双眼，指腹用力揉搓脸颊和鼻翼。

平常这个点她都上床准备睡觉了，涌现的困意让她嘴巴张大打了个哈欠，与此同时，她听到手机“叮”了一声。

她打开水龙头，弯腰捧水浇在脸上，洗干净泡沫后睁开一只眼，拿起手机举到面前。

是赵行发来的微信，问她在干什么。

方潋这才想起到家时忘记给他发消息了，赶紧回复：刚洗漱完，准备睡觉了。

赵行说：好的，那你快休息吧，晚安。

方潋也回了句“晚安”，然后把手机放回桌面上。

洗完澡出来觉得脸有些干，方潋在架子上找出一瓶爽肤水。

陈晨之前怀孕用不了化妆品，所以把这些瓶瓶罐罐都整理了送给方潋，其实给她也是浪费，她一年化不了几次妆，护肤也是想起来才抹点水乳。

发尾湿答答地下垂，扫过手臂掀起一阵痒，方潋伸手抚了抚胳膊，却不小心挠到那个“蚊子包”。

刚刚消退的肿块又开始膨胀，方潋用指甲在包上刻了个“十”字，又喷了花露水，止痒的效果并不好，只能忍一忍了。

陈晨哄完孩子睡觉，发微信过来打听情况。

方潋擦着头发，回了句语音：“人还行，再处处看吧。”

陈晨说：“你看着不错就行，要是不满意我再给你介绍别的。”

方潋勾了勾嘴角，一只手拿起吹风机，一只手捧着手机发语音：“你也可以先介绍给我的，让我多选选。”

陈晨在那头笑起来：“好哇，要当‘海王’是吧？你聊得过来吗？”

两个人说了会儿话，方潋放下手机打了个哈欠，眼皮子越来越重，她实在太困了，没等头发完全吹干就倒头睡下了。

第二天起来时发尾果然向外翘，碎发也毛毛糙糙地在头顶奓开，怎么梳都压不平，方潋干脆把头发一股脑束起，绑成一个松散的丸子头。

出门时她在楼下买了块鸡蛋饼，一边吃一边走去店里。

今天起晚了，她到的时候其他人都已经在店里了。

都知道她昨天相亲去了，陈彻一看见她就龇着牙笑，打趣道：“某人今天迟到了哦，看来昨天约会到很晚哦。”

方潋吃着鸡蛋饼，嘴巴没空，只能抬脚踹他，让他少用这么贱嗖嗖的语气说话。

李肃元手里拿着铲刀，停下活儿抬头问方潋：“人怎么样啊？”

方潋还是那个回答："还行吧，再看看。"

她把最后一口鸡蛋饼塞进嘴里，又将塑料袋揉成团丢进垃圾桶。

一个上午，方潋都坐在自己的工作台前，做了两把果酱刀。

田柠倒了一杯水端进来给她，说："对了姐，昨天那个帅哥来过。"

"谁？"方潋抬起头，"温誓？"

"对，他看你不在就走了，也没说有什么事。"

"哦。"方潋放下手里的锉刀，端起水杯抿了口水。

她拿起砂纸要开始打磨，想了想又放下手里的东西，从口袋里摸出手机。

手指打下"找我有事？"，又觉得语气太生硬，方潋删除文字后重新措辞说：昨天来店里有什么事吗?

对方没立即回复，方潋又打下一行字：你的"小黑猫"做好了，得空了可以来拿。

消息发出去后，她把手机放到一旁，低头打磨木刀。

过了会儿，她听到"咚咚"两下敲门声，抬起脑袋。

温誓放下手，嘴角挂着浅笑，打招呼说："中午好啊，方潋。"

"我刚……"一开口发现声音有些哑，方潋清清嗓子，重新说，"我刚给你发了消息。"

"看到了。"

他们一个站着一个坐着，方潋突然无法承受那道目光的直视，微微偏开视线没去看他，问："所以有什么事？"

温誓说："我卧室里缺个书架。"

"书架？那就去买一个呗，不多的是吗？"

温誓形容道："我想安在角落，带拐角的那种。"

"哦。"方潋点点头，"那可能不太好找成品。"

温誓赶紧问："所以你们这儿能做吗？"

方潋站起身，拍拍手上的木屑，问："量好尺寸了吗？要多大的？"

“还没，就正常书架大小吧。”

方溦带他出去，边走边说：“那还是先去找田柠吧，挑挑木材。”

过道里堆着几块长木板，是陈彻早上刚买回来的，方溦觉得挡路，蹲下身把它们挪了挪位置。

温誓弯腰帮她，突然开口问：“昨天去哪儿玩了？”

方溦一愣，回答说：“就出去吃了个饭。”

“和朋友？”

方溦不擅长迂回的应付，干脆实话实说：“和相亲对象。”

温誓又问：“那还满意吗？”

“不太。”方溦起身，继续往外头走。

在她身后，温誓勾了勾嘴角，放下心来。

下单时方溦拿着张草稿纸写写画画，问了他一些设计上的要求，要不要做柜子、柜门是否要透明的、拐角两边的架子是做对称还是错落开的等等，她问得很详细，温誓却答得很模糊。

做书架本就是个借口，他哪里考虑了那么多。

“都行，你看着来吧。”温誓说。

方溦转着木头铅笔，轻轻叹了声气：“好吧，那就先这么定下了。”

“方溦。”温誓喊她名字。

方溦握着木头铅笔在草稿纸上做标记，漫不经心地应：“嗯？”

“绿豆糕吃腻了，那还有什么别的想吃的吗？”

笔尖在纸上划出一道粗痕，方溦莫名感到心虚，结结巴巴地开口：“没，没什么，不用。”

温誓问：“核桃酥喜欢吗？”

方溦摇头：“一般。”

“花生酥？”

“不喜欢花生。”

“那油氽团呢？”

方溦一听，条件反射性地回道："这个好吃。"

说完她就后悔了，低下头藏起表情，想假装什么事都没发生过。

温晳笑着点点头："知道了。"

他没久留，下好订单后就准备离开。

等温晳走出益木坊，方溦才想起雕的"小黑猫"忘了拿给他，赶紧带着东西追出去。

"哎，温……"方溦顿了顿，提声喊，"温老师！"

温晳听见声音，停下脚步回过头。

方溦大步走过去，把手里的东西递给他，说："做好了，刚刚忘了给你。"

温晳接过那木头小猫，手掌大小，模样和神态都活灵活现，脖子上的项圈挂着一块铭牌，上面写着"腓腓"。

温晳舒展开眉眼，由衷夸道："好可爱。"

"还有……"今天天晴，方溦抬头看他时迎着刺眼的阳光，她微微眯起眼，"不用送什么吃的来，太客气了。"

温晳没答应，说："家里的阿姨喜欢做，但我平常又不太爱吃，看你好像挺喜欢的，所以顺手带来给你，你才是不用客气。"

方溦继续推拒："心意我领了，但以后还是不用了。"

温晳顿了顿，问她："你们做木工的，行内有什么特别的规矩吗？"

没有吧，方溦摇了摇头。

"那客人来送点吃的也没关系吧？不然就当是我拿来贿赂你的，方老板，东西帮我好好做。"

方溦不接受他这套说辞："你不送什么也照样会好好做。"

温晳笑笑，不想再争执这个话题，对她说："太阳晒，快回去吧。"

方溦走回益木坊，踏上一层楼梯，想想又觉得是自己小题大做了，人家爱送就送呗，又不是什么多贵重的东西。

李肃元要把打好的木板组装到一起，方溦和陈彻一人一边帮他扶着。

瞥到桌子上放着一束花，方溦问田柠："这花谁买的啊？"

田柠往那个方向看过去："哎呀，好像是刚刚那个客人的，他忘记带走了吧。"

方溦腾出一只手，从口袋里拿出手机。

怕发消息他看不见，她直接拨了个语音通话，好在对方立马接了。

"你走远了吗？"方溦问，"你的花没拿。"

"啊，对哦。"温晢在那头说，"我已经上车了，那花就留给你吧。"

"好吧。"

电话挂断后，方溦放下手机，心里反复回想着对方最后那句话。

那语气听上去可一点都不像是忘了东西的样子。

她怎么隐隐约约觉得，他就是故意留下的呢？

四五朵蓝紫色的花扎成一束，用米白色的纸包着。

还是挺漂亮的，不能浪费。

"店里有什么瓶子吗？"方溦问。

田柠找了找，没有花瓶，只有陈彻喝剩下的易拉罐。

方溦从工具墙上找了把钳子，给蓝色易拉罐开了个口。

她不懂怎么养花，做好一个简易花瓶后就把插花的活儿交给田柠了。

看她兴致勃勃地摆弄着，方溦随口问："这是什么花啊？长得跟平菇似的。"

田柠被这形容逗笑，回答说："这是蝴蝶兰啦。"

陈彻一"铁直男"都听不下去了，忍不住吐槽方溦："哎哟我去，姐你没事还是少开口吧，相亲的时候没把人吓跑吧？"

方溦白他一眼，掷地有声地回道："没有，你放心。"

还真是说什么就来什么，没一会儿她就收到赵行的微信。

这两天凤凰街在办"后备厢"集市，赵行约她明天晚上一起去逛逛。

方溦犹豫了一瞬，回了个"好"字。

第三章

胶片机

前半个月阴雨弥漫，南街的古玩市场好几天没出摊。

现在放晴又赶上五一假，一上午来了不少逛集市的客人。

任瑜喊困，要去买杯咖啡，让温暂帮他看着摊子，但这都快一个钟头了也没回来，不知道跑哪儿玩去了。

面前的小桌子上摆着陶瓷碗碟，都是任瑜出不去的次货，专用来骗骗不懂行的游客。

有个年轻女孩过来，看中了一只茶杯，问温暂价格。

压手杯以明永青花最出名，坦口折腰，样式精妙，杯身常常绘有缠枝莲的花纹，手握杯时杯口与虎口处的弧度恰好吻合，故名压手杯。

任瑜标的价是二百九十八元，温暂把东西握在手里，先摸胎质，再看花纹，心里大概有了数。

“六十八元给你，成吗？”

对方一听，爽快地答应道：“好啊。”

温暂微抬眉梢，其实他还留了一点还价空间的。

桌上就有任瑜的收款码，那姑娘拿出手机扫码付了钱，温暂帮她把东西装进盒子里。

她接过东西，却没立即走，有些犹豫地开口说：“那个，老板。”

温暂抬起头：“怎么了？”

“你是每天都会在这里吗？可以加个联系方式吗？”

温暂提起嘴角，婉拒道：“不好意思，这是我朋友的摊子，我只是帮忙看一会儿。”

“哦，这样啊。”姑娘说，“我在前面逛的时候，他们张口就要好几百，还是你这儿好，不坑人。”

温暂笑了笑。

大概是看到收款提醒了，没几分钟任瑜就一路带风地跑了回来。

“你刚刚卖什么了？”

气温逐渐攀升，温晢打开一柄折扇，回答说：“就那压手杯。”

任瑜叉着腰，瞪着眼睛看着他：“你知道你卖了多少吗？”

温晢气定神闲地扇着风：“知道啊，你又不亏。”

任瑜简直想破口大骂：“什么不亏，没赚就是亏！你会不会做生意啊大哥？”

温晢坦然承认：“不会啊，这不是尽人皆知的吗？”

“滚滚滚。”任瑜上前把他撵走，自己坐回摊前，“你败你自己家就行了，别来祸祸我。”

温晢也不生气，反倒弯着唇笑：“要不要打赌，那客人回头还会再来的。”

任瑜并不买账：“别来了。卖六十八元一只，你怎么不直接送人家呢？”

“我倒也想。”温晢收起折扇，将它丢到任瑜怀里。

“对了。”任瑜说，“老张刚刚喊你过去呢，估计是帮你留着货。”

“行。”温晢抬了下手，“那我过去看看。”

“快去快去。”任瑜展开扇子。快到晌午，风吹在皮肤上都是热乎的，今年的夏天似乎来得格外早。

江南的建筑多白墙黑瓦，南街紧挨着一条小河，近年来这一片地方被逐渐改造成文创产业园，茶室、咖啡馆、花艺店陆陆续续开遍了街头巷尾。

老张去年刚退休，是三十年古玩“发烧友”，也是温晢的忘年交。

他的摊子在巷子口，温晢不疾不徐地步行，一路上与许多造访的游客擦肩而过。

视线里瞟到一道有些熟悉的身影，温晢停下脚步，偏转脑袋确认。

“方溦？”

被叫名字的人直起腰回过头。

确定没认错人，温晢的嘴角不自觉上扬，朝她走过去。

“温老师。”方潋微微瞪大眼睛，同样意外这场偶遇。

温晢往旁边看了眼，问她：“想买胶片机啊？”

方潋回答说：“嗯，怀旧。”

温晢点点头：“那你先看着，我去前面找一下朋友。”

“好。”等他离开，方潋又蹲回地上。

老板拿起一款黑色的相机递给她，说：“你要想拍照好看，就这个，拍出来颜色比较浓。”

方潋接过，拿在手里前后翻看，外观看上去倒是挺新的。她问老板：“这个要怎么拍啊？”

老板凑过身子来给她讲解：“这种是最简单的傻瓜相机，眼睛看这里，然后手按这里就行。”

方潋一边听一边点头。

老板人挺大方，对她说：“里头装卷了的，你可以拿去拍拍看。”

“好。”方潋眯起一只眼睛，把相机举起，缓缓转动身子。

老相机自带的参数让所有画面都像是被加上了柔焦复古滤镜。

今天天晴，光线好，取景框移过白墙黑瓦，移过岸边的垂柳，移过杂七杂八的物件，移过熙熙攘攘的行人，最后框住了不远处的某个人。

在镜头里，方潋看见他偏头，侧过身子向她这个方向看了过来。

方潋举着相机，仿佛是偷拍被抓包的狗仔记者，心里一惊，手指无意识地摁下快门，都不知道画面有没有聚焦上。

她心虚地放下相机，低头假装调试。

温晢朝她走了过来，问：“试好了？”

方潋还是低着头：“嗯。”

“手给我。”

“嗯？”

温晢于是又重复一遍：“手给我。”

方潋乖乖伸出手。

温晢把手里的手串撑开，穿过方潋的指尖套到她的手腕上。

一串绿少白多的飘花菩提根，挺配她。

温晢看了看，满意道："果然适合你。"

方潋不懂文玩，看手上那串珠子似玉非玉的，问："这个贵吗？"

温晢笑了："不值钱，送你戴着玩，没事拿在手里多盘盘，会亮。"

他说完就走了，回他朋友那摊位前继续和人家说话。

方潋站在原地，看了看手腕上多穿来的串珠，又抬头看了不远处的男人一眼。

她举起手里的相机，对店主说："我就要这个了。"

"行，我给你换卷新胶片吧？里头的都是试拍的，估计快用完了。"

方潋却拒绝道："不用，你一起算钱吧，再帮我拿卷新的，到时候我自己换就行。"

老板虽不知道她要一堆拍过的胶卷干什么，但还是应下了，也没另收钱。

他指了个方向，对方潋说："我的店就在那边，拍完可以来找我洗。"

"好。"

结完账，方潋把东西装进包里，温晢还在和朋友说话。

今天天晴，阳光晃眼。

方潋走过去，想打声招呼再走。

"温老师。"她喊。

温晢朝她看过来："相机买好了？"

"嗯，那我先走了。"

"哎，方潋。"温晢出声留住她，"晚上有空吗？"

方潋问："有事吗？"

"就问问你。"

"晚上有约了。"

温暂看着她的脸，没立刻接话，像是在分辨这句话的真假。

以为他不信，方潋加强语气又说一遍："我真的有约了。"

温暂笑了笑："好，我知道了。"

方潋今天没去店里，回到家她先点了份外卖，然后趴在床上捣鼓新买的相机。

看到手腕上的串珠，她取下来，拿在手里摸了摸，手感倒挺好，油润润的。

温暂说会越盘越亮，怎么盘？像盘核桃那样盘？

方潋拿起一边的手机，把这问题发给了某位"文玩专家"。

过了会儿，"专家"给她发了一段小视频。

温暂把一串白色珠子绕成两圈握在指尖，用大拇指的指腹打圈揉捻，珠子碰撞，发出清脆悦耳的响声。

怕她看不懂，温暂又发文字解释了一遍：叠两层之后把外圈的珠子一颗一颗压下去，熟练了就可以加快一点速度。

方潋按照他的方法把手里的串珠绕成"八"字后叠作两圈，试了几下就能放在手里流畅地转起来了。

这东西手感润滑，盘起来还挺人上瘾的，方潋刚感觉到一点乐趣，就看到温暂发来的新消息：有空盘两下就行，别玩多了，小心手。

方潋手中动作一顿，把手串套回手腕上，回了个"哦"。

她重新拿起一边的相机，眯眼对准取景框。

窗台上有盆仙人掌，方潋摁下快门，"咔嚓"一声锁住了时间。

她转动身子，视线上抬，对着墙壁上的羚羊头又拍了一张。

老板说得没错，方潋没拍几张胶卷就见底了，她把旧胶卷取出，换上新的。

外头晴空万里，树叶绿油油，幸好才五月，还没有蝉鸣聒噪。

吃过饭，方潋收拾了一下沙发上的衣服，打算再睡个午觉。

她拉上窗帘，卧室一瞬间仿佛坠入黑夜。

方潋睡觉浅，中途容易醒，家里的窗帘是她特地找来的，遮光效果一流。

眼睛一闭上，脑子就开始活跃，今天不知道怎么了，莫名地有些心神不定。

方潋翻了个身，被什么东西硌了一下。

她睁开眼睛抬起手，把那串珠子从手腕上取下，放到床头柜上，然后重新换了个姿势酝酿睡意。

前半段时间一直没能睡着，后来迷迷糊糊睡了一会儿，很快就听到闹铃响。

方潋打着哈欠，先去摸枕边的手机。

半个小时前赵行给她发了消息，问晚上要不要过去接她。

方潋回道：不用。

她知道他家住哪儿，过来根本不顺路。

何况这种献殷勤式的关照对她来说不会增添任何好感度。

方潋换好衣服化好妆，出门时六点一刻，大约六点半时她在凤凰街口下车。

中午的炒饭剩了一半没吃完，五点多的时候方潋觉得饿，想着集市上也没什么吃的，没忍住把炒饭热了吃了。现在她有点后悔，T恤偏短，半裙又是低腰的，她得一直提着一口气，才能让小肚子不鼓起。

赵行还没到，刚刚给他发的消息也没回。

多多少少有点反常，几天的接触下来，他几乎是二十四小时在线的，微信消息永远秒回。

方潋有种不太好的预感。

接到赵行电话的时候，方潋已经在街口等了近十分钟。

方潋摁下接听：“喂。”

赵行问："方潋，你到了吗？"

"嗯。"

"不好意思，所里突然有点事，今天可能没法过去了，我改天再请你吃饭好吗？"

其实方潋已经猜到了，他的语气听上去很着急，不知道发生了什么事。

方潋有些担心："没事吧？"

"没事。"

方潋微微蹙了下眉："那好，你先忙，注意安全啊，改天再约。"

挂了电话，前面的车摁了下喇叭，方潋吓一跳，以为是自己站在了停车位上，赶紧往后退了一步。

那车停在原地没动，车窗降下，驾驶座上的人喊："方潋。"

方潋弯腰，惊讶道："温老师。"

温晢扶着方向盘，问她："在这儿等人？"

方潋说："嗯，本来是，但刚刚被放鸽子了。"

温晢眨了下眼睛，看着她问："那可以轮到我了吧？"

方潋："啊？"

温晢脸上的笑有毫不掩饰的开心，他说："早上我不是排过队了吗？前面的人没来，那应该轮到我了。"

方潋没忍住，勾了勾唇角，因为他这些听上去平平无奇其实暗藏心机的话术。

温晢打开车锁，对她说："上来吧。"

方潋没拒绝，绕到另一侧的副驾驶上车。

经过车头时余光瞥了一眼，奔驰 GLC，哪怕是顶级配置也撑死不到五十万。

家住小皇宫，开的车倒是中规中矩。

不是败家子吗？不太符合人设吧。

她一路走过来，温晢的心思也不少。

方潋今天明显是打扮过了，他甚至能闻到香水味，不浓，像夏末秋初发涩的绿橘子。

发动车子前，温晢偏头看了一眼，装作不经意地问："相亲对象约你的？"

"嗯。"

"上次不是说不喜欢吗？"

"不喜欢，但也不讨厌，所以要再相处看看。而且，"方潋纠正道，"我上次是说'不太满意'。"

温晢说："那今天过后肯定是'不满意'了。"

方潋有些无奈："话都让你说完了。"

温晢只是笑。

夜幕将至，天边铺着橘色的晚霞，行人走在下班路上，路灯开始上线营业。

凤凰街尾连着一个露天广场，"后备厢"集市即将开幕，已经停了好多车，游客也不少，方潋看温晢一路往里开，才反应过来："你也要摆摊啊？"

"嗯。"

"卖什么？"

温晢打转方向盘，把车停在空位上，回答说："书。"

方潋疑惑："书？"

下车后，温晢打开车后备厢，纸箱里装了几十本旧书，方潋看着他一本一本拿出来摆好。

这些书纸张泛黄且不说，有些页角卷曲，封面都是残缺的。

书店里崭新平整的纸质书尚且都是滞销货，这破破烂烂的二手书会有人来买吗？

方溆没藏好表情，被温誓看见了。

他说：“本来就是凑个热闹。”

方溆随手拿起一本翻了翻，看到上面有蓝笔圈画的痕迹，她问温誓：“这是你写的吗？”

“嗯，小时候喜欢在书上乱涂乱画。”

方溆挑眉，这认认真真的批注笔记能叫乱涂乱画？用红笔给历史书上的人物图片涂口红才叫乱涂乱画好不好。

看这字迹也挺成熟的，方溆忍不住质疑道：“小时候？难道你现在很老吗？”

温誓说：“反正也不年轻了。”

他把一张印着收款码的纸贴在后备厢门边缘，上面还有两行字：

价格随意

自取即可

“走吧。”

方溆愣住：“去哪儿？”

一辆一辆的私家车拼出了一条灯火通明的街道，温誓说：“前面那么热闹，去逛逛。”

“那车呢？”

温誓把车钥匙抛给旁边卖手写折扇的大哥，说：“老曹，帮忙看一下啊。”

方溆还是不放心：“那有人白拿怎么办？”

“那也没关系。”温誓说，“拿回去能翻开看就行，要是不看也没人会在乎这堆废品。”

那些书看上去都有些年头了，方溆问：“你不留着做纪念吗？”

温誓回答：“不用，有的书只用看一次。”

方潋点点头，隐约明白了他的意思。

夜幕来临，天已黑透，他们并肩走在路上，两旁用后备厢搭出的摊位热闹非凡。

温誓偏头对方潋说："其实你那些木雕也能拿来卖，生意肯定好。"

方潋点点头："改天问问晨晨姐。"

温誓随口问："你和陈老板娘是朋友？"

"她弟弟在我家店里干活，就认识了。"

温誓回想了一下："就那个小伙子啊？"

"对。"

感觉到有蚊虫在面前飞，方潋往后躲了一下。

温誓慢下脚步回头看她："怎么了？"

"没事，有蚊子。"

"你很招蚊子咬吗？"

"呵呵。"方潋冷笑了声，说，"非常。"

没一会儿，她就觉得胳膊痒，伸手挠了挠，果然摸到一个肿块。

方潋举起手臂递到温誓面前："你看。"

周围草丛多，养出来的蚊子也凶，那"蚊子包"又大又红，温誓有些哭笑不得："看来你的血太甜了。"

方潋收回胳膊，用指甲在包上刻了几道印子止痒："我爷爷也喜欢这么说。"

两个人继续往前走，温誓和方潋换了个位置，让她离草丛远一些，还把袖子卷起往上提了提，露出小臂。

方潋看着他的举动，忍不住笑着说："要帮我转移火力啊？"

"嗯，就是怕我的血它们可能不爱喝。"温誓说，"里头没穿衣服，不然还能把衬衫脱给你遮一遮。"

方潋一时掉以轻心忘了分寸，脱口而出："脱吧，又没什么人看。"

温晳停下脚步，愣了愣，还真的伸手要去解衬衫扣子，吓得方潋赶紧上手拦他：“我开玩笑的！”

温晳笑起来：“我也开玩笑的。”

方潋收回手，脸上还有没缓过来的惊吓，想想她又觉得好笑，无奈地叹了声气。

温晳说：“我像那种人吗？”

方潋回道：“万一呢？”

他追着问：“万哪种一？”

方潋回答不上来了。

在沉默的时间里，温晳的手机响起了钱币进账的提示音。

“哟。”他从口袋里拿出手机。

“开单了？”方潋问。

看到温晳勾起嘴角在笑，方潋不禁好奇道：“多少啊？”

“五块。”

卖了五块就笑那么开心？方潋不懂二手书的行情价，但五块怎么听都应该不算多吧。

两人已经走出热闹的区域，恰好走到街口的便利商店，温晳说：“请你吃个冰激凌吧。”

一路走过来方潋确实渴了，答应道：“好啊。”

现在的雪糕五花八门什么样的都有，考虑到那五块钱，方潋弯腰在冰柜里翻找，从最底下抽出一支“绿色心情”。

她抬头问温晳：“你要哪种？”

“我不吃。”温晳接过她手里的冰棍，“我去结账。”

方潋在就餐区坐下，温晳过来时手里还拿着一盒别的东西。

他把冰棍递给方潋，坐在椅子上拆纸盒包装。

“这是什么？”

“维 E 止痒露。”

温誓把瓶子握在手里，侧身面对方潋，说：“那只手给我。”

方潋把冰棍叼在嘴里，把手伸过去。

“我外甥也招蚊子咬，涂这个最管用。”他打开瓶盖，挤了一泵止痒露在“蚊子包”上。

皮肤瞬间感到一阵清凉，还有轻微的刺痛。

温誓把瓶子放到桌上，一只手握着方潋的手腕，另一只手用大拇指指腹把止痒露抹开。

一股浓烈的草药味弥漫开来，方潋咬下一口绿豆冰，撩起眼皮，目光从自己的胳膊移到温誓的脸上。

涂抹开的止痒露很快被皮肤吸收，温誓松开手，抬起头问：“是不是好多了？”

方潋眨眼回神，收回自己的胳膊：“嗯，还真的挺有效的。”

温誓盖好瓶盖，把药瓶放到她面前：“这个你拿回去吧。”

“谢谢。”

温誓坐正身子，看向落地窗外。

街上车辆行人稀少，风吹动树叶，影子在路灯下东摇西晃，长夜安宁。

木樨州地处江南，富饶秀丽，但在现代化高速发展下的今天，这座城市仍旧保留着部分传统。

这里没有夜生活，十点过后就算深夜，人们吃饭早，休息早，起得也早。

吃完最后一口绿豆冰，方潋想到什么，对身边的人说：“那你今晚上岂不是一分没赚，还亏了？”

温誓却并不那么想：“是吗？我怎么觉得我赚大了？”

两人不约而同地偏头，目光落在对方的眼睛里，沉默地试探，隐晦地交锋。

几秒后，方潋睫毛颤动，先收回视线。

“吃完了？走吧。”温誓说着从椅子上站起身。

方潋又看了他一眼，心情莫名有些不爽。

走到门口时，她没有犹豫，抢占先机开口说：“那个，我先回家了，明天还有活儿要干。”

温晢说：“我开车送你吧。”

“不用，我家就在旁边，走两步路就行。”

“好，那到家发个消息。”

没走一会儿，方潋就接到赵行打来的电话。

“所里的事忙完了？”

“对，你现在在家吗？要不要一起出去吃个夜宵？”

方潋想了想，回拒道：“改天吧，我今天有点累了。”

“好，那你早点休息。”

“嗯，你也是。”

从耳边拿下手机，方潋叹了声气，感到一阵疲惫。

夏天真的要到了，蚊虫出没，晚风吹在脸上都是温热的。

第二天上午，吴松月一通电话把方潋喊到茶室，让她帮忙试吃新品。

方潋夹起一颗碧螺虾仁放进嘴里，品尝后评价道：“挺嫩的，就是有点咸。”

吴松月皱眉：“我刚吃了正好啊，是不是你口味淡？”

“可能吧。”以前方学益做饭一年都用不完一包盐，方潋平时吃泡面都只倒一半酱料包。

吴松月把另一盘菜推到方潋面前：“你再尝尝这个。”

方潋用筷子夹起鸡翅，刚要下嘴，觉察出一丝不对劲来：“你喊我过来到底想干吗啊？”

吴松月说：“试菜啊。”

“我又不懂吃的。”

吴松月在她对面坐下，嘴角挑起一抹笑：“好吧，我问你，是不是和那个人成了？”

方潋疑惑：“哪个人？”

“别装了，我昨天都看见你俩了。”

方潋还是一脸问号：“啥？”

“凤凰街啊，昨天晚上，不是你吗？和那个赵 sir。”

方潋反应过来了，说：“那个不是他。”

吴松月愣住：“那是谁？”

方潋低下头，咬了口蛋黄鸡翅，支支吾吾地报了个名字：“温誓。”

吴松月的反应果然如她所料，语调尖锐的一声“你说谁”快要响彻整个大堂，店员们纷纷抬头看过来。

方潋朝他们挥挥手，让他们继续干活去。

“什么情况啊你？”

方潋啃着鸡翅说：“没什么情况啊。我昨天被赵行放鸽子，刚好遇到他，就说了会儿话。”

吴松月抱着手臂凝眉打量她，对这话里的可信度存疑。

方潋抬起头，问出心中疑惑：“你很讨厌他吗？”

吴松月坐回椅子上：“也不是啦，我就是觉得他这个人不太靠谱。”

“为什么？因为他整天游手好闲？”

“你不知道啊？”吴松月哼笑了一声，双臂交叠放在桌面上，凑近方潋说，“听说他为了一只碗欠了七百万，把他爹气个半死。所以他哪里是游手好闲啊，是被赶出家里公司所以才整天没事干。”

嘴里的鸡翅“啪”一声砸到盘子上，方潋保持着张嘴的动作，呆滞地眨了眨眼睛。

“任性吧？”吴松月问完又改口，“不对，应该是‘有病吧’？”

七百万，对他那种富人世家来说好像也不算太多，可如果七百万的等号后跟着一只碗，不管那有多金贵，方潋都觉得太夸张了。

一只碗而已，难道用七百万的碗盛饭吃起来特别香吗？

……说不定呢。

方潋放下筷子，抽了张纸巾擦嘴角，嘟哝了声："确实有病。"

吴松月看见她手腕上的串珠，起了兴趣："这新买的啊？好看哎。"

方潋低头瞥了眼，早上没事干，她把菩提根拿在手里盘了会儿，随手戴上去后忘了摘。

吴松月问："哪里买的？"

"就前两天在南街上，我去买了台胶片机。"

"怎么突然想买胶片机了？"

"收拾东西的时候翻到相册，想起小时候家里有一台相机，也不知道后来去哪里了。"

吴松月把话题又扯了回去："那你和那个赵行呢？相处得怎么样啊？"

方潋的回答还是一样："就那样，再看看吧。"

看她兴致不高，吴松月撇撇嘴，说："感觉你不是很喜欢他。"

方潋扯了下嘴角。

店里还有事，她拿起桌上的手机放进口袋，起身说："走了啊。"

吴松月叫住她："哎等等，给你把菜打包一下，带回去给陈彻他们尝尝。"

方潋提着打包盒回到益木坊，隔着落地窗看见元叔和陈彻忙碌的身影。

田柠养了几盆多肉，中午阳光好，它们在门口排成一排，稍息立定站军姿。

方潋踏上台阶，推开门进去，便听到打磨机的声音"嗡嗡"作响。

"带什么回来了？"李肃元抬头看向她。

方潋拎高袋子回答："松月店里的新菜，吃饭了没啊？"

陈彻放下木条，抬起胳膊擦了擦汗："没呢，在等你回来。"

方潋走到小桌子边，取出打包盒打开盖子，喊田柠去拿碗筷。

“好香好香。”陈彻把脑袋凑过来，他刚干了活儿手是脏的，便推了推方潋，说，“我要吃牛肉。”

方潋擦了擦手，拈起一片卤牛肉喂给他。

李肃元过来看见这一幕，打趣道：“喂小狗呢？”

方潋笑起来，配合地发出逗狗的“嘬嘬”声。

陈彻嚼着肉，幽怨地瞪了李肃元一眼。

方潋笑着笑着，走了个神。

她在想，这才是她熟悉、习惯，并能拥有的一切。

五一假期结束了，但调休还没结束，明明是周六，但街上空空荡荡的，和平常的工作日下午不无区别。

上次的胶卷用完了，方潋带到店里去冲洗。

老板还记得她，让她在外面等等，给她加快弄好。

方潋坐在沙发上刷了会儿手机，一抬头看见对面有一家手作工坊，门店招牌上写着“串珠・香包・蜡烛”。

反正在这儿等得无聊，方潋起身走出相机店，朝街对面的店走去。

推开门，店里光线偏暗，安静得让人不自觉放轻脚步。

柜台后的老板娘站起身接待她，是个面容和善的中年女人，穿着蓝白扎染长裙。

她问方潋：“你好，想来做手工吗？”

方潋摇头，告诉她：“我就随便逛逛。”

店铺分为两个区域，手工区放置着桌椅，每张操作台上都有工具，另一边就是展示用的木质货架，上面摆着许多可以直接购买的成品。

方潋的目光一排一排浏览过去，最后停在手串区，她问老板娘：“这些是菩提根吗？”

老板娘为她解释：“这里的是菩提根，这上面的是蜜蜡，这个是绿松石。”

她留意到方澂手上就戴着一串绿色飘花菩提根，夸道："你手上这个就挺漂亮的。"

方澂抬起手："别人给的，我也不太懂。"

老板娘又仔细看了看，突然"嘶"了一声："我怎么觉得这串有点眼熟呢？"

方澂怔怔地眨了眨眼。

老板娘抬头仔细端详她的脸，问："你是不是认识温晢啊？"

方澂点点头。

老板娘露出笑容，又问："他在追你？"

方澂果断否认："没有。"

老板娘一副看破不说破的样子，笑笑，说："这串成色好，我本来想自己留着，盘了好几天了，被他要走了，就知道是要送人。"

方澂瞬间不想多待了，找借口说："那个，我照片还在对面洗，应该快好了，先走了。"

老板娘热情道："哎，有空过来玩啊，温晢和我老公关系很好的。"

方澂提着嘴角僵硬地笑了笑。

她一路加快脚步回到相机店，没等多久老板就从操作间走出来了，手里拿着刚洗好的一沓照片。

他问方澂："这些你都要吗？我看挺多是之前留在里面的，你不要就给我，我正好拿来做个照片墙，钱我就不收你的了。"

方澂答应道："行，那我把我的挑出来。"

老板拿了一沓在手里，也帮着她一起分拣。

翻到某一张时，他刚要归到自己面前的这一类，就被方澂出声打断："这张我要的。"

"哦。"老板把照片递给方澂，随口问，"这张是你拍的？"

"对。"

老板露出一个"懂了"的笑容，问："上头是你男朋友？"

方溦摇头："不是，就一路人。"

老板记得那天她在摊位前和一个男人说过话，不是男朋友他信，但是路人他可不信。

他了然地笑笑，说："这镜头和人的眼睛一样，拍的时候眼睛在哪里，一看照片就知道了，你眼里有他。"

方溦面无表情地盯了他两秒，问："你这么八卦啊？"

老板"哈哈"笑了声，从抽屉里拿了个纸袋给她装照片。

也许是新相机带来了久违的新鲜感，方溦平时这么一个不爱出门的人，最近天天在外头，拿着相机随走随拍。

木樨路是整座城内历史最悠久的老街，傍河而建，水路并行，与其他热闹喧哗的商业街不同，这条街至今仍保留着古城风味，清静而古朴。

今日多云，又是工作日，路上行人稀少，很适合取景拍照。

方溦站在石桥上，风平浪静的好天气，河岸上停泊着一艘废弃的乌篷船。

她摁下快门，继续往前走，一转头却看见一道熟悉的身影。

温誓站在桥下，微微仰着脑袋看着她，脸上也有意外。

已经数不清是两个人第几次的不期而遇了。

方溦走下台阶，问温誓："你怎么在这儿？"

温誓侧身指了个方向："来这边取个货，你呢？"

方溦举起手里的相机："拍照。"

"那天买的那台？"

"嗯。"

方溦看他两手空空，不免好奇道："你不是说取货吗？货呢？"

温誓从口袋里拿出一个巴掌大小的百宝袋，对方溦说："手摊开。"

方溦乖乖摊开右手，想到那只七百万的碗，她又伸出左手靠上右手，一并伸到温誓面前。

这副样子看着有些呆。

温誓一边笑一边打开袋子。

几枚古铜色的圆币滚落到掌心，方溦捧高手，放到眼前仔细端详："这是什么？"

与一般的钱币不同，这些圆币都雕刻着立体花纹，空洞的骷髅头细致精妙，看上面写的年份，大多产自二十世纪三十年代。

"这叫'流浪币'。"温誓把圆币翻面，给方溦看上头的镂空雕花，"美国经济大萧条的时候，很多人流离失所，成了流浪汉。他们用简单的方法美化硬币，原本就是为了让它们多点艺术价值，好拿来买更贵的东西。后来这种东西慢慢发展起来，加上镶嵌、点金之类的工艺，就渐渐成了一种艺术品。"

一听到这些正儿八经的历史知识，方溦就想开小差，一开小差，她就忍不住张嘴打了个哈欠。

两个人对视一眼，温誓微笑着问："是不是很无聊？"

"没有。"方溦把东西还给温誓，"我是差生。"

也不能一直在这儿干站着，方溦看了看周围，提议说："要不我请你喝杯东西？"

温誓自然是答应："好啊。"

街上新开了许多饮品店，方溦就近找了一家，点了两杯招牌。

下午客人不多，店员很快制作好，通知她取单。

方溦一手一杯捧着奶茶，回头找温誓。

他站在岸边，对面好像是一家茶楼，能听到"嘤嘤呀呀"的唱曲声。

方溦走过去，把其中一杯奶茶递给他。

"谢谢。"温誓说。

"你那杯去糖的，应该不甜。"

茶底有茉莉清香，奶味浓郁，冰冰凉凉的，很清爽。

温誓评价道："还不错。"

方潋点点头，也说："还不错。"

"哎，你听过评弹吗？"

"小时候跟着我爷爷去听过。"方潋顺着他刚刚视线的方向看过去，"你想去听吗？"

温晢说："也不是想，就是发现我还没听过。"

"没听过？"方潋感到惊讶，"怎么会？"

温晢解释道："我不在这儿长大，大学也不是在这里上的，算起来在木樨州前前后后也就待了五年。"

方潋有些蒙："那你，那你在哪里长大的？"

温晢回答说："南蝉州，我跟着我外公长大的。"

"哦。"方潋点点头，其实心里更疑惑了。

两个人沿着河岸往前走，气温刚好，多云的天气也不用担心太阳晒。

看到好看的景色，方潋便停下来举起相机。

"哦，对了。"温晢站在一旁等她，手里拿着两杯冰饮，说，"你上次做的那只'小老鼠'我外甥很喜欢，你最近有空吗？能不能再给他做两个？随便什么都行。"

"可以啊。"方潋一边看着取景框一边回，"但我这两天开不了工，刀不行了，等换了新的就给你做。"

温晢问："对你们来说，工具是不是很重要？"

方潋不知道他为什么要问句废话："那当然，厨子切菜还挑刀呢。"

温晢又被她逗笑。

下午四点多，天空神奇地出了会儿太阳，金灿灿的阳光斜斜打在古街上，把地上的影子拉长。

时间不早了，照片拍得够多了，饮料要喝完了，街也快走到尾了。

"往回走吧。"方潋说，"哪杯是我的？"

温晢把右手伸过去："这个。"

冰块融化成水，奶茶的味道被冲得很淡，方溆喝了两口，把塑料杯丢进垃圾桶，突然抬头问身边的人：“能问你个事儿吗？”

温晢偏过头：“什么？”

方溆顿了顿，开口问：“你真为了一只碗花了七百万啊？”

她知道问这问题或许会有些冒犯，但没有想到会是周身空气都尴尬凝固住的地步，温晢嘴角的笑容都收回去了。

方溆一下子有些不知所措。

在短暂的沉默后，他开口回答说：“是六百八十万，但不都是为买碗花的。那只碗一百八十万，还有五百万是……是我另外欠家里的。”

所以是真的，方溆收回目光，看看有钱人，都是用“万”做单位的。

方溆其实还有问题，但不敢多问了。

温晢低头盯着她脸上的神情，问：“怎么了？”

“没怎么。”方溆继续往前走，“街上有很多关于你的传闻，我好奇，向本人求证一下。”

“是吗？什么传闻？好的还是坏的？”

方溆回头看了他一眼：“好的坏的你心里没数吗？”

温晢笑了，又问：“那你信吗？”

方溆的脚步慢了慢，像在等他跟上，然后告诉他：“我不从别人嘴里认识一个人。”

他们又回到了石桥上，台阶不规整，得小心看着脚下的路。

温晢说：“我没那么不好。”

方溆回道：“我也觉得。”

走过来的一路上他还想了很多话，现在觉得都没必要说了。

这就够了。

第四章

雷雨天

沿着河岸走完一圈，两人在路口分别，夕阳灿烂，街道上的车辆多了起来。

温誓问方潋怎么回去，方潋说："我晚上约了人吃饭，他等会儿过来接我。"

"哦，那再见。"

方潋抬了下手："再见。"

温誓转身，朝着停车的方向走，方潋站在原地没动，但目光不由自主地跟了过去。

很快，那抹身影消失在拐角。

没多久，赵行的车也到了。

方潋拉开车门坐上副驾驶，赵行把买好的奶茶递给她，问："下午就一个人在这里逛？"

"谢谢。"方潋接过奶茶，"还有一个朋友。"

赵行下意识地以为是她的闺蜜之类，便问："那怎么不喊'她'一起吃饭？"

方潋想了想，回答说："不用，他晚上还有事。"

下午喝过一杯奶茶，现在再看到甜的饮料方潋有些反胃，插好吸管后她只是浅浅喝了一口便握在手里没再动过。

赵行留意到，以为是不合她口味："不好喝吗？"

方潋说："好喝的。"

她举起奶茶又多喝了两口。

晚高峰路上堵，轿车走走停停，十分钟了才开过一个路口。

方潋偏着脑袋看窗外的风景，赵行不说话的时候，她也不怎么会主动开口。

电台里播放起《晴天》，他伸手调高音量。

就这一瞬间，方潋好像看到了某种可能的未来。

平静、和谐、稳定，有人陪伴，但……

但就像一杯白开水，不管怎么加热还是冷却，都冒不出气泡，也改变不了寡淡的味道。

几个月前这种生活就是方潋想要的，但现在她怎么不太确定了。

方潋没去细想答案。

赵行带方潋去了一家无国界餐厅，装修风格精致小资，像是一间洋房花园。

又是一家爆款网红店，大堂里坐了很多客人，赵行依旧体贴地提前预订了位置。

两个人在窗边坐下，举目便可看见流光溢彩的城市夜景。

方潋翻开菜单，每道菜都把食材写得明明白白，但合在一起看她就想象不出味道了。

银鳗鱼蔬菜汤、白葡萄酒蒸贝、鲜虾芒果纸米卷、罗勒奶油咖喱意面……方潋的手指划到菜单页面末端，也没有挑出一道想吃的，她放弃选择，把点菜的任务交给对面的男士："要不还是你点吧。"

赵行接过菜单："没什么不吃的吧？"

"没。"

他叫来服务员，很快就做好了决定。

平时两个人在微信上聊得不算多，等菜上桌的期间说了说彼此的近况，都和往常一样，几句话便可以交代完。

钢琴曲缓缓奏响，虽然客人多，但店内的环境还算是清静。

按照见面的次数和接触的时间来说，今天就差不多是那个节点了，决定是继续了解还是止步于此。

方潋心里没有太确切的答案，好像可以，好像又不可以。

她转着玻璃杯，想把先开口的机会让给对方。

可下一秒赵行说的话却不在她的预料之内。

"方潋，其实我们很早就见过。"

方溦怔住，一下子反应不过来：“什么时候？”

“很早、很早以前。”赵行笑起来，露出两边的虎牙，“我刚来派出所工作没多久吧，你那会儿差不多二十？反正年纪挺小的。”

那真的是很早之前了，方溦挠挠脖子，皱眉检索回忆。

赵行提示她：“你忘了？你开一辆摩托车，和一‘宝马大哥’在路口……”

“哦！”方溦想起来了，与此同时神色变得僵硬。

赵行没继续说下去，笑着喝了口水。

那些年少往事重新涌入脑海，方溦被猛烈的羞耻感冲击，手指蜷紧，感到喘不过气。

但是这种时候不说话似乎更尴尬，她随口扯了一句：“那你记性真好啊。”

赵行说：“不是我记性好，是你太让人印象深刻。”

方溦扯了扯嘴角，笑不出来。

“我记得后来有个男孩来接你，是你哥还是……”

“男朋友。”方溦又补了句，“当时的男朋友。”

“我猜也是。”赵行顿了顿，“你性格变了很多。”

他前面铺垫了那么长一段，大概就是为了说这一句话。

方溦看着吊灯投射到桌面上的光圈，几秒后开口说：“人嘛，总要长大的。”

服务员来上菜，一道澳洲牛肋条烧烤拼盘几乎占据了半张餐桌。

“尝尝。”赵行先夹了一块肉到方溦的盘子里。

方溦低头拿起刀叉，吃得很认真。

赵行问她：“好吃吗？”

方溦点点头，她现在哪有心思品尝味道。

距离那件事得有个六七年了，摩托车是张潮的，她开在路上，被旁边一辆宝马车跟了一路，那车主又是吹口哨又是一直喊美女的，还试图抢她车道，就方潋那会儿的脾气怎么可能忍得住。

到了下一个红绿灯，她熄火下车，一边走过去，一边从包里摸出口红，不带一丝犹豫地在人家车窗上画了两个鲜红的字母。

她当时的脾气可比人辣多了，最重要的是什么都不怕，见人家骂骂咧咧要下车，她往车门边上一堵，上手把人家头发一薅，用上了平生会的所有脏话。

两辆车堵在路口，要是交警叔叔来得再晚点，那大哥的眼睛就得被她的指甲戳瞎了。

那会儿的张潮也是刺头一个，事情闹到派出所后，他接到电话赶过来，气冲冲地攥着拳头，一进门就嚷嚷着要揍人。

虽不是方潋挑的事，但恶化事件的罪名她逃不掉，这行事风格太冲了。

她和张潮两个人被警察叔叔好一通思想教育完才让走。

过去这么多年，方潋都快忘干净了，二十岁的她也不会想到，其中一个“警察叔叔”会在多年后坐在她对面和她相亲。

她现在的心情简单概括就是两个字：想死。

赵行夹了一只泰式咖喱虾给方潋，说：“你当时的笔录是我记的。你名字特别，陈晨和我介绍你的时候我就认出你了。”

他顿了顿，又说：“她和我说了些你家里的情况。”

方潋缓缓抬眸看向赵行。

“所以，以后在我面前你可以放松一点，我们算是老熟人了。”

方潋没说话，心情变得有些复杂。

她第一次对赵行表露出来的好感产生了质疑。

吃过饭，赵行照旧送方潋回家。

他提议下次可以不开车出来，去找家烧烤店喝酒。

方潋晚上睡得早，基本不会吃夜宵，但还是点头应“好”。

赵行最后对她说：“晚安。”

方潋说完“拜拜”，就转身走进了楼梯间。

在外晃荡了好多天，连陈晨都来催方潋赶紧开工，说店里的货架快空了。

方潋让她再等等，说前面排了别的单子。

陈晨一听不得了了，质问：“你不是不接单的吗？”

方潋回道：“偶尔也有例外。”

好几天没去益木坊了，把拍好的照片洗出来后，方潋拿了一沓放在方学益的墓前，想了想就不烧过去了，不环保，老头应该能看见吧。剩下的她准备带去店里，找面空墙贴上。

大概是她缺勤太久，两个小孩有脾气了，方潋一进门，田柠掐着嗓子问：“请问是来定制家具还是取货啊？”

陈彻也装不认识她：“哟，这不那个谁吗？”

方潋懒得搭理他俩，翻了翻这两天的订单，和元叔确认了一下进度。

“对了姐。”田柠指着墙角一纸箱子对她说，“你有个快递到了。”

“我的？”方潋感到奇怪，“我没买什么东西啊。”

田柠说：“还挺沉的，快递小哥说是贵重物品，我们就没拆，昨天刚到的。”

方潋挠挠脸，拿了把刻刀蹲下身。

田柠也凑过来帮她收拾拆下来的胶带，看见里头的东西后张大嘴“哇”了一声。

方潋看似面无表情，其实心里也差不多这个反应。

“什么东西啊？”陈彻在给木板凿孔，好奇地伸长脖子。

方潋使了把劲把里头的东西拎出来，木箱砸到桌面上发出一声沉重的闷响。

她打开锁扣，看见内部构造时，旁边的田柠又是吸气惊叹。

光第一层就有三个木格，里头各有大大小小五把刀。

方潋一层一层看下去，眉头越皱越紧。

刀柄是黑桃木的，田柠忍不住上手摸了摸，评价道：“手感不错哎。”

陈彻走过来，看到那箱子东西眼睛都亮了：“我去，这进口牌子吧？姐你大放血啊。”

方潋没说话，不知道在想什么，几秒后她拿走田柠手里的那把铲刀，放回工具箱里，然后盖上盖子扣好锁扣。

“不是我买的，应该是有人送错了。”方潋从口袋里摸出手机，走出去两步又回头交代道，“别瞎碰啊。”

她猜到是谁送的，想了想还是直接拨了个电话过去。

等了半分钟，那头没接。

方潋挂断，又重新拨了一个。

打到第五通电话的时候，温誓接了。

他开口就先说：“刚刚在吃饭，手机不在身边，怎么了？”

方潋站在后门口，初夏的风吹得人心绪浮躁，她说：“温老师，这是不是有点夸张了？”

不知道他是真没听懂还是装傻：“什么夸张？”

方潋说：“杀鸡焉用牛刀。”

温誓在电话那头笑了声，问：“收到了？我也不太懂，问了几个朋友，应该是好用的。”

方潋踩着脚下的碎石，突然感觉到一种疲惫。

她提起一口气，又缓缓吐出，说：“温老师，用不着这样，贿赂也没有这个贿赂法。”

后门口有棵老枇杷树，几年前到了春夏还能结结果，现在都开不出花了。风一吹，居然还在向下掉叶子。

电话里没声了，温誓停了很久，像在做什么准备。

方潋举着电话，耐心等着。

“我是贿赂吗？”他先问，后又说，“方潋，难道你看不出来吗？

我追你也不是一天两天了。”

方溦怎么可能看不出来，甚至她就在等这句话，好让她说出她准备好的那句——

“那抱歉了，我不喜欢负债的男人，我吧，只和男人有福同享，不和男人有难同当。”

一口气把话说完，方溦没给温誓再开口的机会，直接说：“挂了。”

她切断通话，握着手机回到店里，交代田柠说：“有人寄错地方了，你找快递下个单，地址我发你微信上。”

田柠：“哦，好。”

陈彻眼见着到手的好东西又要飞走，向方溦反复确认：“确定是寄错了吗？真的不是有人要送给你吗？我可不可以上手试用一下？”

方溦挨个给出回答：“确定，不是，不可以。”

陈彻扁嘴：“也是，谁会送你那么好的东西。”

方溦瞪他：“啧。”

李肃元摁着陈彻的脑袋抓他回去工作，方溦从抽屉里拿了小刀和胶带。“刺啦”一声，她把胶带用力拍在纸箱上，重新包装好。

——“难道你看不出来吗？我追你也不是一天两天了。”

方溦握着胶带，突然晃了下神，第一遍听的时候脑子还没完全反应过来，现在回想起来，心跳后知后觉地乱了节拍，紧随其后的是一阵烦躁。

方溦用小刀割断多余的胶带，逼自己不再去想。

另一头，电话被挂断后，温誓维持着同一个姿势，呆滞了很久才回过神。

他反复琢磨着方溦那句话，越想越觉得好笑。

行，他知道了。

孟凡接到温誓电话时正在写字楼楼下悠闲地喝着咖啡。

看到联系人名称，他脸色一僵，温誓一般不会主动找他，想起来才会过问两句财务状况。

某种意义上，温晢是个很好的雇主。

温晢在电话里让他去家里一趟，孟凡不敢耽搁，立刻回工作室整理了一份报表，带着文件夹动身前往听河路。

木樨州以园林闻名，城区内保留了许多古典园林，但孟凡其实不太理解这种装修风格，为什么有钱人会喜欢把家弄得像景区一样。

这是他第二次来温家，依旧是冯叔给他开的门带的路。

温晢的卧室在二楼，孟凡轻轻叩响门。

“进来。”里头的人说。

“好久不见。”温晢坐在书桌后，对他说，“坐。”

“好久不见。”

小梅端了两杯茶进来，把杯子放到孟凡手边时说了句：“小心烫。”

孟凡微笑道谢。

“今年的收支情况都在这里。”他把文件夹递给温晢，每一个项目每一个板块他都用索引贴做了标注，条理清晰，一目了然。

温晢接过后并没有翻开，而是直接问：“我还欠我妈多少钱？”

孟凡愣了愣，抬手把眼镜往鼻梁上推：“这两年生意难做，店铺收益普遍都不高。”

温晢摆摆手，不想听这些：“给我个数字就行。”

孟凡还是没直接说：“你每个月的开销都不低，再加上一些额外的支出……”

温晢皱起眉头，逐渐反应过来了：“所以该欠多少还是多少啊？”

孟凡点头。

温晢叹了声气，起身走到柜子前，从保险箱里取出一个文件夹。

“把这套房子转到我妈名下。”

温晢名下有什么财产，孟凡比他自己还清楚。

孟凡翻开房产证，快速扫了眼，提出质疑道：“你确定吗？这估值肯定不止七百万，而且你不是买来留着养老的吗？”

温晳无奈道：“手头也没其他能周转的钱了。”

“那个……”孟凡欲言又止。

温晳：“你说。”

“你可以卖两个你那些古董花瓶啊。”又贵又没用又占地方，岂不是个更好的选择？

温晳摇摇头，仿佛在嫌弃他不懂行：“能卖的都是不值钱的，全抛出去都不够，值钱的傻子才卖。”

孟凡喝了口杯子里的茶，心想，我怎么觉得是傻子才买。

察觉到温晳的反常，孟凡问道：“怎么突然想起这回事了？夫人催你了？”

“没有。”秦昭巴不得温晳一辈子还不清那钱，好让他一直住在家里。

“没什么事了，你去忙吧，手续办完后告诉我一声。”

“好。”孟凡刚要起身，想了想又坐回去，对温晳说，“其实还有个办法，你可以回公司上班啊，一个项目的分成就够还清了。”

温晳笑了声，不以为然道：“算了吧，忘了我那五百万怎么赔的了？”

孟凡清清嗓子，试图说服他：“你姐姐也是进公司之后慢慢上手熟悉起来的，其实不难，你也不蠢……”

温晳严肃语气，出声打断他：“但我不想。”

“你去忙吧。”

孟凡知道多说无益，识相地闭嘴，起身向温晳告辞。

孟凡的办事效率不用担心，几天后温晳把房产证拿到秦昭面前，朝她摊开手说：“我那欠条呢？拿来吧。”

秦昭不知道他好端端地为什么来这一出，疑惑地翻开房产证：“干吗呀？”

温晳回道：“还债啊。”

秦昭警惕地瞪大眼睛："你又想搬出去是不是？"

"不搬。"温暂还伸着手，"欠条给我。"

秦昭态度坚定："那你和我说你想干什么。"

温暂打诨道："想自由自在地生活在阳光下。"

"滚。"秦昭上下打量他，"到底什么事？"

温暂叹了一口气，坐到秦昭旁边："有人嫌弃我是负债之身，不愿意搭理我，你快把欠条给我。"

秦昭抛出八卦的眼神，追问道："谁啊？"

温暂留了个心眼："你给我我就告诉你。"

僵持了几秒，秦昭玩不过这小子，上楼去卧室给他找欠条。

在她心里，她的钱自然就是温暂的钱，哪用得着和亲儿子算那么清楚，根本没惦记过这回事，之所以一直留着那张欠条，是因为她难得在温暂的人生里找到了某种参与感。

他从小不在她身边长大，快成年时才接回温家，秦昭从来没有过小孩在学校里闯了祸，家长被老师叫到学校擦屁股的体验。

所以当那次温暂打电话给她，犹犹豫豫地跟她开口借钱的时候，她其实很开心。

因为那种被需要的感觉。

她拉开抽屉，从本子里取出保留完好的欠条，突然有些不舍得还给温暂。

把东西交出去的时候，秦昭也留了一个心眼："那你答应我不许搬出去。"

温暂说："不搬。"

等欠条到了手上，他才补上后半句话："暂时不搬。"

秦昭气得瞪眼，等温暂走到门口才想起来问："所以到底是谁不理你啊？"

温暂还是打马虎眼，一边换鞋一边扬声回道："以后你就知道了。"

那通电话结束后，方潋好几天都没见到温誓的人。

她想对方要么是知难而退了，要么就是静悄悄地憋了什么大动作。

果然，周三下午，某人衬衫西裤，头发明显用发胶打理过，怀里捧着一大束花出现在了益木坊门口。

当时方潋穿着宽大的背带裤，三天没洗的头发被绑成丸子头顶在脑袋上，右手还握着一把锤头。

她不可思议地上下扫了温誓一番，张口问了五个字："你发什么疯？"

温誓像是根本没听到，脸上的笑比外头的阳光还灿烂，说："你今天很可爱。"

方潋蹙眉，不觉得自己这个人和这个形容词有任何关系。

陈彻和田柠面面相觑，彻底傻眼，饶是李肃元也是头一次面对这种场景。

明明没来过益木坊几回，但某人已经自在得仿佛在自己地盘上了。

温誓把花放下，问方潋："饿不饿？想不想吃点心？"

方潋冷淡地回道："不饿，不吃。"

温誓也不受挫，垂眸看到她手腕上的东西后勾唇笑了。

方潋这才想起来，但已经来不及藏了。

温誓说："颜色润了不少。"

言下之意是：朋友你没少盘啊。

这一回合算方潋败北。她不想理他了，握着锤头回到木板前继续钉钉子。

温誓还是懂分寸的，这会儿再去招她就得惹人烦了，他把目光转向店里的其他三个人。

陈彻先耐不住好奇，问他："你是我姐的新对象？"

温誓看向方潋，回答说："还不是。"

方潋手里的动作一顿，停下翻了个白眼。

温誓又笑着说："我在追你姐。"

田柠倒吸一口气，双手捂住脸。

李肃元默默打量了眼这位年轻人，看向方潋说："稀奇啊，头次见方潋丫头被人追。"

温誓一听，颇感意外，回头问方潋："第一次啊？"

方潋低着头回避他的目光："才不是。"

陈彻乐呵呵地围观这出好戏，刚看到劲头上就被李肃元一把拽走："过来把柜子搬车上去。"

一老一少两个男人送货去了，田柠也借口要做晚饭溜到厨房里躲着，把外头的空间留给那两个人。

等其他人走光了，温誓靠在工作台边，从口袋里摸出一张纸，递到方潋面前。

"什么啊？"方潋伸手接过。

"欠条，债我还清了。"

方潋看看上头的字，又抬头看看温誓，一时间心里五味杂陈。她把欠条还给他，说："你应该听得出来，那就是个借口，我不喜欢你。"

温誓紧接着问："那你讨厌我吗？"

方潋一下子回答不上来。

温誓笑意不减，说："不喜欢，但也不讨厌，所以要再相处看看。"

这是方潋自己说过的话，她无法反驳。

"……随你。"

温誓拿出手机，问："不想出门的话，我点个外卖？你喜欢吃什么？"

"这你都不知道？"方潋故意阴阳怪气，"就这样还追人啊？"

温誓放下手机："行，那我现在就去把你调查清楚。"

他作势要去找田柠，方潋丢不起这个人，赶紧开口拦住他："馄饨，我现在想吃馄饨。"

温暂停下脚步回过头："好，我去买。"

看着男人推门出去的背影，方潋放下手里的工具，无奈又想笑。

附近就有一家馄饨店，没一会儿温暂拎着两份打包好的清汤馄饨回来，将其中的一碗给了田柠。

将另一碗递给方潋的时候，他说："买油氽团要排队，我怕馄饨泡久了不好吃，下次再给你买。"

"……哦。"

方潋去卫生间洗了个手，坐到小沙发上，揭开打包盒盖子，问温暂："你不吃啊？"

温暂摇头："我不饿。"

方潋盯着他看。

温暂笑了："看什么？"

方潋问："不会是还完债身上没钱了吧？"

温暂俯身，拉近两个人之间的距离："对啊，怎么办？方老板要收留我吗？"

方潋捧高馄饨挡住自己，身体往后靠在沙发靠背上，用沉默作为应答。

吃完馄饨，方潋要赶工，大多数时间温暂都在和田柠说话。

方潋好像听到他问了句："那她喜欢什么样的男人啊？"

…………

快下午五点的时候，温暂起身说要走了。

方潋今天已经输了好几回，她觉得得在他走之前扳回一局，所以叫住温暂，把花塞回他怀里，说："温老师，我这人比较传统，贪图安稳，最喜欢有稳定工作的男人。"

她的咬字重音在"稳定工作"四个字上。

温暂在一瞬的愣怔后重新提起嘴角，他抓着方潋的手腕，二话不说又把花还到她手上："知道了。"

温晢："走了，再见。"

方潋看着手里五颜六色、繁杂娇嫩的花朵，闷在胸膛里的那口气还是没能吐出去。

陈彻和元叔送完货回来了，方潋抱着花，交代陈彻说："去你姐那儿要个花瓶来。"

陈彻刚要动身，方潋不放心他的审美，叫住他说："算了，还是我自己去吧。"

想想她又觉得不行，晨晨小铺隔壁的瑾瑜轩是温晢朋友开的，他经常去，万一被他撞见怎么办？

方潋又折返回来，对陈彻说："还是你去吧。"

陈彻看着她进进出出的，忍不住说："姐，你现在不叫'方潋'，你叫'方寸大乱'。"

田柠放声狂笑。

方潋本就心烦意乱，这下心里更堵了，没好气地回道："就你长嘴了是不是？"

派出所近来事情多，赵行还总是要值夜班，方潋好几次想找他见个面，对方都在忙。

这可给了另一位闲人好机会，温晢每天都来，有的时候方潋不在，他就坐下和元叔他们聊聊天。

益木坊的大门敞着，方潋没道理不让人进，何况他还是客人，有名正言顺的理由来"监工"。

田柠说他最近来的次数比方潋还多，偶尔要搬什么东西，温晢都会去搭把手，已经算是益木坊的编外人员了。

花瓶里的花没几天就会凋，温晢总会看准时间带束新的来。

街还是往常的那条街，店还是往常的那家店，但日子好像不太一样了，不知不觉就热闹许多。

大部分时间里，方潋坐在里头雕东西，经常能听到外面笑声连连，不知道那四个人在说什么，是不是在聊她。

有时她抬起头活动脖子，总会看见温誓的视线正落在她身上。

他永远笑着，那种笑让人心情平静。

让人会忘记很多事情。

但方潋的态度还是很坚定的。

温誓看起来不像是那个会陪她一起在大年夜吃全家桶的人。

所以那些话听过就算了，她不会当真。

今年不知是什么原因，还没到六月，每日最高气温就已经飙升到了三十多摄氏度。早上还好，到了下午太阳炎热，空气又闷，干活时必须开着空调，不然出一身汗太难受了。

“今年怎么这么热啊？”陈彻从冰箱里拿出一瓶冰可乐。

李肃元摘下手套，说：“下个礼拜就有雨了。”

他俩准备出去送货了，田柠趴在桌上睡午觉，方潋关了灯，把空调温度调高了些。

赵行发了条微信，问她喜不喜欢吃杨梅。

方潋回道：还可以吧。

她一个人坐在桌子前，开了盏小台灯，打算雕个蘑菇。窗帘遮挡了屋外的灿阳，店内一片静谧，只听得到铲刀切木头的声音。

方潋用刀给“蘑菇”刻出内部纹理，总觉得耳边能听到什么“嘀嗒嘀嗒”的声音。

她放下手里的东西，起身出去查看。

地板上不知何时积了一大摊水，方潋仰起脑袋向上看，空调水还在继续往下滴。

田柠听到动静，睁开眼睛问方潋：“怎么了？”

“空调漏水。”方潋搬了张椅子过来。

幸好下面没放什么东西，要是放了木头估计得泡坏。

田柠揉着眼睛起身，去卫生间拿拖把。

方潋踩在椅子上，举起手臂打开空调盖子。不知道上面多久没擦过了，这么一动抖下一片灰尘，她屏住呼吸皱紧眉头。

田柠一边拖着地，一边问她：“坏了吗？”

方潋自然是对家电一窍不通，象征性地拨拨这里，看看那里。

方潋低下头：“元叔什么时候回来？”

田柠回答：“估计还早，他们今天去新城区那里。”

方潋叹了声气：“……你去对面喊张潮。”

“好。”

田柠把手里的拖把靠在墙边，没一会儿就带着人回到店里。

张潮：“空调漏水啊？”

方潋拿抹布擦了擦空调外壳，从椅子上下来：“嗯，一直在滴。”

张潮站上去，先拔了插头，打开隔板检查了下冷凝器和排水槽。

“有矿泉水瓶吗？”他低头问方潋。

方潋看向田柠，田柠收到眼色，赶紧说：“我去找找。”

张潮又交代道：“找到灌满水给我。”

方潋问他：“什么问题啊？”

张潮回答说：“排水管堵住了吧，清干净就行。”

很快，田柠拿着两瓶灌满清水的可乐瓶子回来了，方潋接过，伸手递给张潮。

空调关了，室温很快飙升回三十摄氏度。

张潮一阵忙活，方潋看他背上的T恤被汗打湿了，问他喝不喝可乐。

“不喝，有别的吗？”

方潋打开冰箱，早上温誓点了绿豆汤送到店里，方潋的那份还没喝。

没有其他的了，她只能问：“绿豆汤呢？”

“行。”感觉排水通畅了，张潮盖上空调盖子，从椅子上跳下来，走去卫生间洗手，“元叔和陈彻不在啊？”

“送货去了。”方潋从厨房拿了把勺子，“下午没客人？”

“没。”张潮甩了甩手，接过方潋递过来的绿豆汤，在沙发上坐下。

看见身后的窗台上摆着一排小物件，他好奇地伸手去拿：“这是什么？香菇啊？”

“哎哎哎，刚上完色没干呢。”方潋赶紧去拦他，一只膝盖磕在沙发上，抓住张潮的手腕没让他碰到。

她这一扑过来把绿豆汤碰洒了，张潮看着湿了一块的裤子，叼住勺子朝方潋伸手，含混不清地说：“餐巾纸。”

方潋把一整包纸都丢了过去。

张潮不爽道：“什么态度啊？我都没找你要工资呢。”

方潋刚要开口，一抬眸瞥见窗外有一道熟悉的身影。

她心一紧，第一反应是把绿豆汤从张潮手上拿走。

张潮还以为说她两句东西都不让吃了，忍不住埋怨：“大姐，几岁啊你？”

他来得太快，下一秒玻璃门被推开，方潋手里端着一碗绿豆汤，站姿笔挺，表情呆滞。

温暂进门，奇怪地看她一眼，问：“站在这儿干什么？”

方潋还愣着没回答，她身后的人冒出一颗脑袋，拿下嘴里的勺子，问她：“谁啊？”

方潋眨眨眼睛，小声回答了句：“客人。”

温暂看到她手里的绿豆汤，明白了些什么。

田柠默默拖着地，眼睛时不时往那里瞥一眼，在心里替她姐捏把汗。

“好喝吗？”温暂笑着问。

方潋却觉得那笑不似平常，冷冰冰的。她硬着头皮回答：“好喝。”

张潮舔了舔嘴唇，直觉气氛诡异，不能再待下去了，站起身说：“我店里还有事，先走了啊。”

擦肩而过时两个男人对视一眼，心思各异。

张潮刚要出去，外头又有人要进来。

方激朝门口看过去，简直两眼一黑。

赵行提着一篮杨梅走进来，扬起笑脸和方激打招呼：“嗨，好久不见。”

张潮看到这情况，赶紧跑了。

方激深呼吸保持镇定，问：“你怎么过来了？”

赵行举高手里的篮子，说：“朋友送了杨梅，我尝过是甜的，拿一篮给你。”

这还是他第一次来店里，忍不住好奇地东张西望。

但方激这时候哪有心情带他参观。

整个屋子里似乎只有他在“独自开朗”，田柠躲在角落里努力降低自己的存在感，方激已经不太会呼吸了，更不敢去关注另一个人此时是什么表情。

赵行对方激说：“最近所里事情多，好不容易排了明天休假，你晚上有空吗？出去吃饭？”

还没等她回答，一直安静站在一旁的温晳突然出声说：“那我先走了，方老板，你忙吧。”

方激张了张嘴，想叫住他，却又不知道说什么，只能看着人头也不回地出去了。

赵行看了眼温晳的背影，问她：“客人啊？”

方激说：“朋友。”

她也确实有话要和赵行说，回头交代田柠：“我出去了，晚上走的时候记得锁门啊。”

田柠应道：“哎，知道了。”

方激散开头发，把身上的工作围裙脱了，拿了自己的包，对赵行说：“走吧。”

两个人没去远的地方，方溦带赵行在附近找了家家常菜馆。

坐下后，赵行拆着一次性餐具，问方溦：“最近怎么样？”

“就那样，在店里雕雕木头。”

赵行撸起袖子，拆开一次性餐具烫洗，方溦看见他胳膊上的绷带，问：“手臂怎么了？”

赵行说：“没事，被划了一下。”

方溦想到他之前的突然爽约和这段时间的繁忙，还是有些担心的：“是不是被犯人伤的啊？做民警也这么危险吗？”

赵行笑笑，没承认，把洗好的碗筷放到方溦面前。

“我正好有个东西要给你。”方溦打开自己的肩包，从里面拿出一个挂件递给赵行。

她雕了一只“黑柴”，下面挂着小铃铛和写着“平安”的木牌。

“谢谢。”赵行惊喜地接过礼物，拿在手里仔细翻看，“你做的？”

“嗯，你可以挂车里，保保平安。”

赵行抬眸看了方溦一眼，小心地把挂件收好。

方溦轻松语气说了句：“要多注意安全啊，警察叔叔。”

赵行愉悦地笑，点头表示自己知道了。

他和方溦分享了几件派出所里的趣事，说有个仙婆婆被人举报行骗，做笔录的时候嘴里一直絮絮叨叨念着什么经文，把当天值班的辅警折磨坏了。

方溦安静地听着，时不时提起嘴角笑一笑。

等菜上桌后，她要了瓶啤酒，用起子打开瓶盖，问赵行：“你喝吗？”

赵行犹豫了下，把杯子放到她面前：“喝。”

方溦给两个人都倒满酒，举起自己的杯子。

赵行有些蒙，抬杯和她碰了碰，问："怎么了？"

方溦喝了口酒，放下杯子，开口说："我有个问题想问你。"

"你问。"

"如果我们之前完全是陌生人，第一次见面以后你还会再联系我吗？"

赵行没有设想过这个可能，他犹豫了，没有立即做出回答。

方溦点点头，他的反应和她预料的一样。

她一只手伸到桌下，搓了搓大腿，说："我不想耽误你时间，有话就直说了，我觉得我们俩不太合适。"

赵行看着她，神色逐渐严肃："是不是我上次的话让你不舒服了？"

方溦摇头："没有。"

大堂里渐渐坐满了客人，吵吵嚷嚷，烟火气蒸腾。

赵行说："我只是希望你能做回自己，方溦。"

"做自己。"方溦念着这三个字，撩起眼皮看着对方，平静地问，"什么叫'自己'？"

赵行没回答。

方溦收回视线，缓缓说道："可不可以，不要站在制高点教我要怎么做。"

赵行急切地解释："我不是那个意思。"

"你对我很好，但是有一个地方我忍你很久了。"方溦翘起嘴角笑了笑，"你知道是什么吗？"

赵行没有说话。

方溦告诉他："你总是把我当成一个缺爱的可怜虫。"

说得再准确一点，这句话的主语应该是"你们"。

这样的人方溦从小到大遇到过太多了。

老师、同学、男朋友，或者只是这条街上的邻居。

每一个知道她家庭状况的人都会换上一种特定的目光看她。

和她吵架的时候，那些男孩总会先认错。

但每次方漵都能听到他们内心的潜台词——“算了，不要和方漵多计较。”

他们总是让着她。

方漵原本不觉得自己特殊，是在这些目光里、在这些自以为是的包容里才发现自己原来有这么“可怜”。

她分得清，那些好意是出于爱心而不是爱。

赵行让她做回自己，方漵也听出了这句话的潜台词。

同时她明白了，他有好感的是那个鲜活热情、敢爱敢恨、目空一切的方漵。

不是现在这个无趣的人。

他会对她失望的，或者他已经感到失望了。

赵行一口闷了杯子里剩余的酒，语言变得格外苍白：“我真的没想伤害你。”

“我知道。”方漵点点头，“所以我只是想要拒绝你，不是指责你。”

她给自己的杯子重新倒满酒，放轻声音说：“抱歉啦。”

晚上喝了两瓶酒，到家后方漵洗完澡就倒头睡下了。

后半夜她被轰隆雷声吵醒，迷糊中想起昨天晾晒在阳台上的衣服还没收，只能强撑着意志起床。

收完衣服，重新回到被窝里，方漵打了个哈欠，拿起手机看了眼时间。

四点三十六分，有些尴尬，现在起床太早，再睡又没什么困意了。

她平躺下去，睁着眼睛看天花板。

密集的雨声很快响起，天地间哗然一片。

方漵的心跳频率处在一个平稳的区间，她想方学益会不会看到她拍的那些照片，想这次的雨季会持续多久，想元叔的膏药是不是要用完了，想等会儿起床了吃什么早饭，想还可以雕个什么东西送给温誓的外甥，想……

想温誓。

当心情开始变得有一丝烦躁，方潋掀开被子起身下床，切断了漫游的思绪。

雨一连下了好几天，天空灰沉沉的，空气里弥漫着潮湿的草木泥土气味。

坏天气让街道上行人稀少，也让益木坊一下子冷清了许多。

李肃元不在，陈彻的懒劲就犯了，一下午也没见有什么进度。

田柠窝在沙发里看电视剧，方潋更没心思干活，她趴在沙发靠背上，下巴垫着胳膊，盯着窗外的街景，已经发了好久的呆。

温誓好几天没来了，也没消息。

是生气了吗？

为什么呢？

听到身后有窃窃私语和偷笑声，方潋回过头，看向交头接耳的那两个人，问：“笑什么呢？”

陈彻咧着嘴，问她：“姐，你知道什么叫温室效应吗？”

方潋翻白眼，说：“我上过学。”

陈彻摇摇头：“我是说，‘温誓效应’。”他咬字的重音很刻意。

方潋听出来了，但还是装傻：“我知道啊，地表受热全球变暖。”

田柠揭开答案，解释说：“姐，我们的意思是，自从温老师出现以后，这天气是忽晴忽雨，你的心情是忽好忽坏。”

陈彻坏笑着补充：“仿佛回到怀春的十八岁。”

方潋突然意识到一件很恐怖的事。

温誓在渗透进她的生活，以一种汹涌且隐蔽的方式。

这可不妙。

方潋从沙发上利落起身，顶着张如临大敌的脸回到自己工作台前。

与此同时，她可以确定，温誓绝对是故意不来的。

就让他得逞了呗，方潋懊恼地把脑门磕在桌面上。

第五章

鲫鱼汤

雷雨天一结束，炎炎夏日扑面而来。

气温持续上升，蝉鸣嗡嗡，阳光把窗台上的花晒得懒洋洋的。

书架打好蜡后，陈彻说可以通知客人取货了。

田柠刚要打电话，方溦伸出手说："给我吧。"

"哦哦哦！给你给你。"小姑娘眼珠子骨碌一转，反应过来，忙不迭把手机递给她。

方溦照着本子上的号码一个数字一个数字地输入进去，摁下拨号键。

等了半分钟，对面没接。

方溦记得温誓说过他们家吃饭的时候不许看手机，可现在也不是饭点啊。

她挂断又拨了一次。

还是没接。

方溦拿下手机，有种不太好的预感。

她改用自己的手机，下滑列表，点开某个沉寂很多天的聊天框，打字说：你的书架做好了，你看什么时候方便，我让人送过去。

这条消息直到晚上十点才有了回复。

当时方溦刚要躺下睡觉，瞥到亮起的手机屏幕又"噌"一下坐直。

地球公民：都可以。

方溦的眉头一点一点皱紧，犹豫过后还是选择什么都不回。

她把手机丢到一边，拉高被子睡觉。

她难道还要去道个歉吗？

方溦再次站在听河路 7 号门口，心情与第一次来时大不相同。

周围树木丛生，蝉鸣和鸟叫格外吵闹。

陈彻走上台阶摁响门铃，忍不住感叹道："温老师家这么有钱啊。"

方溦叮嘱他："等会儿进去了别多话。"

陈彻这点分寸还是有的："知道。"

还是上次那位管家先生来开的门：“是来送书架的吧，温暂交代过。”

他的目光在方潋身上多停留了一会儿：“需要帮忙吗？”

方潋说：“不用。”

为了方便搬运，书架现在被拆成了几块木板，陈彻搬大的，留了几块没那么重的给方潋。

管家带着他们进屋，里头的装修风格和方潋想的一样，硬要形容就四个字：大户人家。

“你们先在这里等等，我上去看看温暂有没有起床。”

方潋有些惊讶：“他还在睡觉啊？”

管家说：“他这两天生病，睡得多，今天的家宴都没去。”

方潋愣住，低下声音：“怎么生病了？”

管家微微一笑：“要不你帮我上去看看？最里头那间，我正好还有事要忙。”

方潋睁大眼睛：“啊？”

“麻烦了。”他说完就朝着后院的方向走了。

方潋抓抓脖子，只能回头对陈彻说：“那你在这里等我。”

“哦。”陈彻根本没注意那边在说什么，眼睛好奇地四处打量。

房子大而静，方潋不自觉地放轻脚步，像是怕惊扰了谁。

她搭着扶手慢慢走上二楼，过道尽头隐隐传来说话声，最里头那间房的房门敞开着，方潋走到门口，听见一道茶杯打翻的声音。

书桌边的年轻女孩惊慌失措地扶稳杯子，茶水流过桌沿滴到地板上。她赶紧把桌上堆叠的书本拿走，抽纸擦拭桌面，嘴里连声道歉。

“别弄了，你出去吧。”那道声音低沉沙哑，带着些不满和不耐烦。

方潋怔在原地，还是温暂先发现的她。

“你怎么来了？”三十多摄氏度的天气，他房间里没开空调，还穿着长衣长裤，脸色也不太好看，看样子是真生病了。

方潋咳嗽一声恢复常色，回答说："送书架啊，不是和你说了吗？"

温晢感到意外，因为他没想到方潋会亲自过来。

小梅看有客人来访，草草收拾完毕离开了房间。

"哎。"方潋叫住她，"麻烦你和楼下的人说一声，让他上来装架子吧。"

"好的。"

方潋转头看向温晢，边走近边问："心情不好啊？"

"没有。"温晢低了低头，合上手里的书。

方潋不太信，之前她吃生煎包把他衣服弄脏了，他都还是笑眯眯的。今天一看，原来少爷脾气也不小。

"怎么还生病了？"

温晢从椅子上站起身，他说话时鼻音很重："被我外甥传染的。"

方潋点点头："哦。"

他的卧室也和方潋想的一样，书桌、书柜、床，就这么几件家具，摆放得很简单，入目之处最多的东西就是书，在墙角都快堆成小山了，怪不得要做个书架。

陈彻把书柜搬了上来。年轻人没啥心眼，看见温晢，他熟络道："温老师，你怎么好久没来店里了？"

温晢笑着回道："最近比较忙。"

方潋看了他一眼，在心里冷笑了声。

小梅进来帮忙把墙角的书搬走，告诉陈彻书架安装的位置。

这儿用不着温晢操心，他对方潋说："下楼吧，喝杯茶。"

冯叔在院子里指挥工人除草，机器"嗡嗡"作响，有些吵。

温晢交代厨房里的阿姨做份点心，方潋赶忙摆手："不用麻烦，陈彻很快就装好了。"

他把茶杯递给方溦，水是温的，方溦捧在手里，却觉得烫。

“最近还好吧？”

“挺好的。”

温晢偏头咳嗽了声，听上去嗓子不太舒服。

他举起杯子抿了口水。

两个人坐在客厅，隔着不远不近的距离。

除草机的声音停了。

冷不丁地，温晢开口说：“你上次那话挺伤人的。”

方溦下意识地问：“什么？”

温晢提醒她：“‘客人’。”

方溦低头看着手里的玻璃杯：“又没说错。”

“哦。”温晢点点头，垂下睫毛。

他拿起电视遥控器，画面停留在一部动画片上，是早上他放给温昱扬看的。

温晢摁下播放键，蓝发女孩带着宠物在森林里开启一场冒险之旅。

坐在这里无所事事，方溦看了一会儿动画片，对里头那只长着角的白色狐狸感到疑惑，问：“这到底是鹿还是狐狸啊？”

温晢回答她：“是鹿狐，叫‘枝枝’。”

没有想到这个问题会得到一本正经的回答，方溦有些想笑，抬高手里的水杯遮住下半张脸。

陈彻手脚麻利，没一会儿就装好架子下楼了。

方溦把玻璃杯放到茶几上，起身对温晢说：“你上去看看吧，有问题再联系我们。”

温晢没说话。

陈彻的目光在他俩身上打转，察觉出了气氛的微妙。

走到门口时，他扯了扯方溦的胳膊，小声问：“你俩没事吧？”

“没事啊。”

回答完，方潋突然停下脚步，对陈彻说："你先去车上等我。"

温晳刚准备上楼，听到动静，转身回过头，看见方潋在朝自己走近。

她站到他面前，从口袋里摸出一串飘花菩提根递到他面前。

有空的时候她就会盘，现在珠子又透又润，比给她的时候好看多了。

温晳没接。无奈感袭来，他克制着愠意笑了笑，说："用不着吧。"

方潋上前一步，抓着他的右手手腕，直接把手串套到他的手腕上："我看网上的人说戴这个可以驱除病邪，也不知道真的假的，反正还是你拿去戴吧，早日康复。"

方潋说完就打算转身离开，却被人一把抓住胳膊。

温晳拦下她，又什么话也不说，皱紧眉头，沉默地盯着她的眼睛。

"温老师。"方潋出声喊他。

温晳预感到她接下来要说什么。

之前那些借口都不算数，她还欠他一次正式的拒绝。

"你说过我很特别，我理解这话的意思是，你可能以前没怎么见过我这种人，对吧？"

温晳没有否认。

方潋继续说："所以你觉得新鲜，觉得我好像还挺有意思的，你以为自己喜欢我，但是呢，等这个劲头过去，你很快就会发现我这个人特别无聊。"

温晳的脸色更难看了。他松开手，打断方潋："别说了，你走吧。"

他今天的脾气是真的有点大，方潋"哦"了一声，非常听话地转身就走。

温晳简直被气得头疼，他加重呼吸的力度，也背过身去，走上楼梯回卧室。

方潋今天来得不太是时候，温晳这几天前后经历了一连串糟心事，心情本就不佳，现在更是雪上加霜了。

小梅把书搬到新架子上，整齐排列好。

她回头对温晳说：“这下子看着顺眼多了。”

温晳往那儿瞥了一眼，停下脚步，看着最上层的一排形状各异的“蘑菇”问：“这什么？”

小梅说：“刚刚的木工师傅放的，说是给你的。”

“哦。”温晳想起来了，“我让人做给温昱扬的。”

温晳走近架子，拿起其中一朵“红色蘑菇”，木头雕的，拿在手里很轻，“白杆”上还画着小表情，他看了看，发现每朵“蘑菇”上面的都不一样，有哭有笑有生气的。

温晳看乐了。

因为很难不被可爱到。

小梅问他：“要我装起来吗？”

温晳把“蘑菇”放回架子上，小心摆好：“不用，就放这儿吧，不给他了。”

关于方潋的话，温晳承认自己最开始动机不纯，他是出于某种叛逆心理才有的念头。

就好像对小孩子来说，越被大人们告诫不许碰的东西，越具有致命的吸引力。

方潋就是那样，对他来说新奇又特别，所以他想要靠近，去看一看，摸一摸。

但仅仅如此吗？

退一万步讲，他只是喜欢她而已，多么简单一件事，哪用得着去解析这个“喜欢”有几种答法。

喜欢不就是喜欢吗？

难为她借口找了一个又一个，每一个倒是都精准戳他肺管子。

喉咙发痒不舒服，温晳咳嗽了声，抬起手看见手腕上的串珠，心里的怒气又都消散了个干净。

她真的是……

温暂只剩下无奈。

那还能怎么办，温老师越挫越勇，迎难而上呗。

感冒痊愈后，温暂联系孟凡，让孟凡在南街附近帮他租套房子。

想起那张欠条，温暂还得感谢方潋，不然他不会急着把那笔债还清。现在能走得这么干脆，这次秦昭可没有理由拦住他了。

有几样藏品被收在书房里，趁着今天温澜生不在家，温暂打算把东西打包拿走。

印象中，每次温澜生把他喊进书房就没好事。第一次是十六岁刚到温家的时候，温澜生问了他几句学业上的事情，训诫他要上进刻苦。

后来是高考后填志愿，温澜生把他叫进书房，先问他有什么打算，接下来话里话外都是让他按照自己的安排来。

那天和温澜生谈完话，温暂连夜改志愿，删除了所有经管类的专业选项，把第一志愿改到首都的师范大学。

为此，父子俩吵了第一次架。

很久以前秦昭为了挽救温澜生的父亲形象，曾告诉温暂，温澜生那么做是因为太疼爱女儿了，不想温词受伤。

但温暂很清醒，他平静地告诉他妈妈："如果他真的爱温词，根本不会有你，更不会有我。"

温暂一直很清楚，温澜生不是没有感情，只是在他的眼里一切都是明码标价的。

他离不开温词母家的扶持，所以在温词成年之前，他从来没有带秦昭公开露过面，更是把温暂一藏藏了十六年。

温暂是温词在这个家最大的威胁，所以他什么都不能有。

温词毕业后刚进公司时，度过了一段很艰难的时期，那时温澜生还没有看中简峻宁。

他瞄准的第一个目标是温晢。

温晢看上去没有野心，这是好事。

他希望温晢成为女儿最亲密和最信任的帮手。

温晢就这么看着自己的地位一朝之间天翻地覆。

后来每次在课上讲到儒家文化，他都会让学生们自由讨论，说说他们心目中的“精华”和“糟粕”。

总有学生提到嫡长子制度，称这种宗族血缘思想陈旧迂腐。

温晢听来只觉得讽刺。

就算是现在，明面上温词是温家的继承人，但其实大家心里都清楚，真正被寄予厚望的，是温昱扬。

这个家就是这样，表面一派和谐，其实没有一点人情味。

前两天温澜生又不知道哪根筋搭错了，看温晢哪儿哪儿都不顺眼，他做什么都要被数落一番。

温晢觉得既然如此，他就不给温澜生添堵了，自己乖乖收拾东西走人。

从家里搬出来的第二天，温晢订了松月茶室的二楼包厢，约唐海吃晚饭。

唐海刚上完课，温晢带了酒来，唐海摆摆手说不喝，等会儿还得回去看学生们晚自习。

“怎么突然请我吃饭？”

温晢笑笑，也不藏着掖着，直接说：“咱学校这几年教学成绩还可以吗？是不是该引进一些优秀人才了？”

唐海喝了一口茶，看穿他的心思：“当初走得那么潇洒，现在想回来了？”

温晢点头承认：“嗯啊。”

唐海放下茶杯，说：“但是温晢，现在学校可不好进啊，你找我，我也没办法。要不你直接去找王校长？”

温誓拿起茶壶给他倒茶："我知道，所以先来找你问问情况。"

唐海看着他，疑惑道："你又不缺钱，干吗想回来教书？"

温誓叹了声气："钱是不缺，但缺'稳定工作'。"

吴松月和方潋说店里墙上的搁板有些松动，今天益木坊打烊后，她带着工具去了趟茶室。

店里生意不错，二楼包厢都坐满了，方潋看着吴松月忙进忙出招待客人，由衷地希望姐妹早日暴富，让她也好"鸡犬升天"。

她把新钉子凿进墙壁里，听到一阵骚动，有男人粗着嗓子的嚷嚷声。

客人们聊到劲头上闹一点是常有的事，但那道声音听起来让人莫名心里发颤，她放下手里的工具，循声走到包厢门口。

门敞着，方潋还没进去就闻到一股浓烈的烟草味，吴松月站在圆桌边，旁边的男人一手握着酒杯，另一只手虚揽着她，好像是要她给大家敬酒。

"我今天真喝不了，陆老板，下次吧。"吴松月摆手拒绝。

陆伟不满地"哎"了声，质问她是不是不给面子。

吴松月笑了笑，但态度坚决："真的喝不了。"

眼看着男人板下脸，一副誓不罢休的模样，方潋敲敲门走进去，接过那杯酒："大哥，我替松月喝吧。"

桌上的人都不认识方潋，但不管出场的是谁，能让戏继续演下去就好。

吴松月拧紧眉头要去拦方潋，这样的客人她遇到过太多了，有第一杯就有第二杯，所以哪怕得罪人也不能服软。

陆伟眼疾手快地挡在她前面，不让她去阻止方潋。

方潋仰头把那半杯白酒一饮而尽，底下的人拍手叫好，她面不改色，"啪"一声把喝空的杯子砸到桌上。

"店里还有事要忙，我们就先走了，大家吃好喝好。"她拉起吴松月的手想走，但哪有这么容易。

陆伟拦着方溦，问吴松月：“吴老板，这是你朋友啊？”

吴松月保持微笑，说：“我妹妹，有点没大没小的，别介意啊。”

“不不不。”陆伟摆摆手，让服务员加副碗筷，伸手要来揽方溦的脖子，“她这个朋友我必须交。”

白酒度数不低，又是一口气灌下去的，方溦的脑子已经开始隐隐胀痛。

难闻的酒味混着烟草气息扑过来，她往后躲，没让男人碰到。

该给的面子已经给够了，再多就过了。

陆伟显然转移了目标，心思已经不在吴松月身上了，他甚至挥挥手想赶她走：“吴老板你忙就去忙吧，我们和新朋友聊聊天。”

脏话已经到牙齿边了，被吴松月硬生生压下。

方溦不想和对方起正面冲突，和善地笑了笑：“今天太突然了，改天吧。”

陆伟“哎”了一声，并不认同这话：“有句话怎么说来着？择日不如撞日。”

他往方溦刚喝完的空杯里又倒满了酒，伸手把酒杯递给她。

底下有人看不下去，出声阻拦他：“陆伟，别为难人家小姑娘了。”

“我怎么为难了？”陆伟看向方溦，问，“我为难你了吗？”

方溦脸色僵硬，没说话。

看她不接，陆伟不满地咂嘴：“妹妹，你这就不懂事了啊。人家的酒敬到你面前，是跟你打招呼、是祝福你，要接的，爸妈没教过你啊？”

他自以为幽默地笑了两声，看向桌上的其他人：“是不是？”

有几道声音附和他。

方溦收紧呼吸，抬眸看着面前的男人，他个头没比她高多少，但力气不好说。

她攥拳，指甲掐进掌心，心脏在酒精作用下加快了跳动。

“挽星”和“揽月”原本是一个大厅，用不上的时候吴松月就让人在中间加道屏风隔成两个包厢。

但屏风到底比不上墙，隔音效果不太好。

温晳和唐海的聊天不得不中断，隔壁实在太吵了。

唐海也是松月茶室的常客，听到了老板娘吴松月的声音，问温晳：“什么情况啊？”

温晳放下茶杯，猜：“有客人喝多了吧。”

唐海叹气感叹：“这老板娘可不好做，又是个年轻小姑娘。”

温晳认同地点点头，拿起筷子夹菜的动作却只进行到一半。

在听出方潋声音的时候，他的身体就先一步做出了反应，唐海一抬头发现旁边椅子上的人不见了，差点没反应过来。

温晳几乎是夺门而出，在看见方潋单膝跪地，掐着一个男人的脖子把对方摁在墙上时他的心脏都停止跳动了。

其他客人见状况不对纷纷起身围过来，服务员刚把一盆明炉鱼头汤放到旁边的柜台上，还没来得及上菜人就被挤了出去。

耳边的声音嘈杂而混乱，温晳眼睛盯着方潋，侧身试图挤进去。

她的面容倒还算是平静，但紧绷的手臂线条暴露了她此刻有多用力，完全是想置对方于死地。

陆伟到底是成年男人，被摁倒的当下没反应过来，但当他开始挣脱时方潋就感受到了力量的悬殊，她发着抖，咬紧牙关，眼眶感到酸涩。

陆伟手抓着旁边的柜台想站起身，但木板不好借力，桌腿滑过地板往旁边挪动，上头摆放的餐具摇摇晃晃有要倾倒的趋势。

一道尖叫声冲破人群，下一秒包厢内诡异地陷入了安静，所有人都注意到那盆即将洒下的鱼汤，凭本能往后避让。

在那一刻却有一个人冲了上去，跪在地板上伸出胳膊挡住地上的方潋。

奶白色的鱼汤四溅，方溦双手还保持着抓握的姿势，被温暂抱在怀里，听到他沉重的呼吸声，近在耳边，一下比一下急促。

她用了很久才反应过来身边的人是谁，她不知道他什么时候来的，脑子已经停止运转了，恍然回过神，她对眼前的一切都感到陌生又茫然。

温暂垂着胳膊，忍着疼痛闷哼了声，他整个人压下来，方溦双手撑着他的肩膀扶稳他。

一出闹剧最后还是发展到最糟糕的情况，吴松月回身着急地大喊：“让开，都别看了，让开！”

方溦看向温暂的眼睛，心虚又无措，不知道要开口说什么。

他抬起另一只手拍了拍她的后脑勺。

唐海被挤在人群外头，只知道有人烫伤了，他在外圈没看见温暂的身影，心里暗叹不好。

果然没一会儿他就看见温暂被人扶着出来，带去了洗手间。

烫伤最好的紧急处理办法就是用冷水冲洗降温。

唐海凑过去看了眼，温暂那细白胳膊上一片通红，他“哎哟”了一声，问：“小温，没事吧？”

比起周围的人，温暂反倒看上去是最镇静的那个，除了说话的时候气息在发抖：“没事，唐老师你不是还得回去上晚自习吗，先走吧，我们下次再约。”

他不提，唐海自己都忘了。唐海拿出手机看了眼时间，慌张道：“那我真得走了，你快去医院啊。”

温暂应“好”。

吴松月喊了个店里的服务生开车送温暂去医院。

方溦要跟着去，吴松月拦住她，看她一脸惊魂未定的模样，担心道：“你没事吧？”

方溦摇摇头，只是重复：“我陪他一起去。”

那么一锅刚煮沸的鱼汤浇在胳膊上，肯定很疼。

她刚刚看见温誓脸都白了。

两个人并排坐进车后座，方溦对温誓说："疼就掐我，别忍。"

温誓向方溦伸出另一只手，方溦配合地把小臂递过去。

他的指尖贴上方溦的掌心，上移插进她的指缝，让两只手掌心相对十指相扣。

"这样就好了。"温誓说。

方溦心都皱了，不知道该说什么。

窗外路灯光影交替，他的脸有时清晰，有时又没入黑暗。

方溦放下手指牵住他。

等车停在医院门口，两个人的手才松开。

下车时方溦偷偷在衣服上抹了下手掌，都焐出汗了，他的体温比她的高。

挂完号他们去对应的科室找医生处理伤口，方溦没进去，背靠在墙上，抱着手臂发呆。

听到里头在交代注意事项了，方溦直起身子。

温誓走出来，胳膊被纱布包着，方溦接过他手里的病历本和单子，去给他拿药。

吴松月打电话来，让他们等会儿到派出所一趟，刚刚有人报了警。

方溦握着手机，情绪已经平稳下来了，她轻声对吴松月说："那个，对不起啊。"

"你跟我道个屁歉啊。"吴松月不想和她说这些，问她，"温誓没事吧？"

方溦看了不远处的男人一眼，说："我刚看了一眼好像起泡了，挺严重的。"

"唉！你们好了就赶紧过来吧，早点弄完早点回家。"

"嗯。"

方溦领完药，走回去找温晳，带着歉意开口：“温老师，可能还得麻烦你再去派出所做个笔录。”

温晳点头。

方溦双手抓在一块儿，说：“对不起。”

温晳问：“对不起什么？”

“你的胳膊。”

温晳却笑了：“没事啊，又不是第一次为你受伤了。”

方溦蒙道：“还有哪次？”

温晳抬起右手拍了拍左胸膛：“这里可没少为你受伤。”

方溦抬腿就走，还有心思开玩笑，看来伤得也不是很重。

温晳快步跟上她，疼肯定疼，他头一次知道原来烫伤是密密麻麻的刺痛。

但他不想看见方溦苦大仇深的样子，不漂亮，所以说两句话哄哄。

再说一把年纪了，让他这时候去示弱卖可怜，也不是他的作风。

他当然想让方溦多心疼心疼他，但他不想用这种方式加重她心里的负担感，不想让她愧疚，让她觉得欠了自己什么。

方溦晚上没吃什么东西，那一杯白酒等于是空腹喝的，刚刚还没什么感觉，一缓过神来，胃里像是灼烧般难受。

她不动声色地拿手掌揉了下小腹，伸手在医院门口拦下一辆出租车。

“回去记得多吃点水果蔬菜，有利于伤口愈合。”方溦打开车门，侧身先让温晳进去。

“知道了。”

方溦坐到他身边，问：“你今天来吃饭的啊？”

温晳又“嗯”了一声。

光线昏暗，看不清他的表情，其实方溦知道他在忍着疼。

他没过问当时包厢里的情况，没问方溦为什么会失控到掐人脖子，不知道是不是太疼所以现在不想多说话，但方潋希望他永远不要提起。

冷静下来想想，太丢人了。

接下来的路程两个人都没说话，都累了。

吴松月已经做完笔录，站在派出所门口等他们。

方潋一进去，值班的民警打量她一眼，问："就是这个小姑娘啊？"

二十五岁之前方潋可没少来这地方，熟悉得跟家一样，现在不同了，听到这句话她脸上都臊红了。

尤其是她明显感觉到旁边的人在笑。

"老吴，这个我来吧。"

看见赵行的时候，方潋一愣，忘了他就是民警，今天还恰好在所里值班。

她这辈子算是折在今晚了。

赵行对方潋说："你们先进去，我马上就来。"

看方潋那副茫然样，温誓替她应了声："好。"

他轻轻推了一把方潋："走吧。"

方潋回过神，目光往赵行的方向瞥去。

头一次见他穿警服，和平时给人的感觉不太一样，一下子就严肃正气了许多。

她撇撇嘴，心里偷偷感叹果然制服就是男人最好的化妆术。

温誓认出了赵行，那天在益木坊打过照面，他猜到对方是方潋的相亲对象，但没想到还是个警察。

看方潋眼睛都快黏在人家身上了，温誓感到心塞。

"挺帅的啊。"他跟着方潋后面，悄声说。

方潋回了下头："什么？"

"就这样你还不太满意？要我我就嫁了。"

方潋停下脚步看向温誓。

他一躲不躲地回视过去，两个人不知道较起什么劲。

“那你快嫁去吧，二十一世纪了，爱情是自由的。”

温誓噎住。

“等他来了我就帮你说亲。”

“谢谢不用。”

他俩在办公室里等了五分钟，两人一人一边谁也没理谁，很快赵行端着两杯水进来。

他把右手端的那杯递给方潋，说：“浓茶，醒醒酒。”

左手端的是一杯温白开，赵行问温誓：“手怎么样啊？”

温誓接过水，回道：“没大问题，谢谢。”

方潋抬起纸杯抿了口，杯底厚厚一层红茶叶，茶水颜色发黑，味道又苦又涩。

该交代的刚刚吴松月都交代过了，赵行问了方潋几个细节上的问题，告诉她后续的处理方式。

“对方是想就这么算了，你觉得呢？毕竟是你先动的手，大家都各自退一步吧。”

方潋点点头：“明白。”

赵行又看向温誓：“吴老板刚刚说会承担所有医药费的。”

温誓笑了下：“这个不要紧。”

赵行在电脑上打好字，抬眸看了方潋一眼，明显是有其他话要说。

温誓看出来了，但不太想给他俩腾出空间。

“好了，差不多就这样。”

方潋挺直背，想从椅子上起来：“那我们可以走了吧？”

“方潋。”赵行叫住她。

“嗯？”

赵行起身把打印好的笔录纸和黑笔拿给她：“确认一下，签个字。”

“哦。”

温誓在一旁看着这哥们死活不开口，他都替他着急。

“我先出去了。”温蕲站起身。

门开了又关，办公室只剩下赵行和方潋两个人，他低咳一声，开口说：“其实我不太理解你那天说的话。”

方潋签完字，合上笔盖。

“但我后来想了想，可能这就是问题所在，我们俩不在一个频率上。”

方潋认同地点点头，说：“做朋友吧。”

赵行释然一笑：“嗯，你这样的市民确实得和人民警察搞好关系。”

方潋也笑了：“今天是意外。”

“以后小心点，自己的安全最重要，别的都是小事。”

方潋点头。

外头，吴松月抱着手臂靠在墙上，目光在温蕲身上来回睃着。

“哎。”她实在忍不住了，开口问，“你是不是喜欢我们家潋潋啊？”

温蕲坦然承认：“对啊，她没和你提过我吗？”

吴松月眯了眯眼，继续问：“那你喜欢她什么？”

温蕲慢悠悠地喝了口纸杯里的水，反问她：“你养过猫吗？”

吴松月摇头：“没。”

温蕲嘴角绽开一个笑，说：“养过你就知道了。”

吴松月疑惑地皱眉：“什么意思？”

办公室的门打开，方潋出来了，吴松月的注意力被转移走：“结束了？”

“嗯。”

吴松月问：“没要你怎么样吧？”

方潋摇头：“没。”

走到门口时，方潋转向温蕲，问：“你的车是不是还在店里啊？要找人送你吗？”

温蕲：“不用，明天再取也一样。你们快回家吧，我打个车走就行。”

方潋指了下他的手臂，叮嘱道：“记得换药，这两天别吃辛辣的。”

温誓点点头：“快回去吧。”

吴松月开了车过来，上车后她问方潋：“你饿不饿？要不要去吃点东西？”

方潋摇头，用胳膊撑着脑袋，疲惫地叹了声气。

吴松月摸了下她发烫的脸颊：“不舒服啊？”

方潋闭着眼睛回道：“困。”

“你先睡一会儿，到家叫你。”吴松月启动车子，把想问的话都憋了回去。

这晚方潋洗漱完就倒进被窝里，实在不剩什么力气。

半夜她被噩梦惊醒，梦里滚烫的开水迎面倒下来，她想叫却发不出声音。

要到夏天了，房间里空气闷热。方潋喘着粗气，从床上坐起身，额头和背上都冒了层汗。

她找到空调遥控，调到二十四摄氏度。

空调挡风板打开送出冷气，方潋重新躺回被子里，把手机举到面前。

想发点什么话给温誓，可她嘴笨又多虑，怕关心不够真诚，怕嘘寒问暖多余。

方潋翻身改为侧躺，点进他的朋友圈。

她平时不怎么翻看，才发现他前天更新了一条内容：一段关系只靠单方面的努力是好不了的，我努力过了，我放弃。

空调的冷风打在背上，方潋一瞬间浑身僵硬。

脑子“嗡嗡”地响，像被什么打了一下，她就这么握着手机，对着这行字发呆。

缓过神来的时候，她觉得庆幸，还好刚刚没有脑子一热和他说些不该说的话。

可庆幸之外，更多的是一种她自己都没办法说清楚的空荡。

方潋放下手机，看着窗帘缝外的一点月光失神，直到晨光熹微也没能再次入睡。

今早吴松月打来电话，说晚上要请大家吃饭。

方潋知道她是为了上次的事，让她不用客气。

吴松月说："我又不是请你吃的，你只是顺便。"

方潋疑惑："那你要请谁？"

吴松月卖关子："你晚上来了就知道了。"

方潋猜："有新男朋友了？"

吴松月意味不明地笑了一声："你继续猜。"

她要这样，方潋可就觉得没劲了，中断游戏道："我不猜，我不想知道。"

李肃元要回家陪家人吃饭，店铺打烊后，方潋带着陈御和田柠去了松月茶室。

前两天有人醉酒闹事的事很快就传遍了街头巷尾，第二天吴松月就往店里多招了两个年轻小伙。

陈御他们自然也听说了，但方潋没让他们知道中间的细节，不想他们担心。

宴席还没开始，吴松月留了一个最大的包厢给他们这些亲朋好友。

方潋扫视了一圈，都是熟人。她去前台找吴松月，问："你到底要请谁吃饭啊？"

吴松月看向门口，抬高下巴说："喏，来了。"

方潋抬眸看过去，看见温誓抬腿跨过门槛，怀里抱着一瓶红酒。

吴松月踮脚挥手，热情招呼道："温老师，楼上宿云厅，就等你了！"

方潋瞪大眼睛一脸不可思议："不是，什么情况啊吴松月？"

"人家为了你手被烫成那样，不得请顿饭好好感谢一下啊？"吴松月推她一把，"你快去帮我招待他。"

方溦趴在柜台上没动，低着头就不去看温誓：“我不要。”

吴松月问：“怎么啦？”

方溦低头玩着桌上的摆件：“反正我不去。”

吴松月狐疑地看她一眼，不知道她别扭什么。

好在温誓没朝她们走过来，直接上了二楼。

两姐妹脑袋凑在一起，吴松月放低声音问：“吵架啦？”

方溦摇头。

吴松月学着台湾腔对她说：“你很奇怪哦，同学。”

“你才奇怪。”方溦皱眉歪头，“还‘温老师’，你什么时候和他这么熟了？你不是很讨厌他的吗？”

吴松月摇头晃脑：“不行啊？他本来就是我们这儿的老顾客。”

方溦不屑地撇嘴。

吴松月说：“我就是觉得他那天冲过去护住你的样子挺帅的，对他改观了。”

方溦垂头叹气。提到这个，她就郁闷。

“不过有一个问题我真的很好奇，你和他到底是怎么认识的？”

“嗯……”方溦停顿了会儿，把记忆时针拨回到四月底的某一天，边回忆边说，“那天下雨，我在杨阿姨那儿吃早饭，大清早的，周围都是要上班的或者送孩子上学的，我一抬头，发现对面坐了个年轻男的，长得还挺好看的，我就盯着人家。”

吴松月被吊起胃口，期待道：“然后呢？”

“然后我一口生煎包咬下去，汤汁飙人家身上了。”回想起那个场面，方溦还是觉得滑稽，忍不住“呵呵”笑了两声。

以为是浪漫邂逅没想到是“社死”现场，吴松月无语道：“你对浪漫过敏是吧？”

方溦收起笑容，缩了缩脖子。

她俩进包厢的时候人已经到齐了，温誓和陈彻在说话，看到方溦进来了，他的视线就一直在她身上。

方潋刻意回避那道目光，只剩下一个位置，田柠招手喊她过去。

都是成年人，即使心里再尴尬，面上该体面还是得体面。

方潋拉开椅子坐下，迎上温晢的目光，问：“胳膊怎么样了？”

他说：“还行，过两天就结疤了。”

“我……”方潋清清嗓子，“我本来想给你买点水果来着，但不知道你喜欢吃什么。”

“不知道你不会问我吗？”

方潋张了张口，包厢里吵闹，温晢以为她说了什么话自己没听清，低头把耳朵凑近她。

他突然靠过来，方潋屏住呼吸往后躲。

“你说什么？”

“没什么。”

温晢直起身子看着她：“怎么觉得你很奇怪？”

方潋拿起面前的茶杯：“哪有？”

人到齐了，吴松月喊服务员上菜。

桌上的人看温晢是生面孔，纷纷向方潋打听：“这是谁啊？松月的男朋友？”

温晢听见了，微微勾唇，等着看方潋怎么回答。

“见义勇为的好心人。”方潋夹起一块糖醋排骨。

温晢的脸色僵了僵。

吴松月的堂哥吴松博拿着白酒和酒杯站起来，走到温晢身边，说：“那我得敬你一杯，谢谢你帮我妹妹。”

温晢瞥了眼旁边的人，举杯起身说：“应该的。”

等他重新坐下，方潋才反应过来，问：“你能喝酒吗？”

没承想被他怼了回来：“你能管吗？”

方潋收回视线，不说话了。

“姐，你喝红的还是白的？”陈彻问方潋。

“我喝这个。”方潋拿起面前的橙汁。

来敬温誓酒的人不少，尤其那几个男同胞，看他气质谈吐不凡，都说要和他交个朋友。

他一杯没推，全喝了。

方潋估了估，得有个小半斤。

温誓喝酒不上脸，从神态上也看不出醉没醉，但方潋想着他胳膊上的伤，没让他一直喝下去。

酒杯又空了，他杯子刚放到桌上就被方潋拿走倒入橙汁。

温誓靠在椅背上，看着她的举动，心情复杂，但还是开心居多。

他拿起杯子喝了口饮料，被酸得皱眉。

“等会儿送我回家。”

方潋嘴里咬着红枣糕，“哦”了一声。

临近晚上八点的时候，大家吃饱喝足聊得够了，准备散场。

男人们抽完最后一根烟，吴松博过来问温誓怎么走。

方潋说：“我送他。”

“哦，那行，潋潋你送啊。”吴松博站都站不稳，得靠人扶着，他红着脸，朝温誓挥挥手，“温老师再见，下次再来！”

温誓笑笑，说：“回见。”

方潋去一楼找吴松月借车钥匙，顺带从冰箱里拿了一瓶冰水。

“没喝多吧？”方潋把水给温誓。

“没。”

“走吧。”

刚刚在包厢里还不觉得什么，现在只剩下两个人，气氛微妙得像肥皂泡泡，轻轻一戳，伪装的和平就会被拆穿。

温誓降下车窗，借着微凉的夜风醒酒。

入夜后的街道静谧冷清，方潋把注意力都集中在面前的路上，逼迫自己不去多想。

听河路两旁路灯明亮，车在路口停下，方潋打开车锁，却不见温誓动身。

“那个……”他看了方潋一眼，声音听上去有些心虚，“我忘了告诉你，我现在不住这里。”

方潋转头，递给他一个“你在说什么？”的目光。

“刚在路上你不说？”

他的理由给得倒是理直气壮：“喝酒了，思维迟钝。”

方潋深吸一口气，重新启动车子：“地址。”

温誓报了个地方。

方潋感到奇怪：“你怎么搬那儿去了？”

“前两天和我爸吵架了，决定自立门户。”

“为什么吵架？”

“他每个月都有那么几天看我特别不顺眼。”

方潋不太能理解，她从来没有过这种家庭烦恼。

温誓说：“你放心，工作我在给你找了。”

方潋翻眼不屑：“什么叫给我找？”

想起那条朋友圈，她问：“所以你说的是你和你爸啊？”

温誓没听懂：“什么？”

“你那朋友圈。”

“你看到了？”话毕，他又说，“哦，对。”

“什么对？”

“忘了把你屏蔽了。”

方潋：“嗯？”

温誓解释：“一般这种我都屏蔽所有分组的，忘了没给你设标签。”

“为什么没给我设？”

“之前不知道该放在哪个分组，后来就忘了。”

方潋“哦”了一声。

“你平时不怎么点赞，我还以为你不看呢。”

他含笑的眼神仿佛在说：原来你也是很关心我的吗？

为掩饰心虚，方潋冷哼一声：“我就是觉得稀奇，这年头居然还有人把朋友圈当 QQ 空间用。”

“怎么了？我还写日记呢。”

方潋不想和他继续聊下去了。

温誓现在住在一个老小区，离南街不远，方潋将车拐进居民巷，停在楼下。

下车前，温誓出于礼貌抑或是别的什么心思，问了句：“要上去坐坐吗？”

车子熄火，应急灯亮起，方潋拔出车钥匙：“干吗？你家的猫也会后空翻啊？”

温誓不知道这个梗，皱眉疑惑。

方潋确实打算跟上去，拉开车门说：“我送你上去吧，看你好像喝多了。”

温誓刚要说“没有”，心思一转，又承认道：“好像是有点醉。”

第六章

止痛药

走在楼梯间里，方澂才想起来问："那你这几天都一个人住的啊？"

温晢摇头："还有我的猫。"

"……我是想问，你这几天都是自己换药的？"

"对啊。"

方澂咬了咬唇，愧疚感涌上心头。她原本想着温晢家里又有用人又有管家的，怎么着都有人伺候。

"你喜欢吃什么水果？"方澂问。

温晢想了想："车厘子。"

方澂沉默两秒："应季的、便宜的。"

"那橙子吧，多补充点维 C。"

"知道了。"

走到门口，方澂朝温晢摊开手，接过钥匙开门。

房门拉开，她抬眸看见黑暗中悬浮两抹幽幽绿光，瞬时猛吸一口气，整个人被吓得腿软向后跌。

温晢扶住她的背，伸手摸到墙壁上的开关。

灯火亮起，小黑猫见有陌生人来访，踮着脚跑回自己的窝。

"它到了晚上是比较吓人，没事吧？"

方澂拍着胸口缓过神："没事。"

她一边进屋，一边快速环视了一圈客厅。

如何形容呢，比起家，这里似乎更像博物馆里的展厅，柜子里放着各种各样的物件器具，墙上挂满书法字画，电视机和沙发反倒显得格格不入了。

温晢看方澂伸长脖子东张西望，问道："你找什么呢？"

方澂眼里放光："那只碗呢？"

温晢说："不在这里。"

"放银行保险柜了？"

"不是，被我埋在地下了。"

方潋有些蒙：“哪里的地下？”

“南蝉州老房子门口的树底下。”

“……你在编故事骗我吗？”

“没有啊，真的。”

方潋满脸写着问号。

温誓把腓腓抱到怀里：“坐。”

方潋坐到沙发上，看着温誓，等他给一个解释。

“那只碗本来就是我们家的东西，是我外婆的嫁妆，不小心流落在外头的。”

“哦。”方潋挠挠脖子，忍不住好奇追问，“那这么贵重的东西你就放心埋那儿啊？”

“其实不贵重，清朝留下来的东西，市价不到二十万吧。”

方潋疑问：“可你不是花了一百八十万买下的吗？”

“嗯，有个人跟我较劲来着，价格确实抬得太高了。”

方潋不自觉地提高声音：“那你还要？太亏了吧。”

温誓挠着腓腓的下巴，告诉她：“亏也不亏。那碗本来是一对的。我外公年轻的时候出去创业了，我外婆一个人带着三个小孩长大，有一年我小阿姨生了病，需要手术费，但写信等着我外公寄钱过来就来不及了，我外婆以前也算是富人家的大小姐，有傲气，宁愿卖自己的嫁妆也不肯和别人借钱，于是卖掉了其中一只。”

方潋手撑着脑袋，认真地听他讲述：“那后来呢？”

“小阿姨没救过来，我外婆身体也开始不好了，等我外公赚到钱回来，没多久她也走了。那个时候我外公再让人去找那只碗，已经不知道转手卖到哪里去了，我也是等了好久才等到。我外公以前老是说，那对碗就像他和我外婆，总有一个得流落在外头，聚不到一起。老人家就这么一个心结，我得替他了了。而且，”温誓顿了顿，目光轻轻落到方潋的眼睛里，“我不觉得亏，在我眼里那就是我的东西，花多少我都得带走。”

话是含蓄的，但他的眼神太直白了，方潋承受不住，低头躲避。

温誓笑笑，又说：“不过后果确实比较惨重，我当时身上根本没有那么多钱，还是向我妈借的。”

方潋缓缓点了下头，原来是这样吗？

她问：“那另外五百万呢？”

温誓其实不喜欢和别人分享自己的过往经历，但她是方潋，她愿意问，就是对他这个人好奇，这是个好消息。

他回答说：“我妈借钱的时候和我谈条件来着，要么搬回家住，要么去家里公司上班，我一想回家住不得和我爸天天见面，所以选了去公司上班。”

方潋似乎已经猜到了接下来的剧情。

“那个项目，一开始双方谈得还可以，但对方心里不太看得起我，说了几句难听的话。”

方潋插话问：“你不会把人家揍了吧？”

温誓笑了：“你当我是你啊。就是甩脸走人而已，不过单子也黄了。”

有很多细节他没告诉方潋，比如一开始他是打算忍下来的，但是后来对方提到了秦昭。

温澜生把他藏了十六年，他可以被人议论，被人指指点点，被人说是见不得光的私生子。

但他没办法听到别人那么说秦昭。

那天去松月茶室取车时，温誓和吴松月聊了一杯茶的时间。

吴松月告诉他那晚包厢里的情况，多的她没说，温誓也没问，他也不想从别人那里了解方潋。

他能理解方潋为什么会那么用力地掐陆伟的脖子。

就像他对秦昭的感情很复杂，有爱也有恨，但他清楚一点，他对母亲的爱，很大程度上是源于漫长岁月里母爱的缺失。

他想方潋大概也一样。

她也爱着那两个人，即使他们在她的生命里并没有什么存在感。

那种爱隐秘而羞耻，痛苦而浓烈，别人不懂，但他明白。

天边闪了道光，紧接着方潋听到一声闷雷。

她一下子坐直身子看向窗外，紧张道："怎么感觉要下雨了？"

温暂把小黑猫放到地上："没看天气预报吗？今天晚上有阵雨啊。"

方潋瞪大眼睛："那你刚刚怎么不告诉我？"

温暂不知道这算什么大事，怔怔地眨眨眼。

察觉到自己的语气过重，方潋弓背垂下脑袋，说："我下雨天开不了车。"

温暂愣了愣，没有追问原因："那我叫辆车送你回家。"

"不用。"方潋招招手，让他坐回去，"应该下不了太久，等雨停了我再走吧。"

她问："你今天的药换了没？"

温暂摇头。

方潋坐到他旁边，拿起茶几上的药和绷带，问："就抹这个？有吃消炎药吗？"

"之前吃了两天。"

方潋找出涂抹的膏药和棉签棒："手给我。"

温暂把胳膊递过去。

方潋先替他揭开纱布，被烫的那块皮肤颜色变深，起了小水泡，根本没好全。

方潋看得心脏都揪到一起，咬紧后槽牙强装镇定。

"就这样你今天还喝酒？万一医生给你开了头孢呢？"她忍不住埋怨。

两个人离得近，方潋一抬头差点撞到温暂的下巴。

看到他翘着嘴角在笑，丝毫没有悔过之心，方潋说："反正身体是你自己的。”

方溦：“这水泡要挑破吗？”

“不用，医生说让它自己吸收就行。”

“哦。”方溦拿起新的纱布给他包扎。

她想到什么，问温瞀：“那你怎么洗澡的啊？”

温瞀抬高手演示给她看：“这只手举着，随便拿水冲一冲。”

“头呢？”

“去楼下理发店洗。”

方溦面露同情：“那不是很麻烦？”

温瞀挑眉：“意思是你来帮我洗？”

方溦别开目光：“谢谢，没这个意思。”

很快听到雨点砸在防盗窗上的噼里啪啦声，雨势似乎不小。

方溦盘腿坐到地毯上，把温瞀的猫抱到怀里。

小家伙还是有些怕生的，方溦挠了挠它的下巴，它才逐渐放松下来，安逸地伏在她的手臂上。

怕她无聊，温瞀打开电视机，随便放了部片子。

酒精让他的思维变得迟缓，脑袋也越来越重。

温瞀打了个哈欠，在沙发上躺下去，他耷拉着眼皮，看着地毯上的一人一猫，突然有种前所未有的感觉。

——他被填满了。

方溦：“你困了就进去睡吧。”

温瞀闭着眼摇头，轻声说：“没事，雨停了叫我。”

方溦放下腓腓，起身去里头卧室拿被子。

看见床头摆着一排“蘑菇”，她脚步顿了顿。

不说是给外甥做的吗？

方溦把被子盖到温瞀身上，关了电视机，又走到门口把灯光调到最暗挡。

她还是坐回地毯上，后背靠着沙发，从口袋里拿出手机。

腓腓好像也困了，回了猫窝睡觉。

方激把手机静音，抱着膝盖玩消消乐打发时间。

雨声淅淅沥沥，她机械式地点击屏幕，页面又弹出“失败”二字。

方激刚要重启对局，突然听到身后的人闷哼了一声。

她回头看向温晢，他的眉心蹙起褶皱，看上去睡得并不安稳。

方激轻轻出声问：“伤口疼吗？”

他没有睡着，回答她说：“嗯。”

“很疼吗？”

“主要是头有点痛。”

方激咬了咬下唇，真诚建议道：“要不你吃颗布洛芬？”

她这脑回路真可以，温晢掀唇一笑：“没事。”

方激低下头，目光回到手机屏幕上，却没了玩游戏的心思。

她重新抬起头看温晢，问：“那要我给你止痛吗？”

温晢睁开眼睛，从被子里伸出手给她：“好啊。”

方激把手机放回口袋里，翻身用手掌撑着地爬了过去。

那姿势让温晢想起了他的猫。

方激跪在他身边，并没有接他的手。

她倾身向前，前胸压住他的胳膊，低头直接亲在他的嘴唇上。

那十多秒的时间里温晢都没呼吸，脑子里的神经麻木了。

他几次试图找回自己的意识，但每次感觉到方激近在咫尺的气息，他就又死机了。

温晢前不久过完了二十九岁生日，现在却觉得这个吻比他十年前第一次亲女孩还刺激还要人疯。

她在干什么？她在干什么？她在干什么？

方激抬了抬头，把滑落的发丝夹到耳后。

屋里光线昏暗，他们勉强能看清彼此的脸。

温暂哑了，愣着没动。这“止痛药”太猛了，他现在什么感觉都没了，只有心脏在胸膛里疯狂跳动。

长时间地盯着一双眼睛是件很危险的事，浓黑的瞳仁会化成深不见底的潭渊，吞噬人的理智。

方潋情不自禁地抬起右手，指尖摸到温暂的脸。

触感微热，她屈指轻轻蹭了蹭他的脸颊。

方潋：“英雄不好当吧？下次别这样了，自己的身体最重要。”

温暂呼吸声沉重，努力平稳心绪，说：“真浇到你身上我该疼的还是疼。”

他找到方潋的手，牵住扣在自己掌心。

方潋扭头看了眼窗户，说：“雨小了，我走了。”

她要抽回自己的手，温暂收紧手指没松开，和她确认：“你今天没喝酒吧？”

“没喝啊。”

“那你明天不准装失忆。”

方潋替他掖了掖被子，起身说：“睡你的吧。”

温暂跟着她站起来：“路上开车小心。”

“哦。”方潋走向大门。

温暂提起一口气，加快语速说：“我不想让你走。”

方潋背对着他，没给回应。

“所以我这算追到了吗？”

方潋微微偏头，把这个问题抛还给他：“你觉得呢？”

雨还是没停，雨丝细细密密，从楼道里出来，方潋用手遮着脑袋，匆匆跑进车里。

她没启动车子，雨水模糊了车窗玻璃，她就这么干坐着发呆，手指和心脏都在发麻，像有虫蚁啃噬。

重蹈覆辙。

方潋握着方向盘，把额头靠在手背上，疲惫地闭上眼睛。

在方潋的世界里，下雨的深夜代表着释放厄运的潘多拉魔盒。

尤其是在陌生环境里，坐在那里玩游戏的几十分钟，她其实处在一个极度不安的状态。

那个亲吻打着“止痛”的名义，本质上是她自己在那一刻需要点可抓握的真实感。

方潋没想后果，没想意义，就是一个人想要触碰另一个人。

是需要，是安慰，是短暂的拥有，是魔法世界里的遗忘术。

但接下来温晳那两句话把方潋拽回现实，她一下子清醒了。

用反问逃避回答，用离开遮掩自己的心虚和无措。

她不仅重蹈覆辙，这次还变本加厉。

方潋懊恼地叹气，比那天失手打完人还更想抽自己一巴掌，问问“你在做什么”。

她等雨停了才走，到家时夜已深。

方潋罕见地失了眠，第二天起床时已是中午，外头晴光大好，昨夜的阵雨没有留下任何痕迹，一切如常。

打开手机就看见温晳的消息，问她起床了没有。

方潋没回，她需要时间整理，在此之前她觉得还是不要引来更多误会了。

出门前，方潋走到镜子前，今天怎么看自己都不顺眼，她干脆从挂钩上拿下一顶棒球帽，又戴上口罩，把自己遮得严严实实。

一早上没见她的人影，陈彻打电话给她，问要不要给她留口饭。

方潋刚把车还给吴松月，她走在去益木坊的路上，说：“要，我马上到店里了。”

陈彻催她：“快点，温老师都等你好久了。”

方潋一个急刹车停住脚步，掉头就往反方向走：“那个，我忘了今天有事，不过去了。”

陈彻问：“什么事啊？”

方潋直接挂了电话。

算了算，这段时间感冒又忙着搬家，温晢有大半个月没来益木坊了。

等方潋的期间，他驻足在贴满照片的白墙下，一张一张看过去。

这些都是她生活里的碎片，他觉得很有意思。

有两张照片叠在一起，被一个夹子固定着，估计是弄的时候没注意，温晢想上手分开，听到陈彻说：“喂？喂？什么鬼？”

温晢收回手，问：“她人呢？来了吗？”

陈彻拿下手机，锁屏丢到一边：“一开始说在路上，刚刚又说有事不来了，不知道什么情况。”

带来的生煎包已经凉透了，温晢蹙眉，总觉得事情不太对劲。

方潋不来，那他也没心思继续待下去，和陈彻打了声招呼，启步离开益木坊。

路上他给方潋发了条信息，问：有事要忙？

方潋回了，一个“嗯”字。

温晢没选择追问，更不想去追查是事实还是借口。

他只能安慰自己情况不算太糟糕。

这几天他有空就会来益木坊，却和方潋一面都没见上过。

烫伤的地方都要开始结痂了，温晢问陈彻：“这几天你姐有来过店里吗？”

陈彻犹豫了一下要不要说实话，但心里还是觉得听他姐的话比较好。

“没。”

温晢叹了声气，陈彻告诉他：“她有的时候就这样，经常十天半个月看不见人的，算起来就之前那段时间来得多点。”

“那她平时都干什么？”

“还能干什么，有恋爱谈的时候就和男朋友待一块儿，不然就一个人在家里雕雕木头。”

“哦。”温誓神色落寞。

其实这几天方潋来过益木坊好几次，只是每次要是碰到温誓在店里，她到了店门口都不会进去。

有一回她一只脚都踏上台阶了，才发现温誓的车停在旁边，情急之下转身朝对面的文身工作室跑去。

方潋推开文身工作室的玻璃门，抬手和李萤打了个招呼：“嗨。”

李萤问她：“找张潮有事啊？”

方潋摇摇头，又点点头：“他人呢？”

“楼上，没客人，你直接上去吧。”

方潋于是“噔噔噔”上楼，恰好看见张潮打着哈欠从工作间里出来。

他肩膀一高一低，右手拿着杯子，另一只手臂无力地垂在身侧。

方潋心一紧，都快有 PTSD（创伤后应激障碍）了，张口问：“你胳膊又怎么了？”

张潮睡眼惺忪，嗓音沙哑地回道：“睡午觉枕麻了。你怎么来了？”

方潋松了一口气：“我……我过来待一会儿。”

张潮狐疑地看她一眼，走到饮水机前接水。

“有事求我？”

方潋否认：“没有。”

“那干吗来了？”

方潋随口瞎编：“躲债。”

张潮笑了声，显然不信：“桃花债啊？”

方潋喊着回答：“对！”

他下午三点有个客人，方潋盘腿坐在小沙发上玩手机，帘子内文身机“嗡嗡”地响。

她一只手撑着脑袋，突然出声喊：“张潮。”

“嗯？”

“问你件事啊。”

“说。”

“为什么每个跟我谈完恋爱的男人都和我老死不相往来了啊？我好像一次都没和平分手过。”

包括他俩。这段多年前的青涩初恋其实也是在鸡飞狗跳中结束的，方潋和张潮很长一段时间话都不说，路上碰到也只当对方是陌生人。

张潮停下，摘下口罩喝了口水，含混不清地说道：“你自己心里没数啊？”

方潋甩眼刀给他，两个人还是不会好好聊天，总是忍不住夹枪带棒：“我要是有数我还问你？”

“还行不，要不要休息一会儿？”这话是张潮对客人说的。

男孩是第一次来文身，痛得额头上都冒了层汗，连连点头说：“休息休息。”

张潮掀开帘子走出来，看见方潋手里拿着一盒冰激凌，着急道：“怎么还偷吃我东西？”

方潋为自己辩解：“没偷吃好不好，李萤拿给我的。”

“有感情问题了？”

方潋用塑料勺挖了一口冰激凌：“算是吧。”

张潮来了兴致，好奇地追问：“是不是遇到渣男了？”

方潋蹙眉不解：“我遇到渣男你很开心吗？”

张潮笑了笑：“没有。”

“我就是觉得……”方潋叹了声气，“以前谈的男朋友都是和我差不多德行的，这个吧，不是一路人。”

“自卑啦？”虽然这么问，但张潮不太相信，不能够吧，向来只有方潋瞧不起别人的。

方溦摇头："也不是。我就想安安心心谈个恋爱，处得好就处下去，不想顶着什么压力一意孤行，到最后又没折腾出个好结果。"

"'一意孤行'。"张潮撇撇嘴。

方溦瞪眼："干吗？就准文化人用成语啊？"

张潮说："方溦，你永远意识不到一点。"

"什么？"

"男人的个子总是高一点，天塌下来都有男人先顶着。"休息完毕，他放下杯子，重新戴上口罩，"谈恋爱绝对不可能是'一意孤行'的事情。"

方溦似懂非懂。

她走到窗户边，假意看楼下的街景，其实是想看温晢什么时候离开益木坊。

没一会儿，方溦把吃完的冰激凌盒丢进垃圾桶，对张潮说："走了啊。"

那晚的事确实是方溦缺德，这行为和"提起裤子不认人"的渣男有什么区别。

方溦自己也唾弃自己，但她没办法面对温晢。

让她现在去和人家牵手拥抱你侬我侬开始谈恋爱，她做不到，心里那道坎还是迈不过去。

张潮的文身工作室已经快成她的"窝点"了。看她来的频率如此高，店里的其他文身师都以为他俩辗转多年终于复合了。

对此，张潮严肃否认："没有的事，我俩现在是家人，兄妹。"

两个人对视一眼，方溦嘴角挂着浅笑，点头说："对。"

张潮的父亲和方溦的父母是同事，很多年前也是在同一场事故里头没的。

除去从小到大的情谊，有些东西方溦还是只会和张潮说。

这和是不是爱情没有关系，就是一种天然的亲切感吧，觉得在他身边是安全的。

两个人都懂，所以不会误会，现在也可以坦然相处。

但她每天这么在文身店里待个个把小时，说实话，还是有点挡张潮的桃花，最近他被女客人要微信的次数明显少了。

冰箱里的最后一盒哈根达斯也被方潋拿走吃了，这天张潮终于忍无可忍，揪着她的衣服后领想把人打包送回对面去。

方潋一手拿着冰激凌，一手拿着塑料勺，说："我明天给你补货还不行吗？"

张潮不为所动，继续拖着她往前走。

玻璃门打开，温誓从益木坊走出来，抬头却看见了他不曾意料到的一幕。

方潋拍掉张潮的手，整理衣服站直身子，抬眸看了眼温誓，但很快就垂下视线。

张潮推了她一把，话是看着温誓说的："谁的人谁看好，别老来别人家里蹭吃蹭喝。"

方潋在心里翻白眼，前两天谁说的家人兄妹，今天就别人了。

张潮不想掺和进他俩的事里，转身回了自己的店。

就剩下两个人，方潋挠着脖子，眼神闪躲，先开口问道："怎么过来了？"

"你说呢？"

这话听起来是带着气的，方潋不敢吱声了。

温誓上前一步，不知是赌气说狠话，还是积攒的失望消磨了所有的耐心，他说："不用费尽心思躲着我了，不会再来了。"

他擦着方潋的肩膀离开。

冰激凌盒上的水珠滴在水泥地上，很快被日光照射蒸发成空气，方潋缓缓挪动目光看过去。

她等到了她之前想要的，温誓觉得没劲而放弃的那一天。

可为什么她现在却觉得，这不该是他们俩的结局。

楼下卖鸡蛋煎饼的阿姨连续两天没出摊，方溦问了旁边炸油条的大叔，才知道她儿子要高考了，这几天停业陪考。

又到每年六月初，这是个充满活力、象征着青春的季节，只是不再属于他们这些成年人。

大叔拿着长筷子翻炸锅里的油条，面团在热油中迅速膨胀，散发出酥香味。

“要不今天吃我们家的？”他对方溦说。

方溦摇头拒绝：“太油，会胖。”

大叔急了：“不胖，我用的都是好油！”

方溦难以推辞：“好吧，那给我拿一根。”

她一边走一边啃着油条，打算再去杨阿姨那儿吃碗豆腐花。

正是上学上班的时候，早餐铺里拥挤热闹。

刚好有一对祖孙吃完了要离开，方溦坐过去，把碗筷收成一摞，抽了两张纸巾擦拭桌面。

杨阿姨端着豆腐花过来，看见方溦在收拾桌子，赶忙制止道：“你放着你放着，我来。”

方溦把纸巾丢进垃圾桶，接过瓷碗说：“没事。”

“那你吃啊，不够再叫我。”

“哎。”方溦左手拿着油条，右手拿着汤匙，一口油条一口豆花，快乐得很朴实。

塑料帘被掀开，方溦抬眼看向门口。

虽然那一秒很短暂，但她确定两个人的目光交汇过。

方溦往里头挪了个位置，匆忙吞咽嘴里的食物，想招手告诉温誓这里有位置，却听到他的一声：“阿姨，麻烦给我打包吧。”

方溦僵住，讪讪地收回手，低下头继续喝豆花，假装无事发生过。

她的人生又恢复到一个月前的样子，今天重复昨天，明天又重复今天，百无聊赖，只有时间在向前，日子却仿佛停滞住了。

这天下午，方潋接到陈晨的电话，对方语气着急，问她能不能去帮忙看会儿店。

“好。”方潋立刻答应，边起身边收拾东西，“我马上过去。”

“等会儿萱萱爸爸接了她送过去，你看着她做作业啊。”陈晨在电话里嘱托。

“知道了，你快去医院吧。”

陈彻听到她在和陈晨打电话，问：“我姐怎么了？”

方潋说：“芃芃发烧了。”

陈彻担心道：“啊？没事吧？”

“我也不知道，我先去帮她看店啊。”方潋说着推门往外走。

今天是工作日，方潋在晨晨小铺坐了一会儿，也没等到什么客人来。

下午四点多的时候陈晨的丈夫纪明远把大女儿送了过来，方潋接过小孩的书包，喊：“姐夫。”

“哎，麻烦你了啊，我去医院了。”纪明远神色匆忙，连门都没进，走的时候不忘回头叮嘱女儿，“听阿姨的话啊。”

方潋摸摸小姑娘的脑袋，对她说：“做作业去吧。”

萱萱仰着脖子看她：“我们没有作业。”

“啊？”方潋被这么一提醒才想起现在有双减政策，她顿觉不甘心，“凭什么你们没有作业？”

而她小时候每天回家抄课文。

“那你每天晚上干什么？”方潋问。

萱萱坐到柜台后的椅子上，从抽屉里找出她妈妈的 iPad，回答方潋说：“看动画片。”

方潋眯眼质疑：“你没骗阿姨吧？”

萱萱提高声音："真的！"

"那你看吧。"方溦放下书包，坐到小姑娘旁边，问她，"你饿不饿啊？想不想吃肯德基？"

萱萱熟练地操作着平板电脑，摇头说："不要。"

方溦倍感稀奇地"嚯"了一声，怎么现在的"10后"连肯德基都诱惑不了了。

萱萱找到要看的动画片，把 iPad 挪到桌面上离自己最远的地方，坐在椅子上认真观看起来。

方溦看着萱萱的举动，觉得陈晨不应该让她来看着萱萱，而应该让小孩来看着她。

太自律了。

听到屏幕里的人物在说英文，方溦好奇地把脑袋凑过去。

"哎，这不是……"她认出里头那个蓝发女孩，还有女孩神奇的宠物鹿狐枝枝。

萱萱晃着两条腿，说："Hilda！"

"她的名字啊？"

"对！"

过了会儿，方溦拿出手机递给萱萱："你帮阿姨打一下，怎么拼啊？"

萱萱接过手机，小手指一下一下点击屏幕。

听到铃铛响，有客人来了，方溦抬起头，却只捕捉到一抹匆匆离去的身影。

…………

他跑什么？

方溦龇了龇牙，心里憋屈得想挥拳。

任瑜看温皙前脚刚走，后脚又回来了，问他："落东西了？"

“没有。”温晳抬手摸了下后脑勺，“我再待一会儿，过会儿走。”

任瑜奇怪道：“你不是说要去隔壁店买餐具吗？”

“不急。”温晳坐回单人沙发上，桌上刚喝的茶还没来得及收走，他端起来继续喝。

任瑜看他反常的样子，琢磨出什么，坏笑着说：“之前让你在我这儿多待一会儿都不肯，怎么了？不追人家啦？不喜欢了？”

温晳正郁闷着呢，不想理会任瑜的八卦欲。

不过有一点他很清楚。

如果一个女人有的时候对你爱搭不理，有的时候又给你一点甜头，忽冷忽热，似是而非，让你抓心挠肺的话……

你不会不喜欢她的。

你只会更喜欢她。

这是人之常情。

温晳叹了声气，他也不知道该怎么继续往下走了。

方溆陪萱萱待到晚上七点多，晚饭点了两碗馄饨吃。

陈晨夫妻俩从医院回来了，纪明远先把女儿接回家。

“芃芃没事吧？”方溆关心道。

“没事，小孩嘛就是容易生病。”陈晨收拾着货架，问她，“赵行和我说了，你俩不合适啊？”

方溆“嗯”了声。

陈晨说：“没关系，你姐夫有一个同事人还不错的，我等会儿把他的微信号给你啊。”

“不用了。”方溆顿了顿，说，“我现在有一个在接触的人。”

“真的？”陈晨亮起眼睛，“怎么样啊？”

“还行吧。”

“那好，要是聊不来你就找我，我给你留了好多个呢。”

方溦笑了笑，走过去抱住她，脑袋靠在她的肩膀上。

陈晨身上有种好闻的味道，但她说她平时不用香水，也不像洗衣液的味道，方溦有的时候很喜欢贴着她，闻这种又淡又温柔的香味。

比起吴松月，陈晨不像闺蜜，不像朋友，更像姐姐。

方溦说："好羡慕你哦。"

"羡慕我什么？我还羡慕你呢。"

"姐。"

"嗯？"

方溦问："姐夫怎么追到你的啊？你为什么答应他？"

陈晨把新到货的杯子整齐地摆到架子上，回答她说："就觉得除了他没人会这么喜欢我了呗。"

陈晨低着头，眉眼柔和得好像失焦："我当时甚至觉得，哪怕有一天他突然不喜欢我了都没关系，就他了吧，没有更好的了。"

方溦问："为什么？你这么现实吗？"

"不是现实，珍惜眼前的就好了呀，不要想太久远的事。"

方溦点点头，把这句话记到心里。

比起电视剧或综艺，方溦工作的时候更喜欢放着纪录片，一是旁白吐字清晰，光听也能听明白，用不着看画面；二是没有跌宕起伏的剧情，心绪不会被带着走。

但今天她有些本末倒置。

本来想着一部动画片，就算是英文版也应该挺简单的，但方溦听了五分钟，一头雾水，不得不放下手里的木块和刀片，抬头认真地盯着屏幕。

二十多分钟一集，方溦居然津津有味地看下去了。

看到片尾的滚动字幕，她自己都觉得神奇，她可是在电影院看电影都会五分钟瞄一眼手机的人。

方溦点击暂停，脖子酸痛，她仰头靠在椅背上，看着吊灯发呆。

木头人总是不敲门就闯进希尔达的家，妈妈觉得他非常不礼貌。

他不打一声招呼，抱着一捆柴火，自顾自地躺在壁炉前看起了书。

希尔达却说："没事的，他可能只是想暖和一下。"

他只是想进来取暖，不是为了拿走什么。

所以，她也不必把门锁得那么紧。

第二天，方潋去了一趟水果店。

老板问她："想买什么？要不要看看麒麟瓜？无籽包甜。"

方潋目的明确："拿箱橙子。"

"送人啊？"

"嗯。"

老板指着上头的货架："要哪种？"

方潋不了解品种，直接说："最贵的。"

买完橙子，她又在同城快送上下了单。

下午她坐在工作台前，这两天木头没雕完一块，动画片倒是看了好多集了。

田柠进来喊她，说："姐，有人送了箱橙子给你。"

方潋皱眉疑惑，起身走出去查看情况。

看着地上那箱"加州新奇士"，方潋倍感无力。

她现在明白了，温誓上次捂着左胸口，说那儿为她受过很多次伤是什么意思。

"你们分分吃了吧。"她无精打采地走回去。

夏天到了，不知道为什么，方潋每天吃完晚饭就开始犯困，可能是因为最近夜里的睡眠质量不太好。

元叔他们下班回家了，方潋看了会儿手机，哈欠打个不停，眼皮子越来越重，直到合上再也没力气睁开，她趴在桌上呼吸匀长。

这一觉睡得迷迷糊糊的，直到门口传来"哐当"一声，方潋被惊醒睁开眼睛。

应该是街上的野猫跑进来撞翻了伞桶，方潋打着哈欠看了眼手机，居然都九点了。

她关了桌上的台灯，拿着手机起身出去。

看到门口的伞桶完完整整地摆在那儿，方潋停下脚步陷入疑惑。

她也不知道自己的脑回路是怎么转的，可能就是一刹那的直觉。

不管怎么样，下一秒电话已经拨了出去。

他接了。

“喂，你在哪儿？”方潋张口就问。

“家啊。”

“别装了，我听到铃声了。”她迈步往前走，推开玻璃门，和台阶下的人四目相对。

第七章

橙子瓣

温晢其实不想接的。

但手机铃声在静谧空旷的街道突然响起，他慌乱中顾不上太多，手比脑子快，摁下了接听。

“我出来散步。”话脱口而出他又后悔了，人家还没问呢，他急着解释什么，反倒显得做贼心虚。

方潋摁下挂断，把手机放回口袋里，对他说：“聊聊？”

温晢安静地看着她，心里在犹豫。

踏进门槛的时候，他暗自想，人活一世，有些话还是不能说得太绝对，太容易打脸了。

方潋从冰箱里拿了两罐啤酒，递给温晢一罐，和他并肩靠在木桌边。

她先开口打破沉默，说：“之前躲着你，对不起。”

温晢一下子不知道说什么，要是方潋试图找借口搪塞他，说什么“之前不是故意的”，那他还能狠狠心撒撒气，这一上来就道歉，语气还这么诚恳，让他怎么接？

温晢握着易拉罐，没说话。

方潋继续说：“我就是觉得有点尴尬，不知道怎么面对你。”

温晢淡淡“嗯”了声，这个他能理解。说实话，两个人认识的时间也不长，对彼此没那么熟悉，要突然进入到亲密关系的话，脱离掉暧昧的氛围，感觉尴尬是正常的。

方潋挠挠脑袋，他今天出现得太突然，她还没准备好，有点找不到话说。

“我……”

“方潋。”温晢出声打断她。

“啊？”

“你能认真回答我一次吗？为什么不喜欢我。”

易拉罐冰手，方潋换了只手拿，把潮湿的右手拇指蜷进掌心。

她看着地上的瓷砖，轻轻开口说：“我没有，不喜欢你啊。”

温暂心跳空了一拍，收紧呼吸侧头看向她。

“不都是借口吗？”方潋抬眼，看着窗外的零星灯火，“每一个。”

温暂不知道为什么那一刻感觉到了委屈，那种在成年之后就没有再出现过的情绪。

方潋喝了口啤酒，把罐子放到桌上，站直身子面向他：“胳膊给我看看，好得怎么样了？”

温暂抬手递给她。

方潋解开他袖口的扣子，卷起衬衫翻折到臂弯。

结的痂已经剥落了，现在是片淡粉色的新肉。

方潋摸了摸，说：“还好，也不是很丑。”

温暂简直要被气笑，收回自己的胳膊：“你不会说话就不要说了。”

方潋抿唇，重新靠回桌子边。

温暂整理着袖子，无奈道：“说实话，你把我搞得有点乱。”

“对不起。”

“不想听这个。”

“那不说了。”方潋站到他面前，张开双臂。

温暂停下手中动作，拧紧眉头看着她。

她是怎么做到的，他想要通过深呼吸平静自己的心跳，但没有成功。

她到底是怎么做到的，每一步都迈在他意料之外，却又让他总是心甘情愿地被引诱着跟上。

温暂伸手，揽着她的腰把她抱到怀里。

方潋往前踉跄一小步，手臂圈住他的脖子，让拥抱变得完整扎实。

温暂坐在桌沿，弓着背，把脸埋进她的肩窝。

突然觉得好累，他闭上眼睛，懒得追究这个拥抱在方潋那儿是什么意义——是安慰还是道歉。

都不重要了。

“你真的是。”温暂叹了声气，认输道，“玩不过你。”

方溦笑了笑："干吗？一开始没想动真心吧？"

她又说："我也没想。"

温晳不想回答。

"哎，最后问你两个问题。"

温晳抬起头："什么？"

方溦问："你喜欢吃肯德基吗？"

温晳虽然觉得这个问题莫名其妙，但还是认真回答了："还行吧，蛋挞挺好吃的。"

"嗯？"这回答和方溦预想的截然不同，她发起质疑，"你为什么会喜欢吃肯德基？"

"我为什么不能喜欢吃肯德基？"温晳觉得有些好笑，"那我应该喜欢吃什么？"

方溦还真准备了答案："三百块一条的河豚鱼？"

温晳挑眉。

方溦说："你不是大少爷吗？"

温晳无语笑了："实话告诉你啊，我十六岁之前真不知道我爸是有钱人，我都不知道他是谁。"

方溦想起来他说过，他是在南蝉州跟着他外公长大的。

她吸气感叹道："天啊，'公主小妹'啊你。"

这又超出温晳的认知范围了，他问："什么？"

方溦摇摇头，问出第二个问题："那你大年夜都是怎么过的？"

"在家里过啊，每年都满汉全席，不过来的亲戚我都不熟，一般吃完饭就躲房间里去了，热闹是他们的。"

"哦。"方溦若有所思地点点头。

她嘀咕说："那就是你了呀。"

温晳没听明白："什么是我？"

方溦不太确定地开口："男……朋友？"

温晢这次反应得还算快，严肃脸色道：“你重新说一遍。”

方潋于是重复：“男朋友。”

温晢不满意，又要求道：“说完整。”

方潋感觉自己在上语文课，她刻意放慢语速、抑扬顿挫，把句子扩充完整：“你是我男朋友了。”

温晢哼笑了声，开始装傻：“什么时候的事？我答应了吗？”

方潋不惯着他这股嘚瑟劲，推开他的肩膀起身：“那算了。”

“哎哎哎。”温晢抓住她的胳膊把人扯回来。

方潋挑衅地抬眉。

温晢投降认输：“好，我是你男朋友了。”

“哦。”方潋把目光挪向别的地方。

温晢咳嗽一声，也没看她，气氛陷入诡异的沉默。

“我说的吧，是会尴尬的。”方潋出声说。

“闭嘴。”

他说：“过来。”

方潋听话地往前挪半步。

温晢站直身子，方潋的个子已经算高的了，这么站近一看她发现温晢还要比自己高出不少。

“你怎么这么高？”她忍不住发出疑问。

“你第一天认识我吗？”

“没和你离那么近过。”她顿了顿，又补充，“站着。”

温晢勾唇笑了，说：“我小时候要是不乖，我外公就罚我跳起来摸五十下门框，摸到才算一下。”

方潋觉得稀奇：“你还会有不乖的时候呢？”

“当然有，他老人家没少被我气。”

方潋笑起来：“我们家老头也是，每次放学回来看见他在削木条我就知道我要完蛋了。”

温誓向她证明："看吧，也没什么尴尬的。"

方潋用力点头。

"走吧，送你回家。"

"那你等我一下。"

"嗯。"

方潋进了里头收拾东西，温誓环顾一圈，目光最终落在店里的照片墙上。

很多天没来，他好像发现了一点不一样的东西。

温誓迈步走近，站到墙前，微微弯下腰。

很快，方潋挎着包从办公间里出来。她摸到墙壁上的开关，"啪嗒"一声，屋里暗了下来："我好了，走吧。"

温誓回头用目光找到并锁定她，问："什么时候贴上去的？"

方潋朝他走过去，知道他说的是什么："一直在上面啊。"

只是之前被藏在另一张照片下，最近才被她分了开来的他的照片。

温誓："拍得不错。"

"我也觉得。"

屋外的光泻进来，温誓看着方潋，心里暖暖胀胀的，一时间不知道怎么表达，他抬起手掌放在她的脑袋上，往下压了压。

方潋缩着脖子躲："干吗？"

"今天看你好像特别顺眼。"温誓说。

方潋"呵呵"了一声："那哪天看我不顺眼？"

"那天。"

方潋懂了。

"还怪我呢？"

"还有那么一点。"这话一半是真，一半就是他想撒个娇讨点哄慰。

"哎。"方潋抬手，拍拍他胳膊，言辞诚恳道，"做男人格局要大一点。”

温誓无言以对，他就不该抱有什么期待。

方溦拉下卷闸门，掏钥匙上锁。想起什么，她问温誓：“你今天怎么过来了？”

“回家的时候路过，看见店里这么晚还亮着灯，走到街口了，实在不放心，过来看看。”

方溦把钥匙放进包里，说：“吃完晚饭太困了就睡着了。”

“看见了。”温誓伸出手，“回头想走的时候不小心碰到伞桶了，我自己都吓一跳。”

方溦牵住他，坦言道：“我还以为你特地来找我的。”

“想得美，我还没消气。”

方溦举起另一只手，五指收拢又打开，提醒他：“格局。”

温誓深吸一口气，脸色阴沉。

方溦耸肩缩脖子，绷着五官做害怕状。

温誓把脸别向一边，抿唇憋笑，认㞞得倒是很快。

“车呢，停哪儿了？”方溦问温誓。

“没开车，我待在家里无聊，下楼走走。”

“真出来散步的啊？”

“对啊。”

“那怎么散这儿来了？”

温誓沉默片刻，回答她说：“习惯吧。”

两个人走在路灯下，长夜安宁，晚风凉爽，野猫蹿进花丛里发出响动。

方溦牵紧身边的人，一路上步子慢慢悠悠。

走着走着，她发现不对：“那前面不就是你家了吗？”

温誓说：“我等会儿再回来。”

方溦笑了：“小孩子啊？别折腾了，这次就当我送你回家。”

温暂不放心："那你一个人走回去啊？"

方潋"嗯"了声："这条路我都走二十年了，除了我，方圆百里没有恶人的。"

温暂被她逗笑："那也得小心一点。"

走到小区门口，方潋松开手，面对着温暂站定："进去吧。"

温暂看着她，欲言又止。

"怎么了？"方潋问。

"你就不想和我多待一会儿吗？"

"明天又不是见不到了。"

温暂愣了愣，掀起嘴角释然一笑："嗯，明天见。"

"走了啊。"方潋挥着手倒退两步，转身沿着马路继续往前走。

走到下一个路灯的时候，她停下脚步。

她在心里和自己打了个赌，赌温暂现在还在不在原地。

方潋攥着肩包带子缓缓回过头，下一秒嘴角浮现出笑容。

她扬着那张笑脸，挥臂迈步跑过去。

站在原地的男人张开双臂，稳稳接她入怀。

"怎么没进去？"方潋喘着气问。

温暂回答说："赌你会不会回头。"

"赌对了吗？"

"嗯。"

"那奖励你一下。"方潋踮起脚，亲在他的嘴唇上。

嘴唇碰完嘴唇，方潋站回平地。

温暂都没反应过来就结束了，不免有些失望，说："一下就真的一下啊？"

方潋语调上扬："嗯。"

"行吧。"温暂不是贪心的人，已经满足了，"快回家吧，早点休息。"

方潋一边小步往后退一边说："你也，晚安。"

第二天，方潋五点半就醒了，她不知道温晢的作息时间，在家里洗了衣服拖了地擦了窗台，等到快九点才出门。

她先到杨阿姨那儿打包了两份生煎和两杯热豆浆，然后去水果店买了一袋橙子。

进小区的时候门口的大爷看她是生面孔，拦住她问她找谁。

“男朋友。”方潋说。

大爷挥挥扇子：“那你进去吧。”

走上楼梯到了温晢家门口，她腾出一只手摁门铃。

等了会儿没见屋里有动静，方潋又摁了一下。

还是没动静，出门了？

方潋把橙子放到地上，正准备拿出手机打电话，门内响起脚步声。

温晢打开门，脸上的表情很意外：“你怎么来了？”

方潋弯腰拿起塑料袋，看他还穿着睡衣，又是一副睡眼惺忪的样子，问：“还没起床啊？”

温晢摁了摁蓬松杂乱的头发：“刚睡着。”

“啊？”方潋踏过门槛，“你一晚上没睡啊？”

“嗯。”

“为什么？”其实问完方潋心里就有答案了。

“怕你又……”温晢话锋一转，“我心思一多就容易失眠。”

方潋把橙子和早餐放到桌上：“‘小燕子’啊你？”

“嗯？”

方潋拆着打包盒，说道：“没看过《公主小妹》，你总看过《还珠格格》吧？”

“看过。”

方潋帮他回忆剧情：“知道箫剑是亲哥哥的那天小燕子一晚上没睡觉，就怕一觉醒来发现是场梦。”

温暂笑了："什么跟什么呀。"

"家里有筷子吗？"

"没。"那次逃跑之后，温暂后来也一直没去晨晨小铺买餐具，怕再撞上方潋。

方潋掰开一次性筷子递给他，说："吃完早饭再去睡吧。"

两个人坐在餐桌边，温暂问她："今天打算干什么？"

方潋用筷子戳破生煎包表皮，回答："不知道，先监督你睡觉吧。"

温暂突然有那么一点点心理不平衡："你昨晚睡得很好吗？"

"好啊。"方潋咬着生煎包，面色红润，看起来神清气爽，"快点睡着就可以快点醒，快点醒就可以快点来找你。"

温暂默默收紧呼吸，又不知道该说什么了。

方潋总是这样，你期待她给反馈的时候她跟块木头似的不开窍，但有时候又出其不意地丢出几句戳人心窝子的话。

温暂放下筷子，把椅子挪到她身边，伸长胳膊抱住她，拿下巴蹭了蹭她的头发。

方潋嫌他肉麻，缩着脖子躲："多大的人了……"

她突然"哎"了一声，一本正经地问温暂："你多大来着？"

温暂松开手臂："你真不知道假不知道？"

方潋眨眨眼睛："真不知道。"

说不失落肯定是假的，都认识多少天了，她就一点都不关心他？

"三十五岁。"温暂转正身体，重新拿起筷子。

方潋歪头："不像吧。"

温暂又说："好吧，二十四岁。"

"哎哟，要点脸吧。"

温暂憋着笑，重新回答："二十九岁，刚过完生日。"

方潋问："什么时候？"

"上个月。"

“上个月？那你怎么都没说啊？”

“我一般不过生日。”

温誓伸手想够豆浆，方潋替他拿到，插好吸管后再递给他。

“哪种‘不过’？不大操大办还是就不过了？”没等他回答，方潋又说，“我提前问清楚，省得以后踩到你雷点闹不愉快。”

温誓挺喜欢她这种有什么说什么的交流方式，高效、直接、让人舒服。

“没什么雷点，就是不爱在家里过，你明年要给我办什么 party 我也不介意。”

“哦，行。”

温誓放下豆浆，决定也直接一点：“你为什么不问我为什么不在家里过？”

方潋说：“你不也从来不过问我家里的事吗？那些不重要。”

温誓点头：“对，不重要。”

过去不重要，来路不重要，背景不重要，不想分享那就不交代了，两个人之间怎么相处、正在创建的回忆，以及等待着他们的未来才重要。

吃完早饭，方潋让温誓快去睡觉。

一晚上没睡，温誓现在就是强打着精神，脑子昏昏胀胀的，他问方潋：“那你呢？”

“我去店里了。”

“哦。”

“去睡吧。”方潋放轻声音，像在哄小孩。

“那我下午没事就过去找你。”

方潋笑着点头。

温誓回了卧室，方潋没急着走，先把桌上的打包盒收拾了。

她从塑料袋里拿了两颗新鲜的橙子，想给温誓切好放进冰箱里，他醒来可以吃。

方瀓走进厨房里环顾一圈，不用找都知道肯定没刀具，一览无余，简直“家徒四壁”。

她握着橙子正一筹莫展，突然瞥到墙角被她拒收的那个工具箱。

也……可以吧？

蹲在地上挑选合适的刀型时，方瀓长叹一声气，她到底还是暴殄天物了。

温誓的猫在她脚边打转，这小家伙越看越可爱，黑不溜秋的，也就温老师这种文化人能引经据典取个“腓腓”，方瀓想要是她就直接叫“煤球”了。

她坐到地毯上，拍拍自己的大腿，腓腓轻盈地跳上来。

方瀓轻抚着它背上的毛，满意道：“好乖啊你。”

她对这种毛茸茸的可爱生物没有抵抗力，忍不住从口袋里摸出手机，伸直胳膊把取景框对准自己和怀里的猫。

腓腓看到屏幕里的自己，好奇地把脑袋凑上去，两只眼睛圆圆的，方瀓抓拍下这一幕，把照片反复观看。

嘴角不知不觉就咧开了，她把自己的脸截掉，发了条朋友圈。

走之前，方瀓轻轻打开卧室的门。

温誓背对着她，看样子应该是睡熟了。

方瀓关上门，下楼的时候带走了垃圾。

她一进益木坊，就收到两道写满好奇的目光。

田柠笑盈盈道：“姐，你什么时候养猫了呀？”

陈彻皱眉佯装思索：“我怎么觉得那猫有点眼熟呢？”

方瀓像是没听到，自顾自问：“今天谁做饭啊？叔呢？”

“师父有事回家了。”陈彻走到她旁边，顶着张灿烂的笑脸，用胳膊碰碰方瀓，朝她挑了挑眉。

方瀓不咸不淡地看他一眼：“你傻笑什么？‘温誓效应’也‘效’到你了？”

陈彻愣了一瞬，猛地反应过来了，“哦吼”一声，转向田柠，两个人抱在一起又叫又跳。

平时他们拿这个词调侃方潋是闹着玩，但现在从她嘴里自己说出来，那就是盖了个章，“温誓效应”是真的，她和温誓是真的。

“‘效’到了‘效’到了！”

方潋无奈地摇了摇头，嘴角是翘着的。

午后烈日当空，气温飙升，卧室里没开空调，温誓是被热醒的。

他掀开被子，站起身动了动肩膀和胳膊，先去浴室冲了澡。

洗漱完才两点不到，温誓估摸着方潋应该还在店里。

他擦着头发换好衣服，拿起手机，一边翻开微信消息，一边走向客厅。

任瑜在群里 @ 他，说下午有新货到店，问他过不过来。

之前生病在家温誓已经错过了好几批货，全便宜给了老孙，把人嘚瑟坏了，一天发十条朋友圈炫耀。

温誓打字回复：去。

任瑜说：得嘞，等您。

老孙冒泡，发了条语音：“我说小温啊，你最近忙什么呢？我还以为你金盆洗手了。”

温誓笑了笑，把手机放到餐桌上，想从冰箱里拿瓶水，一打开却发现里面有盘切好的橙子。

他怔了怔，把橙子拿出来。

看他一直没出声，任瑜插话说：你说忙什么？人家忙着追老婆呢。

老孙乐了：“那追到没啊？可别丢了芝麻又丢了西瓜。”

任瑜是人精，该沉默时沉默，怕不小心戳到少爷的痛处，他可不能失去温誓这个大客户。

其他人也被炸出来了，都是古玩爱好者，也基本比温誓年长，儿子女儿和他差不多大的都有。

一群老男人凑一起也爱操心晚辈的终身大事，七嘴八舌，讨论得热火朝天。

老郑让温晢别泄气，年轻姑娘多着呢，又说他家女儿刚硕士毕业，在哪里哪里工作。

任瑜“呵”了一声：你这是图穷匕见啊。

温晢现在没空理他们，他拿起桌上的手机，点进方潋的聊天框。

地球公民：橙子是你切的啊？

已读不回：不然咧？

温晢拿起一瓣橙子放进嘴里，橙子刚从冰箱里拿出来有点冰，他小口含着。

地球公民：我是想问，你是怎么切的啊？

已读不回：[省略号 jpg]

已读不回：好吃吗？

地球公民：好吃。

下一秒，方潋的头像变了，画面中间黑乎乎的一团，温晢点进她的个人主页，才发现她新发了一条朋友圈。

点进去看完后他咧着嘴角一个劲想笑，忘了嘴里还吃着橙子，又被酸得直吸气。

温晢把那张照片保存到手机相册，也发了一条朋友圈，文案叫作“有猫了”。

这次他没有屏蔽任何一个分组，所有人可见。

有了解他的亲朋好友很快在评论区发起质疑：这不就是腓腓吗？我穿越了？

也有细心眼尖的，发现抱着猫的人不像男的，问他：温老师有情况了？

温晢统统晾着没回，让他们瞎猜去吧，看得懂的人自然会懂。

他回到任瑜那微信群，往上翻了翻聊天记录，被这群操心老大哥逗乐了。

“感谢关心。”他举着手机发语音，坐到沙发上，拍拍自己的大腿让腓腓过来，他说，“但我已经是有主的人了。”

很小的时候温誓就养过一只白猫，不是什么名贵品种，就是路边看着可怜捡回家的。

外公起先不同意他养，但耐不住他软磨硬泡，后来还兴致勃勃地帮他给猫取了个名。

“《山海经》里有种白尾巴的狸叫腓腓，传说养之可以解忧，就这么叫它吧。”

“腓腓”不知道在流浪生涯里经历过些什么，一开始怎么都养不熟，别说摸摸毛，温誓一靠近它便竖起敌意，动不动就把他的手抓伤。

外公劝温誓把猫送走，温誓摇头。

抓得疼吗？疼。

心里难过吗？难过。

但在温誓看来，那已经是他的猫了。

很多人说养猫不是做主人，是让人伺候猫主子。

包括现在这只小黑猫，一开始也并不黏他，刚来时傲得不可一世。

但只要它对着温誓一歪头一叫，或者只是蜷在猫爬架上一动不动地睡觉，他就没脾气了。

忧是它带来的，但解忧的也是它。

这就叫喜欢，很简单、很简单的一件事。

瑾瑜轩的门敞着，温誓迈过门槛，瞬间成为屋内人目光的聚集点。

温誓：“今天这么热闹呢？到底什么好货？”

任瑜站在柜台后，回答他：“宋元通宝，就等你来呢。”

“我看看。”温誓走过去，其他人也跟着围上来。

论入行年份，温晢远不及他们，但要论专业程度和眼力，这些人都心甘情愿喊温晢一声“老师”——这小子懂得多，见过的好东西也多，精品次品一眼就能瞧出来。

宋元通宝分铜铁两种，铁钱十当铜钱一，这批货虽都是铜的，但价格却能相差数百甚至上千元。

“小平背星，不值钱。”温晢放下手中青黑色的圆币，“这个双星，好一些。”

“这个呢？”有人拿起一枚问温晢。

“有星有月，不错，价格能翻个倍吧。”

老孙盘着核桃说：“星月同辉啊，寓意也好。”

温晢看完一圈，挑出其中两枚拿走：“这两枚我要了，其他的你们分吧。”

他看中的那肯定是精品，老孙着急道：“哪两枚呀？给我们看看。”

温晢摆摆手：“小平背月，最不值钱的。”

众人表示不信。

温晢笑了笑，摊开手掌说：“骗你们干什么？一个弯月一个角月，想和家里的凑一套我才拿的，今天不和你们抢。”

任瑜“哟”了一声：“怎么的，你总不是没钱了吧？”

温晢也不遮掩：“有女朋友了，勤俭持家一点，不行啊？”

大家伙纷纷起哄，吁声一片。

“走了。”温晢不给他们继续八卦的机会，边朝店门走边说，“大好的天气，不和你们这群老爷们待一块儿。”

从某一天开始，益木坊的饭桌上多了一副碗筷，李肃元每天早上买菜也越买越多，温晢提过好几次他吃得不多，按他们平时的量来准备就行，但每回吃饭还是满满一桌子菜。

洗碗的时候，方潋悄悄对李肃元说：“叔，你太热情，反倒让他觉得见外，他不是客人。”

李肃元没想那么多，被她这么一提醒才意识到问题："是是是，你说得对。"

六月暑气炎热，方潋坐在工作台前雕木头，温晢就陪在旁边看书，两个人偶尔说几句话。

陈徊看他俩岁月静好的样儿，总觉得不太行，有一天他把温晢拉到一边，喊："温老师、哥、姐夫。"

他张口就换了三种称呼，把温晢逗笑，问他："怎么了？"

陈徊发出灵魂一问："你俩是在热恋期吗？"

温晢愣了愣，回头看了方潋一眼，回答说："是啊。"

陈徊用手比火焰的形状："那能不能'热'一点？"

温晢眨眨眼睛。

陈徊说："她以前可是'重色轻一切'型的，我听我师父说，也就老师父还在的时候她不敢夜不归宿，不然能好几天看不到人影。"

看温晢皱紧眉头，陈徊咳嗽了声："反正你多带她出去玩玩嘛，行不？"

温晢应："知道了。"

陈徊叹气，决定还是多啰唆两句，告诉温晢："你别看她现在这样，其实她性格很小孩的。"

温晢看他一眼，觉得有趣，顶着张大男孩的脸蛋，说的话却端着一副兄长的姿态。

温晢忍不住说："你还操心那么多呢？"

陈徊叹着气摇摇头："方潋就是有这种本事，让她身边的人都想当她爹妈。"

说完他怕引起误会，又赶紧补充道："我不是骂人啊，我的意思是，让人想护着她，你懂吗？"

温晢点点头。

温暂回到方溦的办公间，把盛着温水的杯子放到她手边。

“在外面说什么悄悄话呢？”方溦吹掉刮落的木屑，抬头看温暂一眼。

温暂随口扯了句：“哦，陈彻问我怎么追人。”

方溦笑了声：“就你也敢教人家？他也敢学？”

“怎么了？我不是成功了吗？”

方溦笑着摇摇头，没说话。

“明天周末，要不要出去玩？”

方溦握刀的手在半空中停了一瞬：“去哪里玩？”

温暂想了想：“吃饭，看电影？”

老土的约会两件套，方溦低下头撇撇嘴：“别看电影了吧，明天下午去宜家逛逛？”

“你要买东西吗？”

方溦说：“是你要买东西。那天我幸好找到一个杂物盘，不让我就要去你那堆宝贝里找东西装我的橙子了。”

温暂低声笑起来：“我平时又不做饭，用不到。”

“那也得买，你那家现在像博物馆你不觉得吗？”

温暂耸了耸肩。

过了会儿，方溦抬起头问他：“有个问题我能问你一下吗？”

“问。”

“你那一墙东西，大概值多少钱啊？”她好奇很久了。

温暂摇头说：“没算过。”

“那你花了多少总有数吧。”

“也不都是买的，大部分是我从家里拿的。老有人来巴结我爸，送他点各式各样的物件，其实很多是值钱货，但我爸看不上，他这种人只喜欢钞票。”

谁不喜欢钞票，就你清高。

这话方潋也就只敢在心里偷偷吐槽一下，可不敢当面说给他听。

她刻着木头，故意恐吓温晳：“你就这么把家底交代给我了，小心我劫财哦。”

“那你可得看着点劫，我那儿不值钱的破铜烂铁也不少。”

方潋不解：“不值钱的放家里干什么？”

温晳说：“可能就是一种收集癖吧，和小孩集卡片一样。”

“哦。”方潋点点头，若有所思。

两个人的第一次正式约会，方潋不敢怠慢，睡前她站在衣柜前，挑选明天要穿的衣服。

裙子倒也有，但都是偏随性的工装款或牛仔半裙，温晳不会带她去西餐厅吃饭吧？

比起自己一个人在这里乱猜，方潋决定直接问清楚。

她捧着手机趴在床上，打字问：我们明天去哪儿吃饭啊？

温晳很快就回复了：怎么了？你有什么特别想吃的吗？

方潋：没，就看看我明天要穿什么衣服。

温晳：按你平时的来就行。

方潋还想说什么，手指起起落落好几回也没组织好语言，索性放弃，单单回了一个“好”。

过了半分钟，温晳又发来一条消息，问她：身边的朋友都怎么叫你的？

方潋回道：就名字。

温晳又问：你没有什么小名吗？

方潋说：没有。

温晳不太信：我那天好像听见吴老板叫你“潋潋”。

方潋选择装死不回。

下一秒，屏幕上跳出一条语音。

方潋大概能猜到内容，屏气摁下收听。

——“潋潋，晚安。”

前面两个字他说得很慢、很清晰，从声音能听出来他说的时候在笑。

方潋丢了手机，闭上眼睛把脸埋进被子里，耳朵烫得发红。

等实在憋得喘不过气，她才抬起头，捡起手机打字：少点花招，对我不管用。

温誓没再继续逗她：好的，晚安，明天见。

这晚方潋又莫名其妙地失眠了，不是心里装着事所以睡不着，而是像第二天要春游的小学生那般，对明天过度兴奋，所以翻来覆去难以入眠。

第二天她不出意外地睡过头，好在她有一套糊弄化妆法，十分钟就能完成，虽不够精致但也能达到提亮气色的目的，适合一切必须收拾自己但又没那么正式的场合。

快速打完底妆，在挑选口红时，方潋犯起了难，平时随手拿一支涂上就行，今天却有些无从下手。

温誓发来消息，说他已经到巷子口了。

方潋纠结来纠结去，把桌上的三支口红全丢进包里，拿起口罩换鞋出门。

温誓的车停在路边，方潋拉开车门坐进去。

她是一路小跑过来的，喘着气问温誓：“你吃早饭了吗？”

“没。”温誓看她一眼，抬起手说，“别动。”

他用拇指轻轻擦了擦她的脸颊：“这里没抹开。”视线下移落到她的嘴唇上，他掀起嘴角，突然凑上去亲了她一下。

光天化日，旁边还有来来往往的行人，方潋睁大眼睛，惊恐地往后躲：“干吗啊你？大白天的。”

温誓也蒙了：“不是你……你没涂口红，难道不是想，让我亲你吗？”

他越说声音越小。

方溆严肃地为自己澄清：“我没涂是因为我来不及了，我怕你等我太久。”

“哦。”温暂重新坐正。

方溆掀开车顶的挡光板，摸出口红把脸对准化妆镜。

膏体快要碰到嘴唇时她停下了，看向温暂问：“你是不是在心里骂我呢？”

他故作吃惊的样子：“哎哟，我不小心说出声了？”

方溆合上口红盖子，把挡光板“啪”一声摁回去。

“过来。”

温暂目视前方：“不了。”

“再给你一次机会。”

温暂没动。

方溆等了十秒，又开口说：“那你今天一天都别亲我。”

话音刚落，温暂就倾身向她靠近，手捧住她的脸。

方溆展颜微笑，把唇凑上去。

温暂一直都有这样的感觉，在他俩的关系中方溆要占主导权更多一些，进退总是掌握在她的手里。

毕竟是他先追的人家，他心甘情愿按照她的节奏和喜欢的方式来，他也享受其中。

但这不代表他会永远跟在她后头走。

在一起那么多天，两个人独处的时间并不多，基本都待在益木坊，陈彻老说他俩像已经结婚二十年的。

所以到现在为止，他们其实还没有正儿八经地接过一次吻，“啵”一口那种不能算。

温暂贴上来，挡住了阳光。

他轻轻含住方溆的唇瓣，起初动作缓慢温柔。

在他微微用力用舌尖顶开她的唇缝时，方潋被吓得暂停呼吸。

这次她没躲，也没推开他，陌生的异样感刺激大脑皮层，她心脏发颤，紧闭双眼承受他的给予或索取。

这个吻漫长而湿漉漉，结束时方潋想，她会把它记很久。

车厢内的空气开始变得黏糊糊，气温一点一点攀升。

男人肩宽高大，压着她也挡住她，但方潋还是觉得臊得慌，这大白天的……

温晢呼吸不稳地问："你用的什么香水？好熟悉。"

方潋抬起胳膊闻了闻，回答他："六神劲凉版。"

温晢愣了瞬，扬唇笑了。

方潋把手臂拿给他看，上面还有两个还没消下去的肿块，说："早上刚被叮的。"

"怎么没涂止痒露？"

"拿去店里了。"

温晢觉得心疼，上手轻轻摸了摸那"蚊子包"，被方潋一掌拍开："别碰，好不容易不痒了。"

她手劲不小，温晢觉得手背上火辣辣地疼。

好吧，方潋还是方潋，无敌气氛破坏王。

Quan qiu shengwen

第八章

过日子

“你饿不饿？”在马路边停了快半个小时了，温晢终于发动车子。

“饿。”

温晢看着副驾驶座前的收纳箱，说：“你找找，那个里面应该有吃的。”

方潋打开，里头被一只毛绒玩具狗塞得满满当当的，她揪着它的耳朵拿出来放到腿上。

“真的有哎。”方潋翻找出一罐牛奶饼干，转开盖子取出一块，先喂给温晢。

“这狗哪儿来的？”她忍不住上手捏了捏它的肚子，毛茸茸的，触感柔软。

温晢说：“我外甥的，饼干也是他的。”

“哦。”

方潋似乎很喜欢那只狗，抱在手里没放下来过，时不时地摸一摸揉一揉。

温晢手搭着方向盘，偏头看她一眼，说：“喜欢就拿去吧。”

方潋抬起视线：“别，怎么能抢小孩玩具。”

“他玩具多的是，这个一直落在我车上，估计早被他忘了。”

“真幸福。”方潋低声嘟囔了句，把玩具狗放回收纳箱里。

午饭吃的是木樨州当地特色的炭炉火锅，这家是有名的老店，跨过门槛时，方潋对温晢说：“我上一次来这里吃都是冬天了。”

“经常来吗？”

“以前吧，我家老头特别喜欢吃这家。”

温晢有些意外，停下脚步问：“那我是选对地方还是选错了？”

方潋笑了笑：“放心吧，我也没什么雷点。”

“我就怕万一你触景伤情。”

“不会。”

服务员领着他们就坐，方溦说：“他刚离开的时候我特别不习惯，就觉得我的生活好像哪里都不对了，现在就还好，想他，但不会觉得难过了。”

温晢点点头：“我外公走的时候，我也一样，一下子心里没底了。”

“对，就是心里没底了。”方溦把菜单递给温晢，“你点吧，我什么都吃。”

温晢没客气：“好。”

比起川渝火锅的麻辣鲜香，这儿的炭炉铜锅汤底浓郁清淡，更符合江南人的口味。

下菜前，方溦先给自己和温晢盛了一碗鸡汤，问他：“我记得，你大学是在北京上的？”

“对，在那里前后待了有六七年吧。”温晢拿起汤匙，发现方溦把鸡腿肉都舀进了他的碗里。

方溦好奇道：“那里的涮羊肉好吃吗？”

温晢没有给出明确回答，只是说：“我吃不惯麻酱。”

鸡汤鲜美，方溦小口喝着，又问：“那北京好玩吗？”

“刚去的时候觉得好玩，待久了都一样。”

方溦说：“我都没出过木樨州。”

温晢抬眸：“从来都没？”

方溦很轻地“嗯”了一声，转移话题说：“这里的腌笃鲜也很好吃的，等天冷的时候再来。”

温晢点点头：“好。”

吃完午饭，按照原定的计划，他们开车去了宜家。

方溦很爱逛这些地方，尤其爱看展示区的木质家具。

温晢推着车，跟在她后头。方溦时不时停在货架前，拿起什么东西问他：“家里有这个吗？”

温暂要么说“好像没有”，要么说“不知道”。

后来方溦问都不问他了，看到需要的就直接丢进购物车里。

“保鲜碗拿三只够吗？”方溦蹲在地上认真挑选，却迟迟没听到回答，她站起身回过头，发现温暂停留在不远处的毛绒玩具区。

方溦不管他了，拿了三只大小各异的碗，推着车继续往前走。

勺子、筷子可以去陈晨那儿买，调料瓶呢？算了，都拿吧，万一哪天大少爷心血来潮要学做饭呢。

她一路走一路在心里盘算。

温暂过来的时候怀里抱着只蓝色鲨鱼毛绒玩具，方溦弓着背，胳膊搭在购物车上，对他说：“我觉得我像带了个儿子出来的。”

“送你。”他把“鲨鱼”递到方溦面前。

方溦接过“鲨鱼”，拿在手里看了看：“这么大？”

温暂说：“放床上，晚上陪你睡觉。”

“谢谢啊，我那小床可不够它‘游’的。”

温暂接过推车，问她：“还差什么吗？”

“差不多了吧，杯子你好像有了。”

“再买一个吧，给你用。”

方溦怔了怔，抬高手臂，把下巴埋进柔软的毛绒玩具里。

他们走到摆放马克杯的货架前，方溦一眼看中两只彩釉的石瓷杯，一灰一蓝，设计简单但不失质感。

“要不你也新买一个？”她问。

温暂笑着答应：“好。”

“我要蓝的。”方溦把左手的灰色杯子递给他。

温暂刚要伸手去接，方溦突然缩手转身，把杯子放进购物车里，嘴里催促他：“快走快走。”

“怎么了？”

温暂疑惑地转过脑袋，被方溦抱着胳膊阻止，她压低声音说：“你别回头看啊。”

“谁啊？”

方潋不回答。

温晳猜：“前任？长头发那个？”

方潋闭着眼睛，表情痛苦地点点头。

温晳觉得有意思：“你很怕他吗？”

方潋“呵”了一声：“怎么可能？”

“那你躲什么？”

“他，他劈腿，被我揍进医院了。”

不知道为什么，也许是因为这话是从方潋嘴里说出来的，温晳竟然一点都不觉得惊讶，甚至有那么一点认为事情就该这样发展。

“那应该是他见了你跑啊。”

方潋低着头，口齿含糊道：“我那个时候年纪小，下手有点不知轻重。”

温晳心一紧：“人没事吧？”

方潋说：“他没事，他‘弟弟’有事。”

温晳疑惑：“怎么还把人家弟弟揍了？”

方潋抿了抿唇，向下看了一眼。

温晳懂了。

他毫不犹豫地加快脚步往前走，掷地有声道：“跑。”

方潋刚刚只是匆匆瞥了一眼，没太看清楚，走远了之后向温晳求证道：“他旁边那个是不是他老婆啊？”

“好像是，挽着手的。”

方潋撇撇嘴：“就这种人还能结婚。”

“潋啊。”温晳忽然有些对她肃然起敬，“你到底得罪过多少人？”

方潋纠正道：“哎，这话不对啊，是太多人得罪过我了。”

温晳叹了声气。

方潋转过脑袋，逼近他问：“怎么了？”

温晢下意识往后躲，被她这么盯得莫名一阵心虚，张口道：“什么怎么了？我很乖的。”

方潋怔住，她压根就不是这个意思，不知道他的脑回路是怎么转的。

她紧咬着下唇憋住笑意，决定将错就错，故作严肃地点点头：“嗯，这就对了。”

温晢回过头一品才觉得自己那话说得有多怪，但也没办法找补回来了，他脸都红了。

“方潋。”这声喊得懒洋洋的，听上去像撒娇。

“嗯？”

“把刚刚那句话忘了。”

“哪句话？”她一脸无辜地朝他眨眨眼睛，仿佛真的想不起来了。

温晢说：“你现在这样就是在得罪我。”

方潋从来不吃威胁恐吓这一套：“哦，那怎么办，你要来揍我吗？”

温晢停下脚步，垂着眼皮看她，目光散漫含笑，什么都没说，又好像什么都说了。

方潋被这么看得心里“咯噔”了下，表情僵硬地挪走视线：“走吧，结账了。”

都是成年人了，心里都明白，在旁人面前犯个无伤大雅的错可能叫皮痒了欠揍，但放在恋人之间，那感觉就不太一样了，也叫“欠”，至于后头跟的什么动词，懂的都懂。

温晢结完账，自己单手提着大购物袋，只把鲨鱼玩具给了方潋拿。

“现在像爸爸带女儿了吧？”出商城时，温晢抬手掀开塑料帘，先让方潋出去。

某人回了他一个字：“滚。”

他们回到温晢的公寓，方潋一进门就问：“腓腓呢？”

没在客厅里看见它，估计趴哪儿睡觉呢，温暂拿了袋猫条给方潋，说：“你拆开，等会儿就自己钻出来了。”

他把买回来的东西放到餐桌上，先把两只马克杯拿出来洗了。

“晚饭吃什么？”温暂在厨房里问方潋。

方潋拿着拆封的猫条弯着腰四处找猫，问他：“你做吗？”

“我当然不做。”

中午吃火锅吃得太饱，晚上想简单一点，方潋说：“那我做吧。你等会儿下去买挂面，再买盒鸡蛋，还有油。”

“知道了。”

在家里逛了一圈，方潋终于在书房找到了腓腓，这里挨着阳台，采光好，它正躺在地上晒太阳。

“你在这儿呀。”方潋蹲下身，把猫条伸过去。

腓腓闻到味道，几乎是弹射起立，伸出舌头一下接一下地舔。

方潋揉了揉它的脑袋，抬起头环顾了一圈温暂的书房。

厨房里空空荡荡，书房他倒是收拾得很好。

方潋把腓腓抱在怀里，走到书桌前。

上头有几本书，还有一些本子和红笔，很有“老师”的感觉。

看见桌角摆放的一个小木偶人，方潋蹙眉，拿到手里仔细确认。

别的东西不敢保证，但这个木头小人她有印象，圆镜框白衬衫挎着单肩包，一副好学生的样子，就是她雕的没错。

“你怎么有这个？”方潋拿着木雕去客厅找温暂。

温暂抬头看了眼，说：“一个学生送的，说觉得像我。”

方潋激动地告诉他：“这是我做的。”

温暂同样感到惊喜：“真的假的？”

“真的，你以前在一中上班？”

“对。”

“那就对了。那时候没有城管，我在你们校门口摆过摊，学生的钱最好赚了。”她把木雕举到温晢的脸旁，“我照着我那书呆子男朋友刻的，还真的有点像你欸。”

嘴比脑子快就是这样，气氛一下子凝固住，沉默了个三四秒，方潋放下手，把木雕郑重地交到温晢手里，拍拍他胳膊说：“学生送的，一片心意呢。”

温晢面无表情地看着她。

方潋提起一个微笑：“我明天给你重新做一个，就照着你的样子。”

温晢把那木头小人放进抽屉里，大概这辈子也不会再拿出来了。

晚饭方潋下了一锅清汤面，调料就加了一点盐和香油，另外煎了两个荷包蛋，可谓精致中带着糊弄，糊弄中又不失精致。

等温晢品尝完第一口，她目光期待地问：“怎么样？”

“面煮太久了，味道也有点淡。”

方潋的脸色立刻阴沉下去。

温晢小声说：“是你让我评价的。”

“我是让你评价吗？我是想让你说句好听的，我辛辛苦苦在厨房做的，你能不能体谅……”方潋突然停下。

“天啊！”她自己都感到震惊。

“什么‘天啊’？”

“小时候我每次去吴松月家吃饭，她爸妈就是这么吵架的。”

温晢以为她要说他们有了夫妻或家庭的既视感，正不好意思地弯了弯嘴角要开口说句什么，就听到方潋又说：“你们男人啊，果然都是一路货色。”

温晢噎住。

“大爷。”方潋语气轻飘飘道，“饭不会做，碗总会洗的吧？”

温晢点点头：“会，我洗，我洗。”

出来玩了一天，吃完饭方潋就一个劲打哈欠。

腓腓趴在玩具鲨鱼的背上，看起来很喜欢，方潋决定“忍痛割爱”，把它留在温晢家里。

温晢洗好碗，拿纸巾擦着手从厨房出来，问方潋：“出去散步吗？”

方潋坐在地毯上，摇摇头：“不高兴。”

她身体向后倒，靠在沙发上说：“好困，好想睡觉。”

“困了啊？”温晢走过去，“在这儿睡会儿？”

方潋朝他伸出两只手，温晢弯腰把她抱起来。

方潋：“我还是回家睡吧。”

“那我送你回去。”

“嗯。”答应完，方潋趴在他肩上，没声了。

温晢拍拍她的后脑勺：“睡着了？”

“没有。”方潋闭着眼睛，拿脸颊蹭了蹭他的衣服，“再待会儿。”

温晢收紧手臂，嘴唇轻轻擦过她的头发。

橙黄夕阳照在白色瓷砖上，夜幕即将来临。

这么过了五分钟，方潋再睁开眼睛，觉得清醒多了。

她挤挤眼睛适应光亮，温晢举起双手捧了下她的脸，揉揉她的脸颊肉。

方潋拍开他的手，伸了个懒腰说：“走吧。”

他们下楼时天还没黑，风吹在脸上是热乎的，广场上传来阿姨们跳舞的音乐声，几个小孩玩着滑板车从背后超过他们，家长跟在后头喊“慢点！注意安全”。

温晢牵着方潋，从他家到她家走个十五分钟就能到，两个人都有意放慢了步速。

“潋潋啊，是不是潋潋？”

听到有人叫自己名字，方潋停下脚步循声看去：“周阿姨。”

“哎。”周玉芬是方潋以前的邻居，也是看着她长大的，她扇着扇子，迈着碎步跑过来，“我刚就看着像你。”

方潋朝她笑笑：“出来散步啊？”

周阿姨指了个方向，说：“带我孙子出来玩。”

她看了旁边的男人一眼，笑眯眯地问方潋：“男朋友啊？”

方潋点头：“对。”

温誓微笑着打招呼：“阿姨好。”

“你好你好。”周阿姨看他一表人才的，问方潋，“小伙子是做什么工作的啊？”

“啊……”方潋张了张嘴，这周阿姨也是可以，这么多问题，她一下子就挑了个最难回答的问。

温誓出声说：“我现在是自由职业。”

“哦。”周阿姨点点头，目光变得有些意味深长。

听到孙子在喊她，周阿姨和他们挥手告别。

就这么在路边停下说会儿话的工夫，方潋就感觉自己被蚊子咬了。她弯腰挠了挠小腿，说：“好痒。”

温誓让她走在外侧，离绿化带远一些：“前面有便利店。”

旁边的草丛黑乎乎的，不知道埋伏了多少饥肠辘辘的蚊子，方潋抱着自己的胳膊，心里都在发痒。

她几乎是逃难似的躲进便利店，温誓还是和上次一样，让她坐在就餐区，自己去货架上挑驱蚊止痒的东西。

“方潋。”温誓站在冰柜前喊她，“吃不吃冰激凌？”

“吃，要草莓的。”

温誓买好东西过来，先把冰激凌和木勺递给她。

方潋拆开包装，第一口喂给温誓。

“腿给我。”

方潋吃着冰激凌，把腿架到他大腿上。

温誓在肿块上挤了泵止痒露，用指腹轻轻抹开。

“好了。”他盖上止痒露盖子。

方溦却没收回自己的腿，这姿势太舒服了。

温誓笑了声：“到底谁是大爷啊？”

方溦作势要收腿，被他一把握住脚踝：“挂着，我乐意伺候你。”

温誓拆开一个驱蚊手环，系在她手腕上。

想到什么，方溦问他：“我那串菩提根呢？”

“家里。”

“我盘得还行吧？差点得腱鞘炎。”

温誓翘着嘴角，说：“提醒过你不能多盘。”

“盘起来就上瘾了，睡觉都拿在手里。”

玻璃窗上倒映出他们的轮廓，便利店里没有其他客人，安静得恰到好处。

方溦把吃完的冰激凌盒放到一旁，手臂交叠，歪着脑袋趴在了桌上，轻声喊：“温老师。”

“嗯？”

方溦又没声了。

温誓看着她，觉得她是有话要说：“怎么了？”

“和我待一起无聊吗？”方溦问。

“当然不无聊。”

她说：“我不太会谈这种恋爱。”

温誓笑了笑：“哪种？”

“这种。”她想了个形容词，“过日子的。”

温誓问她：“那你以前都谈什么样的？”

方溦把下巴抵在胳膊上，看向窗外：“那可不能告诉你。”

温誓又换了个问题：“那你想要哪种的？”

“就这种。”方溦顿了顿，轻轻说，“我们好好过日子。”

温誓的心脏猛地跳动了下，又渐渐沉下去。

“好。”

方潋老是一吃完饭就犯困，温誓担心她是脾虚，这天一大清早就去了趟菜市场，想买只鸡炖汤。

网上说红枣益气养血，温誓打算也买点放进汤里。

摊主问他要几斤红枣，温誓心里没概念，让她看着来就行。

“哎哟喂，我没看错吧？”

听到这一声，温誓回过头，是老张的妻子，也姓张，在南街上开了家手工作坊，他平时喊她“张姐”。

张姐手里提着菜篮，上下打量温誓，问他：“你来买菜的啊？”

摊主称好重，给温誓报了个数字。温誓扫码付钱，说：“不然呢？”

张姐拿出手机对准他：“不得了了，我要拍给老张看看。”

温誓大大方方地对着镜头笑了下，对她说：“正好你在，等会儿帮我去前面挑只鸡。”

张姐看到温誓手腕上的串珠，奇怪道：“这东西怎么又回到你手上了？”

“女朋友拿给我戴的。”

张姐乐了：“追到了？”

“嗯。”温誓拎起塑料袋，脸上笑意难掩。

张姐忍不住好奇：“怎么追上的啊？人家都看上你什么了？”

温誓动了动嘴唇，却一下子列举不出来。

是啊，方潋喜欢他啥啊？

温誓提着大包小包的食材回到听河路，一路上也没想明白这个问题。

他和小梅提前通过气，今天早上温澜生和秦昭都不在家。

温誓把东西拿进厨房，阿姨说：“你下次要喝直接说一声就行，还去菜市场跑一趟。”

温誓笑笑：“不是我自己要喝的。阿姨你快做吧，做好了帮我打包。”

“行，味道要淡一点还是咸一点？”

“淡点。”

阿姨在灶头边忙活起来，温誓在旁边看了会儿，想试着学学，下次可以自己在家做。

“你搬出去之后，家里冷清不少，你妈妈有的时候连晚饭也不吃了。”阿姨把鸡切成块，悄悄告诉他。

“干吗不吃？”

“老先生经常不在家，她可能觉得一个人没什么胃口吧。”

温誓垂下视线：“饭还是得吃。”

他说：“她不是爱喝百合汤吗？你多给她做。”

“哎。”

“我姐他们呢，不怎么回来啊？”

“有两个礼拜没过来了。”

温誓点点头。他听孟凡说了，最近公司里不太平，简骏宁和温词估计忙得够呛。

是该关心一下，温誓坐在客厅里，给温词打了个电话。

对方很快接听：“喂。”

“喂，姐。”

“怎么了？有事啊？”

“没，刚回家一趟，听阿姨说你最近很忙啊？”

温词在电话那头叹了声气：“还行，习惯了。”

“哦。”

温词说：“怎么，要来帮我啊？”

“别。”温誓有自知之明，“我去小心明年温家破产了。”

温词被他逗笑：“那你有空就多帮我带带孩子吧。”

“这个可以。”

温词之前看到他朋友圈了，但没顾上打听情况，这次逮着机会赶紧问："你小子是不是最近谈恋爱了？"

"啊。"提到这个，温晢的嘴角就不由自主地上翘。

温词说："下个月你姐夫生日，把人一起带来吃个饭呗。"

温晢没立刻答应："再说吧。"

"怕爸爸不满意？"

"我怕她不满意温澜生。"

温词愣了下，笑出声来。

温晢："不过我还真有一件事要求你。"

"什么？"

"我记得姐夫的爸爸是不是在二中啊？"

温晢好几天没来益木坊，看不见他人，方潋突然很不习惯。

这种感觉在此刻尤为强烈，她拿起手边的杯子想喝水，却发现里头早就空了。

方潋望着空杯子发了会儿呆，站起身去外头倒水。

在一起也有一个月了，又不是十七八岁的时候，谈恋爱必须得天天黏在一块儿。

方潋坐在沙发上，看着外头低垂的夜幕，安慰自己要冷静。

这个夏天木樨州的气温像发了疯，居然一下子飙到四十摄氏度，太阳晒在皮肤上像炙烤，整个世界变成巨大的火炉。

元叔和陈彻不得不延迟开工的时间，白天实在太热了，光出门都是一种折磨。

锤子砸在木条上"咚咚咚"地响，方潋拿出手机，给温晢发了条消息，问他吃晚饭了没有。

等了会儿没有收到回复，方潋都快习以为常了，他最近老是隔很久才回消息，不知道在忙些什么。

她放下手机，撑着下巴，郁闷地瘪了瘪嘴。

晚上回到家，方潋洗完澡洗完头从浴室出来，听见手机铃声在响。

她擦着头发摁下接听：“喂。”

“潋潋。”

这声音听起来不太对劲，方潋皱眉：“你喝酒了？”

“嗯。”

方潋放下毛巾：“人呢？”

“刚到家。”

“我马上过去。”

入夜了空气还是闷热，一路走到温晢家楼下，方潋摸摸头发都快干透了。

上次她看着他喝半斤白酒说话都没什么问题，这次不知道喝了多少酒。

方潋心里担心和生气交杂着，更多的是一种不安。

温晢前两天就把家里钥匙给了她一把，有的时候早上她过来他可能还没起床。

但方潋出门出得太急，忘了拿钥匙，她握拳捶了捶门，就怕这醉鬼已经倒在家里不省人事了。

还好没一会儿门就开了，方潋抬眸看他一眼，张口就问：“怎么回事啊你？”

温晢张开双臂来抱她，满身酒气，被方潋一把推开。

她带上门进屋，先到厨房烧了壶水。

温晢跟着她进去，靠在门边看着她。

方潋没开灯，背对着温晢，冷着脸问：“你今天去和谁喝酒了？”

温晢眨了眨眼睛：“就，任瑜他们。”

方潋回过头：“什么局啊？把你灌成这样？”

温晢疲惫地叹气，说：“没人灌我，我自己一不小心喝多了。”

他走进去，挨着方溦后背，把脸贴在她脑袋上："你知道吗？托马斯曼曾经说过：'人们是容易为得过且过和半点成就而心满意足的。'"

方溦咬着牙提起一口气："说、人、话。"

"求职好痛苦，我想要躺平。"

一直到昨天，温晢都觉得一切进展顺利。

简骏宁的父亲在二中教物理，温词托对方去打听，第二天教导主任就说想见温晢一面。

论资历和能力他都不差，前几年在一中教学的时候，他还是学生匿名评分最高的老师之一。

"我觉得我被 PUA 了。"温晢越想越不对。

方溦背过身面向他，后腰抵着桌沿："怎么了？"

温晢回味着今天听到的那番话，学给方溦听："小温啊，其实我们学校现在是不缺老师的，这不前两天刚拒了一个北大的应届毕业生。那小伙子很年轻，又优秀，但就是怕他不稳定，你懂吧？那种吃不了苦的我遇到不少，在这儿干了一学期，嫌做老师太累，转头又辞了。"

"这叫什么？"，方溦挠挠头，"指桑骂槐？"

温晢摊开手："看吧，你也听出来了吧。"

热水烧开了，方溦拎起水壶，和温晢走到客厅。

"那现在怎么办？"她盘腿坐在沙发上，"你又不年轻，又不稳定，还能回学校教书吗？"

温晢没有感情地笑了声："你是会扎人心的。"

方溦伸脚踢他："我这不是替你着急吗？"

温晢向后倒在沙发靠背上，早知道求职环境严苛成这样，当年就算赶他走他也要扒着一中校门的铁杆留下。

"木樨州那么多学校，其他的呢？你问过吗？"

"也找了，有一个城镇的中学倒是在招人，就是太远了，开车过去要个把小时。"

“那是不太方便。”

方潋抱着抱枕，看他一眼，轻轻开口问：“你最近就在忙这个啊？”

“嗯。”

她用玩笑的语气想假装自己不在意：“我还以为你是追到手就冷淡了呢。”

温晢偏头看她：“怎么可能？”

“怎么不可能？”方潋说，“我遇到过谈恋爱就是为了‘集邮’的。”

温晢没听懂：“什么‘集邮’？”

“就是，我问他为什么和我在一起，他说他还没谈过天蝎座的。”

温晢没忍住，哼哧哼哧地笑起来。

方潋一掌打他胳膊上：“不许笑。”

她拉远距离，上下打量温晢：“你没醉啊？”

“我说我喝醉了吗？”

“那你在电话里哼哼唧唧的。”

温晢提高声音，铿锵有力道：“我那是心里难受撒撒娇！”

方潋眨了眨眼睛，“噗”一声笑了。

温晢又不好意思了，别过脸，把靠枕抱到怀里。

“哎。”方潋挪到他旁边，问，“你很喜欢当老师吗？”

温晢回答得毫不犹豫：“不喜欢。”

回想起初入职场的那两年，那些心酸往事他现在还记忆犹新：“年轻老师是最好欺负的，谁有事都第一个找你代课，我那段时间润喉糖吃得比饭还多。这就算了，学生们才让我头大。明明上节课强调无数遍的重点，做作业的时候该错的还是错。上课吃东西的就不说了，至少耳朵还在听，要是轮到上午第一节课，后三排能有一个坐直的我都感恩戴德。有时候好不容易看到一个在认真记笔记的，走到他身边一看，原来是在打数学作业的草稿。还有抄作业抄岔了行的，简答题写了五百字没一个得分点的。”

方潋听着听着，突然“嘿嘿”笑了，说：“这些我好像都干过欸。”

温誓噎住。

方潋收敛笑容：“你继续说。”

温誓长长叹了一声气：“也没什么要说的了。”

方潋问他：“那干吗要回去受罪？你离家出走你爸把你的卡停了？”

“没有啊，我又不花他的钱。”

方潋疑惑：“那你都哪儿来的钱？”

“我外公给我留了一条街。”

他的语气太稀松平常了，反应过来后，方潋尖声问：“什么？”

温誓说：“在南蝉州，和南街差不多规模吧，每年都能拿到固定的租金，还有一些另外的分红。”

方潋咬着下唇，在心里嘟囔：方学益怎么就不知道争点气呢。

“那你干吗要急着找工作？”

“不是你说的吗？‘稳定工作’。”

“我那不是借口嘛。”

温誓垂下视线，低声说：“那也得找个班上了。”

如果说当时从学校辞职是无奈之举，那这两年他就是存心想“摆烂”。

他比大部分人都幸运，家底丰足，不愁衣食，有随心所欲的资格和底气。

以前听外头的人说他败家子，说他游手好闲、不求上进，听别人替温家惋惜，他都觉得爽，觉得那些话骂的不是自己，是温澜生。

一个十几年没管过自己的父亲突然要插手他的人生，温誓不乐意，所以说迟来的叛逆也好，还是单纯想要报复也好，只要温澜生不高兴他就高兴。

但现在不一样了。

一来孟凡告诉他，这两年经济下行实体店生意难做，街上的店铺倒闭了近一半，光啃老肯定不是长久之计，何况他还有个烧钱的爱好。

最重要的是，他现在有方渺了。

他不想也不能再烂下去，他希望方渺能有个更好一点的“温誓”。

而不是连怎么介绍他都不知道。

倒的热水凉得差不多了，方渺拿起杯子递给温誓，说：“别有压力，大不了来益木坊。元叔估计看不上你，你去求陈徊，让他收你当徒弟。”

她的安慰也另辟蹊径，温誓接过杯子，弯唇笑笑：“我谢谢你啊。”

“真没喝醉？”方渺向他确认。

“没。”

“你酒量很好哦。”

“大学的时候被锻炼出来的。”温誓说，“室友都是北方人，一个比一个能喝。”

方渺起身说：“那你赶紧去洗澡睡觉吧，我回家了。”

“哦。”

方渺走到门口，突然停下脚步，瞪大眼睛回头：“我没拿钥匙。”

温誓回头看向客厅：“你放哪儿了？茶几上？”

方渺摸着空空荡荡的裤子口袋，重复道：“我说，我没拿钥匙。”

“哦。”温誓反应过来了。

两个人错开视线，一个低头一个抬眸，气氛变得有丝微妙。

“那，怎么办？”温誓问。

方渺抓抓头发：“这么晚房东阿姨应该睡了。”

“那，只能委屈你……”

他话还没说完就被方渺出声打断：“别装纯情了，去给我找身衣服，我困了。”

来的路上出了汗，她重新冲了个澡，换上温誓拿给她的T恤。

他的裤子方渺实在穿不了，腰上虽然有松紧带，但裤腿长了一截，她干脆就没穿。

方潋洗漱完出来，朝客厅喊了一声："我好了，你去吧。"

都快十一点了，方潋走进温誓的卧室，钻进被窝，打了个哈欠。

她强睁着眼皮没让自己睡着，刷着朋友圈等他。

听到外头的动静，他应该是洗好澡了，却一直没进来。

方潋感到奇怪，掀开被子下床。

客厅没有人，她找了一圈，发现书房亮着灯。

"你在干吗呢？"方潋轻声开口问。

温誓从电脑后抬起头，问她："怎么还没睡？"

方潋打了个哈欠："等你啊。"

"你先睡吧，我写个东西。"

方潋朝他走过去："什么东西？"

温誓叹气说："校长明天要开毕业生大会，让我帮他写演讲稿。"

方潋看了眼屏幕上的文档，同情地拍拍温誓的肩。

她说："我还以为你㞞了呢。"

温誓打着字问："㞞什么？"

"……没什么。"

键盘敲击声停了，温誓抬眼，懂了。

方潋被那目光盯得不自在，又拍拍他的肩："那你继续写吧，我先睡了。"

温誓"啪"一声合上笔记本电脑，笑着问方潋："你㞞什么？"

"我没㞞啊。"

"那走吧。"

温誓抓住她的胳膊，顺势弯腰把人横抱起来。

方潋瞪大眼睛惊恐地看着他："你别给我瞎来。"

"不是你让我别装纯情的吗？"

"那你也别给我发情。"

温誓抱着她进卧室，把人放到床上。

“哎，人民教师。”方潋提醒他注意身份。

“谁啊？”温誓装傻，“反正不是我。”

他跪在床沿倾身靠过来，身体用胳膊撑着，没让自己的重量都压在方潋身上。

卧室没开灯，两个人面对着面，能听到彼此的呼吸声。

方潋说：“今天不太合适。”

温誓看了她一会儿，笑了笑：“知道。”

他躺到她旁边，刚刚就是逗她的，今天不合适，也没这个心情。

方潋侧过身，胳膊枕在脑袋下，安静地看着他。

稿子还没写完呢，温誓亲了亲她的额头，坐起身说：“快睡吧。”

“哎。”方潋拉住他，“我希望你做任何事都是为了你自己。”

她说：“我不会因为你是富二代就喜欢你，也不会因为你是无业游民就不喜欢你。”

温誓紧追着问：“那你为什么喜欢我？”

方潋想了想，回答说：“不知道。”

“我一个拿得出手的优点都没有啊？”

“不是这个意思。”方潋搭着他的肩膀站到床上。

温誓仰起脑袋扶着她站稳。

“我文化不够，不会表达。”方潋说，“但是，你是我遇见过的所有人里，和我差距最大的一个，却也是我相处起来觉得最轻松的，可能是因为你的一切都很真实。”

元叔后来才告诉她，温誓听说他腰腿不好，会定期给他带膏药贴，说是有朋友是这方面的医生，很管用。

那会儿他还在追方潋的阶段，但他从来没和方潋提过，他对人好就是对人好，不献殷勤，也不图回报。

胳膊因为她受伤了，他也没在她面前喊过疼，不让她觉得欠了他什么，不拿这个当把柄威胁她。

他从不遮掩自己的过去，也不掩饰自己的情绪，不假装强大，也不故意示弱。

他的一切都很真实，所以让人心安。

方溦亲了亲温皙的嘴唇，说：“不要因为喜欢我而变得辛苦，我们在一起是为了让对方更快乐的。”

温皙搂紧她的腰，否认她的前半句话：“没有。”

比起无所事事的日子，比起较一些根本就没必要的劲，现在的生活更让他感到快乐。

不是变得更辛苦了，是变得更踏实了。

“谢谢你喜欢我。”温皙说得很认真。

方溦重新低下头，温皙手掌覆着她的后脑勺，慢慢加深这个午夜的吻。

第九章

见面礼

屋里的灯开的最暗挡，凌晨的世界太安静了，任何细微的响动都能听得一清二楚。

亲着亲着，这吻就变了味，温晢的唇向下移，擦过方潋的下巴。

男人的T恤穿在她身上很宽松，领口大了一圈，方潋收紧呼吸仰起脖子，锁骨带着下面那块皮肤被舔舐啃咬，有些疼。

方潋能感受到他的呼吸，潮湿的、温热的、混乱而忍耐的。

“演讲稿。”她捏了捏他的耳垂，轻声提醒他。

温晢停了动作，松开她，替她整理好衣服，哑着嗓子说：“快睡吧。”

温晢替她关了灯，卧室的门被轻轻带上。

方潋没立刻躺回被窝里睡觉，心脏“怦怦”跳个不停，浑身都燥热，呼吸得平复，她脑子里那些乱七八糟的念头也得冷却一下。

方潋坐着发了会儿呆，瞥到床头那一排“蘑菇”，她弯了弯眼睛。

改天得把胶片机拿来拍一张，太可爱了。

一想到温晢把这些小东西一个一个整齐摆放上去，她就想笑。

写完稿子，温晢又通读润色了一遍。古今中外的名人名言都引用上了，结尾的排比句情感真挚，振奋人心，成语里头的生僻字也贴心地标上了拼音，他满意地保存文档，关闭电脑。

都快一点了，他轻轻打开卧室的房门，方潋全身都裹在被子里，看上去已经睡熟了。

不知道她睡觉深还是浅，温晢小心地躺到另一侧，也没敢去碰她，怕把她吵醒。

思维刚运转完，他现在还不觉得困。

温晢拿起手机调低暗度，定了个明天早上的闹钟。

刚打开微信想看眼新消息，旁边的人就传来动静。

方潋嘟囔了句什么，温晢没听清，但还是应了声“嗯”。

她向他挪了挪，脑袋凑过来，胳膊搭在他腰上，打了声哈欠。

温誓放下手机，伸手过去把她拢进怀里。

“我是谁？”他问了个很蠢的问题。

没办法，方潋刚刚那一套动作太自然了。要是等会儿她再喊声别人的名字，那就不好收场了。

“笨蛋。”这次方潋说得很清楚，温誓听清了。

他刚蹙起眉头，又听见她说：“不抱着东西我不习惯。”

温誓说：“给你把‘鲨鱼’拿过来？”

她摇摇头，把脑袋靠在他胸膛上。

温誓摸了摸她的头发，又问一遍：“我是谁？”

方潋嫌他烦。

“方潋。”温誓承认自己有点慌了，冷了语调。

“温誓。”她学着他的语气喊。

“哎。”温誓松了口气，嘴角向上翘，搂紧方潋拍了拍她的后背，“睡吧。”

六点不到的时候方潋就迷迷糊糊地醒了，她有点认床，也习惯了一个人，昨晚睡得不是很好。

不知道温誓是几点回房间的，印象里她好像中间醒了一次，还和他说话了，但具体内容不记得了。

家里有上次剩下的挂面和鸡蛋，方潋想他还有的睡，她给自己下了碗面，另外煮了两个鸡蛋留给温誓醒来吃。

吃过早饭，她回家找房东阿姨开门。

“备用钥匙你那里还有的吧？”房东阿姨问她。

方潋不好意思说，现在用的那把就是备用钥匙。

房东阿姨从她的表情里看出答案来了，笑了笑，又给了她一把钥匙，叮嘱道：“别再丢了啊，小心点。”

方潋赶忙应："哎，好，谢谢阿姨。"

考虑到自己那丢三落四的性格，下午温晢来益木坊，方潋把另一把家门钥匙给了他。

温晢手里攥着钥匙，看一眼它看一眼方潋，抿着嘴不知道在笑什么。

方潋问："你傻笑什么呀？"

温晢摸摸后脑勺，看上去还有些不好意思，他说："原来我们已经是这种关系了。"

方潋疑惑："哪种关系？"

温晢摇摇头没回答，把钥匙放到胸口的位置说："谢谢你的信任。"

方潋无语。

看来这"温晢效应"威力实在大，都"效"到本人头上了。

前两天一个客人来店里定制柜子，和温晢在外头聊了两句，大概是觉得和他投缘，今天居然让人送了一套茶具过来。

方潋、陈彻、田柠三个人围在桌子边，看温晢拆那套茶具，都微张着嘴巴，对他敬佩有加。

"我发现，你好像很招中老年男人喜欢哎。"方潋说。

温晢怎么听都不觉得这话像是夸奖："有吗？"

陈彻点点头："师父也特别喜欢你，很难得了，我姐的男朋友他以前没一个看得上的。"

方潋还是头一次听说这事，惊讶道："真的假的？"

陈彻掩着嘴，小声告诉她："对面的潮哥还行，其他只要师父见过的都直摇头。"

方潋为自己打抱不平："我眼光有这么差吗？"

田柠和陈彻看破不说破地笑笑。

温晢没顾上听他们在窃窃私语些什么，捧着手里的紫砂壶左看右看，仔细欣赏。

方潋那话说得也不完全对，虽然他身边确实有很多比他年长的朋友，但有一个老头就特别不待见他。

温誓把茶壶放回包装盒里小心收好，对方潋说："这茶壶我拿走了，其他的就留在店里吧。"

"放这里也没人会弄啊。"

田柠好奇地摆弄那些工具，说："我可以学啊，看起来很好玩。"

方潋呛她："你当是煮饭玩具过家家呢？"

温誓出来打圆场："和玩具也差不多，拿去随便玩。"

他话锋一转，喊："方老板。"

"嗯？"

"所以我那套东西你打算什么时候收下啊？"

方潋眨眨眼睛看向别处。说实话，她很喜欢也很眼馋那套进口工具，但这不是以前不好意思嘛。

"总不能一直留在家里切水果吧。"温誓说。

"好吧。"方潋装出一副勉为其难的样子，"你拿来吧。"

温誓笑起来："好嘞。"

这两年教育改革，高中用的教材都改版了，温誓最近在重新看资料准备新的教案。

"坐那儿看书累吗？"方潋出声问他。

温誓仰着脑袋转了转脖子，回答说："还行。"

"那边光线不好，休息会儿吧。"

温誓放下书走到她身边："做什么呢？"

方潋把手里的东西举到他面前，回答说："草泥马。"

"文明点儿。"某人民教师发话道。

方潋无奈地改口："羊驼。"

她突发奇想，把刀柄递给温誓："你想试试吗？"

“好啊。”老看方潋削木头，温晳手痒很久了。

方潋起身把座椅让给他，先教他怎么拿刻刀。

“跟握笔差不多，中指勾住，别让刀跑了。”方潋帮他调整好握刀的姿势，把木头递给他，“你试试，刀片往斜上方推出去。”

温晳照着她说的尝试着往上切，但并不如想象中那般顺滑。

方潋用手指点了点他的手腕：“这里放松，别捏太紧。”

温晳说：“看你做起来好像就很轻松。”

方潋笑了笑：“那当然，我都是十几年的老师傅了。”

温晳多试着削了两下，好像找到点感觉了：“我怕把你做的东西毁了。”

方潋无所谓道：“没事，本来就随便做着玩的。”

外头突然响起尖锐的叫嚷声，方潋和温晳抬头看过去，好像是客人吵起来了。

“嘶——”

方潋回过头，看见温晳左手举在半空中，中指指甲处不断地往外冒血珠。

“切到手了？”

“嗯。”

方潋蹙眉，抓着他的手腕，语气不自觉就凶了起来：“手里拿着刀眼睛怎么能移开啊？”

刀从指甲旁边竖着切下去的，肉都开了，想想都知道有多疼。

方潋赶紧去抽屉里翻创可贴，给温晳包上止血。

伤口看着不大，但钻心的剧痛充斥在胸膛里，温晳气都喘不上来。

“疼吧？”

温晳勾勾嘴角，抬手掐了掐方潋的脸颊：“怎么还生气了？”

方潋瞪他一眼，把刀拿走，不让他再碰了。

方潋：“想哭就哭，别忍啊。”

温晳朝她展开双臂：“你过来给我亲一下就不疼了。”

“滚。”方溦不搭理他。

吵架的客人已经离开了，她走出去问田柠：“刚刚怎么了？”

田柠说：“小两口意见不统一，没说两句就吵起来了，估计本来就有矛盾。”

方溦叹了声气：“我还以为怎么了。”

把她家温老师吓得，都闹血光之灾了。

晚饭温晢没留下来吃，他这两天应酬不少，都是和学校里那些领导吃的。

走之前，方溦特地叮嘱他：“今天别喝酒了啊。”

“知道。”

这种饭局是最无聊的，领导吹的牛画的饼永远就是那几句话，温晢听多了都快会背了。

无聊的时候他就给方溦发消息，抱怨这家饭店的菜不行，太油太咸。

方溦回他：本来想骂你没有少爷命一身少爷病，一想不对，你确实是少爷。

她还加了个小狗挠头微笑，配字“不好意思”的动图表情包。

温晢“扑哧”一声乐了。

谢主任看见他对着手机屏幕傻乐，把酒杯递到他面前，问：“小温，笑什么呢？”

温晢拿起手边的杯子碰上去，回答说：“女朋友太可爱了。”

男朋友不在，方溦一个人待着无聊，打烊后去茶室找吴松月玩。

店里正好在试菜，吴松月问她是不是鼻子闻到味了，来得这么巧。

方溦恭维的话张口就来：“那是，满街飘香，隔壁小孩都馋哭了。”

吴松月笑着把手里的筷子递给她：“尝尝，小龙虾拌面。”

方溦摆手拒绝：“刚吃了晚饭，不饿。”

想到什么，她又问："哎，你等会儿能给我打包一份吗？"

方潋提着打包盒走去温誓家的路上，一路走她一路想，某位少爷真是命好啊，有她这么个贴心的女朋友。

她走到楼下，发现温誓的那辆奔驰已经在停车位上了，回来得还挺早。

方潋走上楼梯，摁了两下门铃，屋里没动静。

人呢？她疑惑地伸手进口袋摸钥匙。

方潋转动门锁打开门，客厅的灯亮着，腓腓趴在鲨鱼玩具上。

"你爸呢？"她问小黑猫。

话音刚落，卧室的门被"唰"一声拉开，方潋抬眸看过去。

"怎么过来了？"温誓问她，像是很意外她的突然造访。

方潋看他一眼，总觉得他表情古怪。她把打包盒放到餐桌上，走过去说："你不是说饭店的菜不好吃吗？我给你送夜宵。"

"哦。"温誓一动不动地站在房间门口。

方潋眯了眯眼，猛地推开他要闯进去："你不会藏人了吧？"

"哎。"温誓一只手有伤，另一只手揽住方潋的腰想拦她，但没来得及，身手也没她灵活。

瞥到床头柜上的纸巾团，方潋突然就懂了，脑子里"叮"了一声，她石化在原地。

气氛一下子尬住，温誓松了手。

方潋咽了咽口水，僵硬地回过头，含混不清道："你怎么，这个点……"

两个人都没好意思去看对方的表情，温誓咳嗽一声，说："洗完澡发现穿的是那天拿给你的那件……"

他说不下去了，越解释越奇怪。

温誓红着脸，有点恼羞成怒地告诫方潋："以后别大晚上擅闯成年男性的家。"

“哦。”方潋又补了句，“对不起。”

太尴尬了，温晢又觉得这场面有些好笑，这叫个什么事。

“你刚……完事儿了吗？”方潋问。

温晢特别轻地说了句：“没。”

“那……”方潋舔了下嘴唇，“继续？”

温晢还没反应过来她这个“继续”是什么意思，就被拽着衣服拉进卧室里，方潋抬脚勾了下门，“咔哒”一声房门落上锁。

“我帮你，当赔罪。”方潋解着温晢刚才匆匆忙忙系好的裤头绳结说。

一路踉踉跄跄到跌坐在床沿，温晢脑子都是木的。

他从来就没跟上方潋的节奏过，她总是这样猝不及防，要么突然摁下暂停，要么又一下子倍速向前了。

温晢不知道自己现在该揣个什么心情，翻来覆去还是紧张居多。

他抓住方潋的手腕，沉声喊她名字：“方潋。”

“话别多。”方潋往前挤进他双腿之间，捧着他的脸吻下来。

他一直是落于下风的，被动地跟着她的呼吸或触摸心绪起伏。

左手有伤不好动，温晢用另一只手虚揽着方潋的腰。

“想我不知道给我打电话吗？”她的声音贴在他耳边。

温晢只觉得胸膛发闷，艰难地从齿缝里挤出几个字：“我怕你……”

“女朋友拿来干什么用的？

“你这样会显得我很没用的，温老师。

“是我该反思一下自己，还是你？”她轻擦着他的嘴唇，就是没吻下去。

温晢心痒难耐地向前凑，方潋往后躲，她盯着他的眼睛，摸了摸温晢的头发。

“乖。”

方潋蹲了下去。

那一刻温晢咬紧下唇，脑子里什么都没了。

…………

“潋潋。”温晢的嗓子比刚刚更哑。

方潋亲了亲他的眼皮和鼻尖，然后她伸展四肢平躺到床上，胸膛起伏大口呼吸，累了。

“温老师……”方潋侧过身向他挪近。

“嗯？”温晢看着天花板，大脑内仍有余浪一下一下拍打礁石。

方潋趴到他怀里，小声说：“好难受。”

她的头发蹭着温晢的下巴，他伸手揉了揉她的后脑勺：“那我也帮帮你？”

方潋摇摇头，声音听起来有点委屈，说：“生理期。”

她又重复了一遍，像是想哭了：“好难受啊。”

这可比“蚊子包”的痒难忍多了。

温晢收紧手臂，问：“那怎么办？”

“你别动了。”方潋说，“你一动我更难受。”

温晢赶紧停下。

屋子里开了冷空调，两个人却觉得仿佛置身于蒸笼中，且这温度还在持续攀升。

方潋今天里头穿着吊带背心，外面罩了件宽大的黑色衬衫。

刚刚一折腾她的衬衫掉地板上了，温晢第一次发现原来她身上有一个小文身。

在胸口的位置，平时不会露出来，一只蓝绿色的蝴蝶。

温晢摸了摸那只蝴蝶，问她：“什么时候文的？”

方潋往下看了眼，平躺回去，回答说：“很多年前。”

温晢把胳膊靠在额头上，看着吊灯问：“对面那个人给你文的？”

“嗯。”

“有什么含义吗？”

方潋回答得很干脆：“没有。”

温誓的心情却突然变得有些复杂。

他知道方潋情感生活挺丰富的，但那些都是二十岁左右的故事，不够认真，也没什么刻骨铭心的，他不放心上，谁都有个年轻的时候。

他也隐约听说了对面那个文身师是她的初恋，看两个人的态度应该是早就释然了，他也没放心上。

但现在这只蝴蝶摆在眼前，他有点被冲击到，心里说不出什么滋味。

方潋笑了声，偏头看他：“干吗？硌硬啊？”

温誓否认说：“没有。”

“真没什么含义。年轻的时候觉得漂亮，那会儿他也刚学这个，不敢扎客人，我就说在我身上试试。真的没什么含义，时间久了我都忘了有这东西了。”

“我不是介意这些。”温誓不想她误会，但又不知道怎么说清楚自己的感受。

“温誓。”

她很少喊他大名，温誓的心脏“咯噔”跳了下。

方潋抓着他的手放到自己左胸膛的位置，说：“别人说可能听起来像鬼话，但我是认真的，我不和你扯，现在这颗心干干净净的，就装了你一个人。”

她低声喃喃：“就你一个。”

不知道为什么，明明方潋现在是面无表情，温誓却觉得她很悲伤。

“我可以和你兜个底。”方潋深吸一口气，“张潮和我从小就认识，他爸和我爸妈是同事，三个人一起走的，所以我们两家很多时候都是拼凑在一起过的。小时候我把所有的秘密都告诉他，他也一样。但我们俩，其实更多的时候就是依赖对方吧，这种亲密不是爱情。我俩吵架的时候能把整条街翻了，后来两个人闹僵了，分手了，我没有可以说秘密的人了，心也感觉空了。老头对我很好，但很多事情他能给的也就那么多。心里空着，很难受，所以后来看到觉得喜欢的，我就往里头塞，但都不长久，恨我的人还变多了。后来老头也走了，这里就彻底空了。我可能就是……缺爱吧。”

方潋“嗯”了一声：“对，我就是缺爱。”

她平静地说起这些话无异于自揭伤疤，温晢看着她，感到后悔，心脏发紧发酸，他也变得悲伤了。

他伸手把方潋抱进怀里，亲亲她的头发，说：“那我爱你，我给你很多很多爱。”

方潋闭上眼睛，闻着他身上的味道。

“好。”

小龙虾拌面已经凉了，幸好调料和面是分开打包的，温晢重新下了一锅面，把调料盖上去，和方潋两个人分着吃了。

温晢：“明天我要回家一趟，不去店里了，让叔少做两个菜。”

方潋笑了声，揶揄他：“干吗？你不来还不准我们吃好的？”

温晢无奈：“没有，我是这个意思吗？”

“知道了。”方潋把龙虾肉夹到温晢碗里。

第二天温晢开车回了听河路，家里还没开饭，温词和秦昭坐在沙发上聊天。

他一进门就问：“找我什么事啊？”

秦昭好久没看见儿子了，仔细瞧了瞧温晢的脸：“怎么胖了？”

温晢被吓得瞪眼：“胖了吗？”

温词笑着说：“没胖。”

温晢看向她问：“姐夫呢？”

“带扬扬去他爸妈那儿了。”温词从包里拿出个纸盒递给他。

温晢接过，拿在手里还挺有分量，他问：“什么东西啊？”

温词说：“香水。前两天去给你姐夫买生日礼物，顺便也给你带了一份，庆祝你谈恋爱。”

温暂平时不用这些东西，但这份心意已经很珍贵了，他笑了笑说：“谢谢啊。”

他坐到沙发上，随口问：“你给姐夫买了什么？也是香水啊？”

温词摇摇头：“皮带。”

温暂愣了愣，给她比了个大拇指。

阿姨给他倒了一杯温水，说今天也炖了鸡汤，让他等会儿打包一份带走。

温暂拿起杯子，看向秦昭问：“喊我回来到底什么事？”

秦昭指了指楼上：“你爸让我给你打电话的，我也不知道。”

温暂蒙了：“我最近没惹事啊。”

秦昭说：“你上去找他吧，顺便喊他下来吃饭。”

“哦。”温暂喝了口水站起身，上楼的步子稍显沉重。

久违地站在书房门口，他轻轻敲了两下门，听到里头的人说：“进来。”

温暂转动门把手打开门，喊：“爸。”

“嗯。”

温暂走进去，站到温澜生的办公桌前，问：“找我有事啊？”

“坐。”

温澜生：“前两天和电视台的人吃了饭，他们说在办一个针对青少年的文化节目，找人当嘉宾。”

温暂点点头，其实是不知道温澜生想说什么。

“你有兴趣吗？”温澜生问。

温暂怔住，指着自己，不确定道：“你让我去上节目啊？”

温澜生低下头继续看手里的文件，说：“制片人说了，一个嘉宾讲一个朝代，主题可以自己选。你研究生论文不就写的宋代内藏库吗？就拿这个说说也挺好的。”

温暂惊了：“你还知道我研究生论文写了什么呢？”

温澜生白了他一眼："你不想去就去问问你那些同学老师有没有愿意的，反正我已经答应人家了。"

"哦，那我去问问。"

温澜生又从抽屉里取出一个盒子："这个你拿去。"

"什么啊？"温誓打开盒盖看到里头的东西，眼睛瞬间亮起了光，"哎哟，'大头'啊。"

这几年国内把大头龙洋的价格越炒越高，盒子里这四枚银元的品相都不错，温誓乍一眼看过去，估计总价得有个小一万。

温澜生说："有人送的，你要就拿去吧。"

"哦。"温誓咳嗽一声，问，"还有别的事吗？"

温澜生端起手边的茶杯："听亲家说，你想去二中啊？"

"嗯。"

"快三十了，是该成家立业，这次去了就踏实干。"

温誓点点头。

"好了，你出去吧。"

温誓眨眨眼睛，都没反应过来。

这就没了？

头一次在书房里和温澜生这么和平轻松地谈完一次话，没有说教，没有争吵，没有互相之间的冷嘲热讽。

温誓皱了皱眉，问："你最近身体还好吗？"

温澜生说："好着呢。"

温誓看他说话中气十足，面相精神矍铄，也不像是生病了的样子，放下心来。

逆了天了，温澜生都改性变得好沟通了。

温誓一激动一高兴，搓搓大腿，开口问："你能给二中捐栋楼吗？"

空气静了个四五秒，温誓看着温澜生的脸色一点一点阴沉下去，又变回他最熟悉的那副样子。

他喉结滚了滚，拿起桌上的盒子，一边起身一边说：“要开饭了，你忙完就下来。”

温晳生怕自己走得慢一点温澜生就把手里的茶杯砸过来了。

秦昭看见温晳下来，问：“你爸找你说什么了？”

“没什么，说电视台有个节目找讲师，问问我愿不愿意去。”

温词看他心情不错的样子，也觉得稀奇：“你俩这次没吵架啊？”

“没吵，就说了几句话。”

秦昭双手合十地拜了拜，嘴里念叨着：“感天谢地，感天谢地。”

温词看见他手里的盒子，问：“爸爸给你的？”

“嗯，又是别人送他他不要的，就便宜我了。”

秦昭在餐桌边摆着碗筷，出声说：“我那个时候不喜欢你爸爸抽烟，他知道后就试着戒了，后来真的没再抽过。”

温晳去水池边洗手，不屑地哼了一声：“这就把你感动了？”

“我是想说。”秦昭加重语气，“他也没那么老顽固，就是嘴硬，心都是为你们好的。”

温晳不太想听这些话，没应声。

秦昭接着说：“来家里拜访你爸的，肯定都是先打听过他喜欢什么才投其所好，你当这两年为什么这么多人送这些乱七八糟的小东西？还不是他在外面和别人提过，知道你喜欢。”

温词也说：“别把爸爸想得太坏了，他就是不会说好话，前两天还跟我打听你女朋友呢。”

温晳蹙眉：“打听这个干什么？”

“没什么，就问问是什么样的人，到时候他好准备见面礼。”

这老头……温晳往楼梯上瞥了眼。

秦昭还记得上次饭桌上那事，拱拱他胳膊，悄声问：“你实话跟我说，和人家是认真的还是玩玩的？”

“认真的。”这次温晢的答案不再有疑虑，语气坚定道，“我特别喜欢她。”

秦昭拍着胸口舒了口气，心终于踏实了。

温词提醒他说：“周六你姐夫生日，别忘了啊，人家要是愿意就一起带过来。”

温晢答应下来：“知道了，我问问。”

坐下吃饭前，他回了趟车上，把之前别人送他的紫砂壶拿到家里。

温澜生唯一能和他聊上几句话的共同话题就是这个了，家里有十多只温澜生收藏的茶壶，每一只都出自大师之手，价格不菲。

所以温晢那点爱好怎么来的也不是无迹可寻，血缘带来的相似性就是天生的。

“我不懂行，人家送的，应该是精品。”温晢说。

温澜生摸着壶身，习惯性地哼了声：“还有你不懂的呢？”

没等秦昭给眼色，他自己就意识到语气不对了，又补了句：“不错，正好我想要只扁形壶。”

今天女婿和外孙不在，桌上就他们四个人，也是难得，这幅场景让温澜生想起温晢刚被接回家时的样子。

人老了怕孤独怕冷清，温晢搬出去后，秦昭天天念叨着家不像家，他心里其实也一样空落落。

“有空多回来吃饭，陪陪你妈。”

温晢“嗯”了声。

吃过饭，简骏宁带着温昱扬来了。

温晢好几天没见小外甥，把他抱到怀里掂了掂：“哎哟，胖啦？”

温词说：“长身体呢，你没觉得他长高不少吗？”

温晢看了看小孩：“几天不见就变个样了，明年要上幼儿园了吧？”

简骏宁坐下喝了口水：“快去上吧，已经要到狗都嫌的年纪了。”

温暂笑笑，反驳说：“哪里啊？我看着还是很可爱的。”

简骏宁和温词对视一眼，夫妻俩心生一计：“那要不今天让他跟着你吧，正好我们俩去把电影看了，想去好久了。”

温暂嘴角放平：“我下午要陪女朋友的。”

简骏宁摆摆手：“带着他又不碍事。”

温词问儿子：“扬扬，要不要跟着舅舅玩？让舅舅给你买玩具。”

温昱扬一听，兴奋地拍手：“要！要！”

“你们俩……”温暂欲言又止，哪有老夫老妻出去甜蜜约会，让真正的热恋期小情侣帮忙带孩子的。

“等你结婚有孩子了，我们也会帮你带的嘛。”简骏宁说。

温词附和：“对啊对啊。”

温暂“呵呵”笑了声：“我谢谢你俩啊。”

他求助似的看向秦昭。

秦昭摇摇头：“我下午要打牌的。”

下午，温暂左手拎着打包盒，右手抱着温昱扬出现在益木坊门口。

方潋当时正坐在沙发上和顾客说话，看他抱着孩子，意外道：“你怎么把他带来了？”

温暂说：“家里没人带。”

客人看看小孩又看看男人，惊讶地问方潋：“你这么年轻就有小孩啦？”

方潋：“没有，他外甥。”

温暂带着温昱扬喊了圈人，喊李肃元得喊爷爷，喊陈彻和田柠就哥哥姐姐，也不管辈分不辈分的了。

最后他回到沙发边，对温昱扬说：“今天我们学个新称呼。”

他指着方潋：“舅妈。”

方潋听见，抬头看了他一眼，让他别闹。

温昱扬跟着喊："舅妈。"

见方潋没动静，温誓笑着催她："舅妈'哎'一声呀，这叫得多好。"

方潋瞪他，脸都红了，又不好不给小孩面子，只能应道："哎。"

店里都是木板和工具，方潋怕温昱扬在这儿磕磕碰碰的不安全，问温誓："要不要带他去哪里玩啊？"

外头三十七摄氏度的天气，说实在的，大人们都只想躲在空调房里。

"没事，我等会儿带他回我那里。"

"那走吧。"方潋起身进去收拾东西，"我今天也没什么事了。"

好好的约会日变成了带娃日，温誓心情郁闷，方潋却看着挺高兴的。

回家前他们去了趟超市，方潋牵着温昱扬，一会儿问他吃不吃奶酪棒，一会儿问他吃不吃冰激凌。

"想吃都拿，你舅舅付钱。"方潋对小孩说。

温誓推着购物车跟在他俩后头，无奈又幸福地笑了笑。

"哦对了，周六他爸生日，我姐问你愿不愿意去家里吃个饭。"

方潋在冰柜前站起身，问他："都有谁啊？"

温誓回答："就我爸妈，还有家里那些亲戚，有些我也不是太熟。"

"哦。"方潋垂下视线，点点头。

"我就问问，不想去就不去。"

方潋把一袋奶酪棒放进推车里："没关系，去呗。"

温誓有些担心地看着她。

方潋朝他笑了笑："你放心，我很会装腔作势的，不给你丢人。"

她的用词把温誓逗笑，说："我不是担心这个。"

"那你担心什么？我都不担心。"

温誓不知道怎么开口，以前也没带人回家过，没这个经验。

而且他自己都不喜欢参加那些家宴，他怕方潋去了更不自在。

方潋对他说：“我身边的人就那几个，你差不多都认识了，但我还没有怎么见过你的家人。”

她往下指了指温昱扬：“除了这个。”

温晳勾起嘴角点头：“好，那一起去。”

周六离现在也没几天了，方潋问：“那是不是要准备礼物啊？”

温晳说：“我都买好了，你人到就行。”

方潋鼓着腮帮子呼出一口气：“怎么突然就有点紧张了呢？”

“你随时可以反悔。”

“去。”方潋才不退缩。

温晳把温昱扬抱进推车里，自己牵起方潋的手，看那小子不爽很久了，霸占他的约会时间还霸占他的女朋友。

“幼不幼稚？”方潋嘴上嫌弃，手却紧紧回握住他。

“方潋？”

听到有人喊她，方潋一抬头，整个人定住了，看了对方一会儿才认出来，僵硬地打了个招呼：“嗨。”

男人的目光从她身上平移到温晳身上，又向下看了看推车里的小孩，脸上的表情比起意外更像是受到惊吓：“你什么时候结婚的？”

“刚结没多久。”方潋的语气不算和善，带着点不耐烦。

“啊？”男人迷惑了，“那这小孩……”

“我是后妈。”方潋张口就胡说八道。

“哦。”男人点点头，眼神里的情绪一言难尽。

等两辆推车擦肩而过，一直沉默的温晳才开口问：“前男友啊？”

要是一般的熟人她用不着编瞎话。

“嗯。”方潋压低声音，“‘天蝎座’。”

温晳直接笑出了声。

方潋恼羞成怒地去掐他腰。

她生活圈子就那么点大，在街上遇见前任是常事，以前没觉得有什么，遇上了能躲就躲，实在躲不开就打声招呼，或者有些看见了彼此也当没看见。

但现在就不一样了，老是被温晳撞见这种场面，她总觉得她那些黑历史也随之在他面前暴露无遗，好像被他拿捏住了什么把柄。

她松开温晳的手，快步往前走。

温晳在后面喊："跑什么啊？"

他还笑着添了句："孩子他妈。"

方溦没回头，伸手握拳警告他。

周六那天，方溦起床后就去找吴松月了。

虽然温晳和她说放轻松就好，不用刻意讨好他的家人，但方溦觉得既然答应人家了，就得好好表现。别人怎么看她和温晳是一回事，她首先得做好自己应该做的。

她那化妆技术撑死了也就只会打个底抹个口红，方溦决定把自己的脸交给吴松月。

"这么快就见家长啦？"吴松月拿着粉扑在方溦脸上拍打。

"也不叫见家长吧，他姐夫生日。"

吴松月提醒她："他姐和他不是一个妈生的，这你总知道吧？"

方溦点头："知道。"

吴松月替她担心，叮嘱她："那你去了千万别说错话，感觉那种大户人家禁忌挺多的。"

"我懂的。"

吴松月拿起眼线笔，让方溦闭上眼睛："哎，那你有没有准备什么东西啊？"

方溦回道："温老师说他都买好了。"

吴松月撇撇嘴："他做事倒是挺周全的。"

方溦穿的裙子也是从吴松月衣柜里挑的，一条奶杏色的连衣裙。她的发型也被吴松月改了，刘海变成斜分的，两边各留了撮碎发修饰脸型。

盘头发的时候吴松月怎么绕都不顺手，说她只会给自己扎。

她干脆把背对着方潋，手伸到方潋脑袋后，两个人一顿折腾，额头上都出汗了。

全部搞定后，方潋拿起镜子照了照自己的脸，吸气感叹道："你这是把我化成了另一个你啊。"

吴松月说："那我只会这样弄嘛。"

太温婉淑女了，方潋自己都看不习惯，对着镜子傻笑起来："好像是被你上身了。"

"去你的。"吴松月收拾着桌上的化妆品，"多漂亮啊，肯定惊艳你们家温老师。"

惊不惊艳不敢说，但温晢确实被惊到了。

"我刚还以为是吴老板走过来了。"他简直目瞪口呆，抓着方潋的肩膀左看右看。

方潋捶他一拳："不好看吗？"

"好看。"温晢笑起来，"就是有点不习惯。"

"东西都准备好了？"

温晢指着车后座："好了。"

方潋不知道他爸妈喜欢什么，那部分礼物都是温晢挑好买好的。她自己另外做了一套木筷子，上面分别雕了兔子、小猫和小狗，两双大人用的，一双短的是儿童款。这套筷子她打算送给温晢的姐姐。

这事她没和温晢说过，他看着她把礼物拿出来时还一愣。

温词"哇"了声："好可爱哦！"

"你喜欢就好。"方潋笑着说。

"喜欢喜欢，那梳妆台也特别好。"

陆陆续续有客人到访，温词忙着招待，招呼他俩去沙发上坐。

温澜生和秦昭还没到，温誓怕方溦在陌生的环境里不自在，去把温昱扬抱来给她玩。

又有人到了，听声音是一大家子一起过来的，方溦小声问温誓："你们家过生日都这个阵仗啊？"

"也不是，有的时候需要用这种场合联络一下感情。"

方溦不知道看到什么，突然猛吸一口气，举起温昱扬挡住自己的脸。

温誓："怎么了？"

方溦一脸惊恐，咬着牙小声问他："温书博是你的谁？"

这名字乍一听很陌生，温誓回头看了一眼，想起来了："哦，小博啊，是我堂弟。"

方溦两眼一黑，抿着唇闭上眼睛。

"怎么了？"温誓其实不太喜欢那堂弟，那孩子有点梗。

方溦说："'书呆子'。"

温誓愣了两秒，反应过来了，挑高眉毛，看向不远处的男人。

"你不会就是那个谈了一个礼拜恋爱就把他甩了的女生吧？"

"正是在下。"

"你还真的是……"温誓顿了顿，"伤过不少男孩的心啊。"

方溦瞪他："你怎么不去问问你那缺心眼弟弟，在一起之后见了三次面三次都在图书馆，我碰下他的手他让我注意素质，不要影响到别人。"

温誓握拳抵唇，"噗"一声笑了。

"人家好学生比较纯情嘛。"他这时候开始帮弟弟说话了。

方溦"呵呵"笑了一声："那他还是比不上他哥，有女朋友还自己在家……"

后面的话被温誓瞪回去了。

方溦看向温昱扬，意有所指地说："咱以后别学他们哦，一个比一个假正经。"

第十章

假正经

听见那边提到自己的名字，温晢起身说："我过去打个招呼。"

"哎。"方潋拉住他，"那我呢？"

"你还能躲得掉吗？"温晢朝她伸出手。

方潋挽住他的胳膊："那你等会儿别喊我名字。"

温晢挑眉："那喊你什么？"

"你喊我'松月''月月'都行。"方潋整理着裙摆，要 cos 就 cos 个全套好了。

温晢面露难色："谢谢，我没这种癖好。"

方潋收紧手指，咬牙说："求你。"

温晢叹气："瞎折腾，你觉得他认不出来你吗？"

方潋心存侥幸："万一呢？"

温晢对那些亲戚是真的不太熟，本来见得就少，平时也不往来，很多时候是温词在旁边提醒他，他再跟着喊人。

方潋站在他身侧，全程视线没往温书博的方向偏一下。

但人家就是梗了点，又不傻，她穿衣风格再怎么变，人还是那个人。

温晢和温书博打招呼的时候，温书博微笑着喊了声"哥"，视线在方潋身上短暂掠过，什么都没说。

方潋二十岁的时候身上有股迷人的劲儿，说具体一点可能就是种矛盾感，说她性格潇洒独立吧，其实也挺黏人的，爱玩，爱往热闹的地方凑，雕木头的时候又安安静静的，像猫，爪子朝外，柔软的皮毛只展露给喜欢的人。

所以温书博当时是真喜欢她，又是初恋，被甩那阵很不好受，天天深夜买醉，在朋友圈分享苦情歌。

温书博的妈妈又是个爱八卦的，心也大，看到一向乖顺的儿子居然因为受情伤而颓废度日，一点都不担心，反倒觉得有意思，和秦昭她们打牌的时候老爱提这事儿。

那会儿温晢还在读研究生，放暑假在家，路过麻将桌几次，每次听那么一耳朵，也七七八八把故事听完整了。

所以其实他很早就知道方潋这个人了，想想还真是奇妙。

“爸爸和秦姨怎么还没来啊？”温词看向温晢，“你给他俩打个电话问问。”

温晢说：“应该在路上了。”

亲戚们闲聊起来，方潋扯了扯温晢的胳膊，小声说：“我当时没听说温书博家很有钱啊。”

包括现在，她看着屋里这些人，也没预期中担心的那样格格不入。

温晢同样压低声音告诉她：“有钱有势的又从来不是温家。”

他抬眼，目光落在远处和女眷们寒暄的温词身上。

今天说是简骏宁的生日宴，但其实来的都是温澜生这边的亲戚，等到温词或温昱扬的生日，那就都是由温词的外公做东设宴，别说秦昭，届时连温澜生都不会露面，这已经是家里约定俗成的规矩了。

“哦。”方潋点点头，隐隐约约悟了。

温晢蓦地笑了笑，看热闹不嫌事大，凑到方潋耳边悄悄说：“他在看你。”

方潋不可能没有察觉到，但也只能硬着头皮，装作什么都不知道。她警告温晢说：“你先别笑我，等哪天在街上遇到你前女友了我看你怎么办。”

温晢不以为意地摇头：“不会，至少在这里不会有这种情况。”

“怎么不会？”方潋说，“等我们俩分了我不就是你前任了吗？将来哪天上街看到你和你老婆，我绝对不会放过你。”

不知道客厅里的人在聊什么，他们笑作一团，气氛热闹。

温晢的心情却一瞬间如坠冰窖。

他盯着方潋的眼睛，命令道：“你再说一遍。”

“我……”方潋的声音低了下去，“我开玩笑的。”

“洗手间在二楼。”

方溦愣愣地看着他。

“去吧。”

方溦“哦”了一声，睫毛扑闪，反应过来这话是说给她听的，她迈步往楼梯上走。

客厅里的说话声一下子远了，二楼很安静，走廊尽头的窗户开着，阳光洒在木板上，能听到蝉鸣声，燥热的风吹过来，像蒸汽。

没一会儿，方溦就听到上楼梯的脚步声。

温晳上来了。

她刚要开口，被他抓着手腕，带进旁边的屋子里。

这里以前是温昱扬的婴儿房，现在被用来放一些家里的杂物。

温晳关门上了锁，方溦一句话都没来得及说，就被堵在他和门板之间。

窗帘拉着，小房间里的光线不算明亮，他再往身前一挡，方溦更加什么都看不见了。

有点压抑，她抬起头，想找话说，却不知道怎么开口。

“你总是想一出是一出。”温晳先出声，语气里带着点责怪。

方溦不悦地否认：“我没有。”

“你真那么想？”他问。

“想什么？”

“没见过有人这么想当‘前女友’的。”

方溦还是那句话：“我没有。”她弓着背靠在门上，“就当我太现实了吧。”

“你这不叫现实。谁告诉你现实就是那种结局的？”

方溦扯了扯嘴角：“至少我不会信什么‘永远’，什么‘一辈子’，我们本来就有可能分手啊，不是吗？”

温晳皱紧眉头，一瞬间他也动摇了，方溦说得没有错。

矛盾和摩擦现在还没出现，不代表将来就不会有。

人在变，想法会变，感情也会变。

没有什么是地久天长的。

温誓现在脑子里很乱，胸腔里好像堵了块石头，压得他喘不上气。

“但我不爱听这种话。”他呼吸声很沉，每一个字都很用力，头一次态度这么强硬地和她说话，“以后这就是我的雷点，不许再说。”

方潋淡淡地“哦”了一声，不知道有没有听进心里。

至少有一件事温誓很肯定。

只要方潋像自己喜欢她那样喜欢自己，她就说不出来那句话，更不会有那样的想法。

温誓听到她设想的那幅场面第一反应只有不可思议，他抗拒那些消极的设想，不管未来是否有可能成真。

他又有些没方向了，以前只要想着怎么让两个人走到一起，但现在需要考虑的是两个人怎么才能走得长远。

方潋那句话说得荒唐，但绝对不是脑子一热凭空冒出来的，她可能一直都那么想。

“你为什么和我在一起？”温誓问她。

他想听到的答案很简单，四个字的事，“因为喜欢”。

但方潋回答他说：“因为不想再一个人过年了，我不是问过你吗。”

温誓蹙了蹙眉：“所以你去相亲？”

他之前还觉得奇怪，方潋这个性不像是会需要相亲的人。

方潋点点头：“嗯，是吧。”

温誓突然就慌了，继续问她：“是不是没我掺这一脚，你和那警察说不定就成了？”

没等方潋开口，他又说：“你到底把我当什么？”

方潋仰着脑袋看他，她今天的妆比平时浓，睫毛纤长，眼线上翘，看人的眼神好像也和平时不太一样。

她伸手环住温晢的腰，拍了拍他的背，说：“你别生气。”

温晢紧闭着嘴，没说话也没动。

“我可能就这么想的——谁来我敞着大门欢迎，谁要走我也不会挽留，留也留不住。”方潋说。

温晢站得笔直，还是没开口回应她，她这番话把自己放得很低，但又像是在为自己开脱。

“我不是觉得咱俩一定就会分开，我不会奔着那个去，我也不是故意说丧气话，我就是……脑子一抽。你别放心上了，我以后不说了。”方潋轻声向他认错，“对不起。”

小房间里没开空调，空气不流通，两个人这么贴在一起更闷更热。

“不说那你能不想吗？”温晢问。

方潋没有立即给出反应，大概是知道这时候要顺着他哄，所以才摇头说：“不想了。”

温晢还是没能高兴起来。

他抓着方潋的胳膊拿下她的手，一瞬间醍醐灌顶。

方潋想要的其实从来就不是恋人，她需要的不是一个“男朋友”。

她要的是陪伴、牵挂、念想、依赖，或者就是一个让她心不空着的存在。

他可以，别人或许也可以。

她只是想找一个“家人”的替代品。

所以她会去相亲，她说过日子。

所以她和他在一起之后两个人平平淡淡的，被陈彻调侃说是结了二十年婚的老夫老妻。

温晢理解她，心疼她，但在这件事他不想继续顺着她来了。

方潋之前那句“我们好好过日子”砸出来，把温晢砸得飘飘然，他以为他们在建立一种很高级很成熟的情感关系，导致他偶尔动动歪念头都觉得亵渎了那句“过日子”，觉得自己龌龊。

但哪有这么谈恋爱的，不对，热恋期就该有热恋期的样子。

生活可以是细水长流的，但爱情必须干柴烈火。

“方潋，我不跟你过日子了。”温晢严肃宣布。

方潋“噌”地抬起头，茫然而慌张地看着他，去攥他的衣服。

“我不是一年只出现一次的圣诞老人。”温晢伸手捧住她的脸，指腹轻轻蹭了蹭她的脸颊，“我是来跟你谈恋爱的，懂吗？”

五年、十年、二十年以后他俩会变成什么样，温晢暂且不想去理会，就现在，他会给方潋很多很多爱，但那爱只属于恋人之间，那爱必须是浓烈、炙热、浪漫的。

他只给她爱人的忠诚、庇护和不离不弃。

他一下子说了那么多话，方潋有些没跟上，一脸蒙怔。

温晢慢慢低下头，含住她的唇瓣。

吻一下接着一下，温晢亲得凶而投入，和平时不太一样，方潋被这么亲得有些慌，手紧紧攥着他的衣摆。

她几次想躲，想找机会开口说话，都被温晢摁着后脑勺追着重新堵住，一点间隙都没给她留。

他们上来的时间太久，楼下准备开席了，走廊里响起温词的声音。

身后的门锁转动，方潋吓得吸气，圈住温晢的脖子缩进他怀里。

温晢没让温词进来，伸手把刚打开一条缝的门摁回去。

门外的人懂了，留下一句：“好了就赶紧下来啊。”

脚步声很快消失不见，方潋额头抵着温晢喘气。

“等会儿下去怎么解释？”

“不解释，就是上来干坏事了。”温晢替她抹去唇边的口红印。

方潋瞪大眼睛：“你发什么疯？”

“不是你说的吗？”温晢眼里含笑，“别假正经。”

头发散了，方潋取下夹子，不知道早上吴松月是怎么给她盘的，她绕来绕去也没办法还原。

温暂想上手帮她，但他哪会啊，只能在旁边让她别着急。

胳膊这么举着很快就酸得不行，方溦泄气地放下手：“就这样吧。”

温暂替她理了理沾到嘴边的碎发：“走吧。”

温澜生和秦昭也到了，楼下正热热闹闹地准备开席。

温暂被简骏宁拉走去男人堆里坐，他回头找温词，递了个眼色过去，让她帮忙照顾方溦。

“你俩是上去吵了一架还是干了一架啊？”简骏宁问温暂。

温暂不咸不淡地回道：“你猜。”

简骏宁看破不说破地笑笑。

餐厅里摆了两张桌子，方溦跟着温词在女眷和小孩那桌落座。

“你好。”

她一坐下，右手边的女人就笑着和她打招呼。

方溦点了下头，几乎是一眼就认出对方是温暂的妈妈。

不光是五官，气质和说话时的表情都很相似。

方溦：“阿姨好。”

秦昭看着她笑，拿起桌上的红酒瓶，问她：“能不能喝酒？”

方溦说：“能喝一点。”

“那咱俩喝一点。”

方溦悄悄往另一桌瞥了眼，温暂旁边坐着的应该就是他爸爸。

那张面孔，方溦挺眼熟的，以前老头在的时候每天晚上都会看地方台新闻，温澜生经常会出现在电视里。

“够吗？”秦昭问。

方溦回头一看，高脚杯里都盛了一大半了，赶紧说：“够了。”

旁边有人笑道：“哎哟阿嫂啊，红酒要一小杯一小杯地喝。”

秦昭：“家里吃饭，讲究这么多干什么？”

方潋抿唇笑了笑，温訾的妈妈不太像那种雍容华贵的富太太，温柔又随和，相处起来让人没有压力。

刚刚和秦昭说话的应该就是温訾的姑姑、温书博的妈妈，对方并不认识方潋的样子，只知道她是温訾的女朋友。

这个姑姑性格豪爽，桌上就她一个人面前是倒了白酒的小酒盅。

方潋在心里想，要是温书博是他妈妈这个性子，那肯定讨女生喜欢多了。

女人们聊天说笑，旁边那桌的气氛就没那么轻松了。

方潋偷偷留意着，大部分时间都是那些叔伯在说话，温訾那几个小辈都安安静静的。

秦昭端着酒杯伸向方潋，方潋轻轻碰杯上去。

“家里人都怎么叫你的？”秦昭说，“阿姨不知道怎么叫你。”

“叫我‘潋潋’吧。”方潋想表现得亲昵些。

秦昭问：“哪个 liàn？恋爱的恋啊？”

方潋摇头：“水光潋滟晴方好，所以我叫方潋。”

“哦——”秦昭点点头，“好听。”

过了会儿，她又问方潋：“哎，那你怎么不叫‘方好’呢？”

方潋挠挠脖子，回答说：“因为我爸爸就叫‘方好’。”

秦昭愣了愣，捂嘴笑了：“不好意思啊，阿姨有点傻。”

“没有。”方潋也跟着笑。

秦昭顺势问她：“那你爸妈都是做什么工作的啊？”

方潋拿筷子戳着碗底，说：“啊，他俩以前都是医生。”

“尝尝这个。”秦昭把一道酱鸭转到她面前，“那现在是都退休在家了？”

“不是，很早就走了，去山区帮扶，出了事故，就没回来。”

秦昭一下子愣住，慌忙解释：“阿姨不知道，问温訾他什么都不和我说，我就是想多了解了解你。”

方潋朝她笑笑："没事。我那个时候话都不会说，对他俩也没什么印象，可以提的，没关系。"

秦昭松了口气，坦白道："我真的不是很会当妈，第一次见儿子的女朋友，不知道该怎么表现。"

方潋干脆也敞开了说："我也是第一次见家长，很紧张。"

"你千万别紧张。"秦昭拍拍她的手，"不用把我当成什么长辈，我们都自在一点。"

方潋笑着点点头。

秦昭说："温晢跟在他外公身边长大的，我也没什么他好笑的事情和你说。"

方潋笑起来："那我有。"

两个人交头接耳说起悄悄话。

手机屏幕亮起，方潋瞥了一眼，是温晢发来的消息。

地球公民：和咱妈聊什么呢？

方潋回过头遥遥瞪他一眼，把手机翻扣在桌上，没理他。

没一会儿，温晢就过来了，温词正在给温昱扬喂饭，他把小孩抱到腿上，自己坐在了方潋旁边。

秦昭问他："你过来干吗？"

温晢拿起桌上的空酒瓶，睁大眼睛问她俩："都是你们俩喝的？"

方潋"嗯"了声，听上去还挺得意。

温晢一只手抱着温昱扬，伸长胳膊把两个人的酒杯都收走放到一边。"别喝了。"

方潋小声说："度数又不高。"

秦昭问他："你爸呢，喝了多少？"

"没喝。"

方潋看向温晢："你呢？"

“我也没喝。”温晢伸手贴了贴她红通通的脸颊，“热啊？”

方溦点点头，她这桌挨着落地窗，晒得到太阳。

温晢刚刚坐在空调底下，被冷风吹得冻死了，他的手是冰的，这么贴上去很舒服，方溦摸着他的手背，惬意地叹了声气。

温词看她好像是醉了，说：“困了去楼上客房睡一会儿。”

方溦摇摇头，坐直身体：“不困。”

温晢看见他们桌上的蛋糕，问温词：“怎么我们那桌没有啊？”

“妹妹拿来的，你要吃给你切一块。”

温晢轻声问方溦：“好吃吗？”

方溦：“好吃的。”

“姐夫都没吃到呢。”温晢对温词说。

“他又不喜欢吃这个。”温词把剩余的一次性盘子抛给他。

“那也得插蜡烛许个愿啊。”

“早许完了。”

温晢身上坐着温昱扬不方便动，方溦起身帮他切了一块巧克力蛋糕，用勺子挖下一小块喂到他嘴边。

秦昭嫌弃，只觉没眼看：“扬扬两岁你几岁啊？”

温晢看着方溦，笑笑不说话。

简骏宁也端着酒杯过来了，温词把碗塞到他手里，让他喂儿子。

“晚上我们俩有事，你等会儿把他带走呗。”温词用胳膊碰了碰温晢。

温晢问：“约会啊？”

温词说：“愿望。”

温晢意味深长地笑了笑，但没答应：“今天还真不行，我有事。”

“你有什么事？”

“反正就有事。”

方溦在旁边听着，心脏一紧，耳朵慢慢红了。

“我来带我来带。”秦昭说，“等会儿扬扬跟我走，今天就住我们那儿，明天再给你们送过来。”

简骏宁插话说：“多住两天也行。”

离开之前，温晢牵着方潋去和温澜生打了声招呼。

温澜生对着谁都冷冷淡淡的，也不怎么笑。

方潋喊他“叔叔”，他点了下头。

方潋倒也没觉得很失落。

一方面她和秦昭很合得来，心里有底，另一方面她也不太在乎温晢的爸妈是否喜欢她。

她知道自己是什么样的人，今天打扮得再温柔，但性格改变不了，她就不是容易讨长辈喜欢的类型。

但出乎她意料的是，等温晢去楼上帮忙拎温昱扬的衣服时，温澜生走到方潋身边，单独和她说了句：“以后多和他来家里吃饭，陪陪你阿姨。”

方潋应“好”。

坐进车里，温晢扣上安全带，问她：“回家还是去店里？”

方潋回道：“我去趟松月家，得还她东西。”

“哦，行。”

方潋报了地址，温晢开车送她到吴松月家楼下。

“那我走了。”方潋拉开车门，想说一句“晚上过去找你”，犹豫了下还是没说。

说去找吴松月其实是借口，对方现在在茶室呢，根本就不在家。

方潋只是需要点时间，一个人消化一下温晢在小房间里说的那些话。

等他的车开走，方潋拿出手机重新打了辆车回家。

一路上她都在回想、琢磨那几句话，感觉是被布置了一篇阅读理解题。

可惜她在这上面少了根筋，以前也没人告诉过她这些，或者也有人说过，只是当下她没听进去，所以从不当回事。

方溦确确实实就是需要个陪伴者，她默认温誓也是这样想的，两个人抱团取暖，这么安安静静地把日子过下去，能走多久是多久，挺好的。

她想这一次要是再分，至少不会闹得太难堪，他们都能体体面面的。

但这样好像对温誓不太公平。

回到家，方溦卸妆洗澡，换回了自己的T恤和短裤。

她伸展四肢平躺在床上，脑子里很乱。

窗帘把外头的烈日遮得严严实实。

那半瓶红酒让方溦渐渐闭上眼睛，翻身盖上被子睡着了。

再睁眼醒来时已经过去了近两个小时，她拿起手机唤醒屏幕。

满屏的推送通知，没有未读消息。

方溦揉揉眼睛坐起身，缓了会儿神。

她看着窗台上的花瓶，突然拍了下大腿，像是下定什么决心。

方溦走到衣柜前，蹲下身跪在地板上，搬出被压在最里头的收纳箱。

里面装的都是几年前的衣服，她以为自己再也不会穿了，但直接扔掉又舍不得，就一直放在衣柜里，没想到还能派上用场。

一件一件拿出来展开时，方溦惊了，好奇自己当年怎么会买这些衣服的，用“花枝招展”形容都轻了。

她挑来挑去，最后选了件挂脖吊带换上，在脖子后绑好蝴蝶结。

这几年胖了点，穿以前的裙子有些紧，方溦吸着气硬把拉链拉上。

站到镜子前，她耳边响起了某句名台词——

“粉色娇嫩，你如今几岁？”

方溦自己都想笑，几不几岁的不管了，反正得先把心态往回掰一掰。

有句话怎么说来着，“永远热烈永远年轻”，趁着上头状态，有些事不能多想，想多了就容易顾虑容易退缩。

下午四五点的太阳依旧灿烂，方溦打着遮阳伞，在路边随便找了家便利店。

拿出手机想发条消息给温誓，但又不知道怎么措辞，她干脆什么都没说。

一路走到温誓的住所，方潋被热得直喘气。

她先摁了门铃，等了会儿没人应。

刚上来时好像也没在楼下看见他的车，方潋蹙眉，给温誓拨了通电话，另一只手从包里摸钥匙。

“喂。”

“你人呢？”方潋拉开大门，腓腓听到动静从屋里跑了出来。

“我刚要打电话给你。”温誓说，“我去趟金陵，明天回来，猫你记得帮我喂。”

方潋站在空荡荡的客厅，傻眼道：“你去金陵干什么？”

“有个拍卖会。”温誓说完又补充道，“任瑜他们硬拉我去的。”

想起中午他和温词说的话，方潋深吸一口气，咬紧后槽牙。

温誓在电话里问：“怎么了？找我有事吗？”

“没。”方潋夹着嗓子，语气温柔道，“你注意安全哦，能不回来就不要回来了。”

等话说完，她放平嘴角，放下耳边的手机，直接把电话挂了。

看着柜子里的那些东西，方潋心里真有一刻想全砸了。

温誓立刻回拨过来。

“喂。”

“怎么了？”温誓语气慌张，担心她是出什么事了，“我刚上高速掉不了头，马上回去。”

“没事，去吧。”方潋蹲下身把腓腓抱到怀里，“就是今天做了好吃的，某些人没口福了。”

“那你放冰箱里，我回去了吃。”

“嗯，给你留着。”

方潋顺着猫毛，心情也慢慢重归平静。

她举着手机，喊：“温老师。”

“嗯？”

“你开着免提吗？”

“嗯。”

“旁边有人？”方潋刚刚好像听见说话声了。

“有。”

“哦，那你让他们别听。”

温晢手机连着蓝牙，电话里那声“拜拜”接着一声“mua”，全车人都听得一清二楚。

其他三个男人炸开了锅，驾驶座上那个直接傻了。

幸好现在是在直路上，不然温晢这手连怎么转方向盘都不知道了。

任瑜鸡皮疙瘩起一身，直言受不了了要跳车。

这里头也就他还单身，其他两个男人连孩子都上学了，不是酸温晢，就是纯粹被齁了一口。

后座的彭皓拍拍任瑜，说：“人家已经很贴心了，还提醒咱别听呢。”

另一个问温晢：“我的天，你哪儿找来的娇妻啊温老师？”

温晢哼哼笑了声，“娇妻”，打死他都不敢把这两个字和方潋放在一块儿。

他抓紧方向盘深呼吸，稍稍回过神来了。

“以后见了面，你千万别在她面前提这话。”温晢对后头的人说。

那人问：“怎么啦？”

“我怕她揍你。”

温晢一行人到金陵时已经是晚上八点，他们找了家当地特色的家常菜馆。

任瑜人脉广消息灵通，当年那只碗就是他帮温晢找到的。

以前他要出去谈买卖肯定都会拖着温晢，让温晢当专家顾问，但这小子自从谈恋爱之后就整天见不着人，这次求了温晢好久才答应。

谁知道温晢出来了也是捧着手机一个劲傻乐，其他两个一个在远程教女儿做数学作业，一个横着手机打游戏，都没人和任瑜说话，他快无聊死了。

早知道还不如他一个人来呢。

温晢把晚餐照片发到朋友圈，没几分钟就看见方潋点赞了，还评论了句：才吃上饭啊？

他回复了个“嗯啊”。

“哎。”温晢抬起头，想起一件事来，问任瑜，“你想不想上节目？”

他突然冒出这么一句话，任瑜没太明白：“什么东西？”

“电视台要给全市青少年开个文化科普栏目，找人讲历史，你想不想去？”

“啊？我去讲什么？别误人子弟了。”

温晢端起茶杯：“这就谦虚了啊，博士。”

任瑜直摇头：“别别别，到现在还没拿到毕业证呢，都快肄业了，当不起当不起。”

“温澜生把这任务交给我了，我想来想去就你合适，多帅一张脸，不上电视真的亏了。”求人办事的时候那肯定得不吝夸奖。

“呵呵。”任瑜不上他这个当，“你比我帅，你怎么不自己去？”

温晢说：“有家室了，不想抛头露面。”

这话引起桌上一片倒喝彩声。

任瑜挪着椅子要离他远些，说省得“恋爱脑”这种东西传染人。

彭皓给他比大拇指，称他是“男德班长，吾辈楷模”。

温晢笑笑，对任瑜说：“那我就当你答应了啊。”

任瑜也知道温晢那话就是借口，温晢不是喜欢往人前站的性格。

他一向仗义，何况本就不是什么坏事：“行，我去。”

拍卖会在第二天上午，温晢本来是抱着凑热闹的心态来的，但其中有一套十二主神的古希腊钱币，他一眼就看中了。

古币收藏不算热门，在场没什么人和他竞拍，温晢原本打算如果超出预算他就不要了，没承想轻轻松松就成交了。

这可把他乐坏了，东西拿到手后立马拍照发到朋友圈炫耀，文案写的是：朋友们，血赚。

没一会儿方滶给他点了赞，发来两个大拇指。

温晢一看，心里更加美滋滋了，殊不知方滶给他评论的时候脑子里想的是“大傻子，还血赚呢”。

当天下午他们就启程回去了，但高架上不知道出了什么事故，堵了两三个小时才疏通。

等终于回到木樨州都半夜了，温晢把他们三个挨个送回家，回自己公寓的时候已经快凌晨两点。

他打着哈欠开门进屋，在路上奔波一天，脑子昏昏沉沉的，没注意到门口的白色帆布鞋，也没注意到搭在沙发背上的衣服。

腓腓是只昼夜颠倒的小猫，听到动静后亮着两只绿眼睛朝他走过来。

温晢弯腰把它抱起来，朝着卧室走去，顺手摸到墙壁上的开关。

“啪嗒”,床上的人被突然的光亮闹醒,翻动身子难受地“嗯”了一声。

温晢抱着猫，愣在了房间门口。

方滶用手挡着眼睛，问他：“回来了？”

温晢一下子都不知道该迈哪只脚，意外有高兴有，心里暖呼呼的：“在家等我呢？”

方滶坐起身，把腓腓抱走，自己替代了那个位置。

晚上的时候她问过温晢大概几点到家，但他没当回事，以为就是随口一问。

“太困了我就睡着了。”她穿着温晢的T恤，趴在他肩头说，“熬不了夜。”

“不用等我。”温暂拍了拍她的背。

他不知道其实方潋这两天哪里也没去，一直待在他家。

店里空调老旧，方潋买了台新的立式的，今天工作人员要上门送货，陈彻打她电话让她来签收她也没去，说自己有事。

陈彻还奇怪：“温老师不是这个周末去金陵了吗，你有什么事啊？”

方潋问他：“你怎么知道的？”

“他上次在店里说的啊。”

方潋开始反思自己是不是对温暂关心得太少了，平时她几乎不过问对方的行程，反正他有空就会来益木坊，能去的地方也就那么几个。

看来太放心未必就是件好事，方潋不想让温暂觉得她不在意他。

本来他突然跑到金陵去，方潋心里还有点脾气，这下子全没了，也不敢再有了。

“累不累？”她问。

返程的车基本都是任瑜开的，温暂摇头：“不累。”

“那饿吗？”

“有点。”温暂想起来那天的话，问她，“你给我留什么好吃的了？”

方潋神神秘秘地勾了勾嘴角，搓搓脸让自己清醒过来。她站到床上，摁着温暂的肩膀让他转了个身。

她抱住他脖子，跳到他背上，说：“去外面。”

温暂托着她大腿稳稳背着她，下意识地往冰箱走，被方潋叫停：“不是这儿，去门口柜子那儿。”

“什么啊？”温暂看了眼，柜子上没什么东西啊。

方潋说：“右边抽屉，打开。”

温暂带着疑惑照做。

抽屉拉开，里头躺着两个小方盒。

温暂手握着拉环，维持着这个姿势一动不动，脑子里空了。

方潋看他像被人点了穴，觉得好笑，手伸到前头掐了掐他的脸颊：

“哎？哥哥？死机啦？”

温誓的呼吸声变得沉重：“没。”

方溦亲亲他的耳朵尖，说：“那去洗澡吧。”

刚在服务区任瑜他们停下抽了根烟，温誓身上沾了些味道。

“我……”温誓有点反应不过来，心脏在胸腔里发颤。

方溦说：“还是你想先听我聊聊？你那天的话我这两天想了很多。”

“等会儿再聊。”温誓有些着急地打断她。

他把她就近放到沙发上，捏着T恤下摆，边脱上衣边朝浴室走去。

“给你三分钟。”方溦盘腿坐在那儿看他，歪着脑袋，眼眸在昏暗的夜里显得亮晶晶的。

方溦觉得她给自己挖了个坑。

大概一分钟之后她就坐不下去了，那门后的水声太折磨耳朵了。

她赤脚踩在瓷砖上，靠在浴室门边，敲了敲门，说：“十、九……”

门里的人笑了：“你的钟坏了吧？”

方溦耸了耸肩，非常理直气壮：“反正我说了算。”

里头的人没说话。

水声停了，方溦呼吸一紧，攥着衣服下摆，突然有点㞞了。

浴室的门拉开，潮湿的水汽扑面而来。

没等方溦看清他，吻就劈头盖脸地落下来。

湿漉漉的头发蹭着她的脖子，痒，她伸手推温誓，推不动。

一个用力地在对方身上留下自己的痕迹，一个积极地回应着，胳膊缠绕在脖子上，呼吸和心跳混在一起，眼前朦朦胧胧的，一切进退全回归到本能，不思考，不追究意义。

方溦从里到外都在哆嗦，客厅没开空调，太闷，她想回卧室。

温誓把她抱到身上，嘴唇一下一下啄吻在她皮肤上，能亲到哪儿算哪儿，哪里他都喜欢。

坐到床上时方潋尝试着开口，但呼吸急促有些说不连贯：“我没有，不把你当回事。”

温誓在她身后垫了个枕头，让她躺得舒服些。

方潋抓着他的手腕，抬头看天花板，思维有点乱，她只能想到什么说什么：“你说得对……”

陌生的异样感让方潋憋着嗓子“唔”了一声，她缓了口气才继续说下去：“可能没有你，我会选赵行，他是最安全的选择。”

温誓笑了笑：“这个时候提别人的名字不太好吧，‘方潋潋’。”

“我是认真的。”方潋想让他听得认真点，往里收了下腿，“我没办法太爱一个人。”

她闭上眼睛，说：“我得收着，我不能让我的任何东西变得重要到不可失去。”

这个世界从来没有给过她什么安全感，所以方潋首先不能让自己陷入到患得患失的状态中去。

一切东西，一切人，对于她来说可有可无才是最好的。

“我不会太爱你。”方潋低声重复。

她问身前的人：“就这样你还要爱我吗？”

“我会更爱你。”他没有一点犹豫就说出了口。

这话不是思考得来的最佳答案，是他原本就有的想法，是他的已经在做和未来要做。

方潋扬起唇角轻轻笑了。

她花了两年时间，用绳子把心捆得严严实实，不让它乱动，不让它失控。

但原来没等人来剪绳子，心脏自己“扑通扑通”地就要把绳子绷断了。

温老师太好了。

两个人重新密不透风地贴在一起，温誓过来找她的唇，方潋挺着腰回吻。

凌晨的夏夜被填得满满当当。

方溦意识模糊，嘴里嚷嚷着：“热，空调，打低点。”

温晢罩着她，两个人又出了一身汗，他嗓音哑得厉害：“会感冒的。”

方溦眼尾潮湿，拿脑袋蹭了蹭他，像猫爪子轻轻挠着心。

这让温晢怎么承受得住？他只能依着她，伸长胳膊摸到床头柜上的遥控器，凭记忆找到下调键一通猛按。

熬不了夜的和奔波一天的最后几乎一个晚上没睡。

要不怎么说爱情使人年轻呢，这魔力简直了。

有句话可能听起来很肤浅，却是温晢这一刻实实在在的感受。

和方溦在一起那么多天，这是他的心头一次落了地，抱着方溦平复呼吸的时候，他脑袋里什么都没有，只有踏实、满足，他被一种巨大又纯粹的快乐充斥着。

但这么不知轻重的放肆肯定会带来后果。

第二天醒来时方溦脸颊通红，嗓子眼又肿又疼，说话都费劲。

温晢给方溦测了体温，还好是低烧，但也够她难受几天了。

方溦连续旷工了好多天，又不说去干了什么，陈彻担心她，打电话来询问情况。

“发烧。”方溦说话时鼻音很重。

陈彻一听，急了：“怎么发烧了？”

“你放心，就是着凉了。”

电话那头，陈彻举着手机，抬头看了眼外头艳阳高照的天：“不是，我说姐，这四十度的天气你去哪儿着凉的？”

方溦：“……别管。”

尾章

温室效应

方溦一连在温誓家待了一个星期。

前三天她基本都在床上昏睡，到点了被温誓喊起来吃个饭。

温老师最近厨艺进步不少，已经脱离了煮饭成粥的水平，还会炒鸡蛋了，就是老把控不好放盐量。

温誓自己尝了一口，没什么味，问方溦要不要回锅再炒一下。

“就这样吧，还可以。”方溦捧着碗喝白粥，“盐吃多了容易老年痴呆呢。”

温誓心疼又好笑，这得过且过的性格也不知道哪儿来的。

他还是端着盘子回厨房了，舍不得委屈她。

以前方溦不习惯和他黏黏糊糊的，两个人贴太近她第一反应总是躲，不管旁边有人还是他俩单独在一块儿。

现在不一样了，温誓抱她的时候她会搂住他的腰，方溦在厨房洗碗，他非要挤进来，两个人在闷热的小空间里贴在一起，她也没推开他。

温誓亲她，她就安静地闭上眼睛。

他在书房待太久，方溦会进去找他，拿走他的书，坐他腿上强制他休息十分钟。

方溦趴在他怀里，温誓把下巴抵在她肩上，闭上眼睛放松神经。

上次方溦和他提了个词，“缺爱”。

温誓发现自己也是同样的。

人们时常把“缺爱”视为消极的、不健康的心理状态，可转念一想，谁会嫌得到的爱够多了呢？

缺爱不可耻，缺爱不可怜。

不敢爱的才可怜，不珍惜爱的才可耻。

在温誓家的这一个礼拜，方溦都穿的他的衣服，她本身骨架就偏大，穿男装也不会显得很违和，正好温誓有几件嫌幼稚不愿意再穿的T恤，现在全归方溦了，她用来当睡衣正好。

回家的那天她把自己的衣服收拾好，温晳看见，问她："这是你的啊？"

"嗯。"

温晳眨眨眼睛，笑了声："我还以为你给猫买的。"

方潋皱眉疑惑。

那上衣也就比他巴掌大了圈，全摊开都没多少布料，而且这颜色也不像是方潋会穿的，他还以为是她买给腓腓的宠物装。

方潋冷笑，这事她还没和他算账呢："我那天盛装打扮来敲某人家的门，某人呢？和一群男人跑了。"

温晳后知后觉地悟了："啊……"

他还真的一次都没跟上过方潋的节奏。

以为两个人上路了，回头一看她还停在上一个红绿灯。

想让她加把油提提速，她又直接一脚开外太空去了。

温晳咬着下唇，悔意涌上心头。

"穿给我看看。"

方潋毫不留情地拒绝："错过了就没机会了。"

这时候可不能再顾及什么尊严，温晳扯了扯她的衣角："求你。"

方潋伸出食指晃了晃。

"光着你都看过了，这有什么好看的？"

她又不解风情上了。

温晳伸出胳膊从背后搂住她，把人圈在自己怀里："那不一样。"

方潋作势挣脱："松开，我要回家了。"

"潋潋——"

方潋深呼吸一口气，还是没忍住破功笑了："真受不了你。"

温晳露出得逞的微笑，把人拦腰抱起，朝着卧室走去。

方潋又多留了一晚，回家的时候窗台上的仙人掌果然已经枯死了。

她拍照发给温晳看，把责任都推给他。

两个小时后家里门铃响了，是花店小哥，捧着一大束花还有两盆仙人掌，说是温先生订的。

八月下旬，温晢开始为新学期做准备，时常一整天都在学校。

傍晚益木坊打烊，方溦锁好门之后直接去二中找他，两个人在附近的小餐馆吃了碗清汤面。

今年的夏天异常炎热，到了晚上风也凉不下来。

方溦走到小卖部门口，说想吃冰激凌。

他们并肩走在人行道上，落日西沉，天际洒满橘黄色。

温晢说："等开学了学校外面就更难停车了。"

方溦抬手指了个方向："你往前面那个路口拐，有个小停车场，就是不知道现在还让不让停。"

温晢感到意外："你怎么对这里这么熟？"

"我以前在这里上班啊。"方溦看向对面，抬了抬下巴，"就那个药店。"

她看见温晢茫然的表情，笑了笑："不然你以为我从小走南闯北削木头啊？"

"那倒也不是。"温晢翘了翘嘴角，"就是想象不出来你上班是什么样。"

这儿离市图书馆也很近，来来往往的大多是学生。

方溦想起什么，抬臂碰了碰温晢的胳膊，说："我跟你弟就是在这儿认识的。"

温晢挑眉："怎么认识的？"

"他大三暑假要准备考研，在图书馆通宵学习。"方溦咬了口冰激凌，"他进来的时候把我吓死了，满脸的鼻血，大清早的路上也没什么人。"

温晢听说过，温书博高中的时候读书就挺拼命的。

"我给他止血，拿了药，买了早饭，让他多注意身体，第二天他给我送奶茶想谢谢我。第三天又来了，说要买感冒药，后来那一个礼拜他来了得有四五回，胃药止痛药消炎药，什么都买。”方潋笑起来，“我实在看不下去了，我就问他：‘哎同学，你是很喜欢买药吗？’”

她问温誓：“你猜他说什么？”

温誓想了想：“‘我是喜欢你’。”

“哈哈！”方潋摇摇头，“他要有你这么上道就好了，支支吾吾半天说了声对不起，问是不是打扰到我了，后来还是我先开口的，问要不要在一起试试看。”

温誓手掌摁着她的脑袋往下压了压：“得亏他不上道。”

他叹了声气，玩笑说：“你要一不小心成了弟妹，那我怎么办？”

“不可能。”方潋不认可这种假设，“当时也就是觉得他老老实实挺可爱的，图个新鲜吧，我喜欢的从来不是这个类型。”

“怎么？”温誓听出不对劲来，“我不是老实人吗？”

方潋瞥他一眼：“你觉得呢？”

谁家老实人花两百万买只碗埋地下啊？

也就看着正经，还是缺心眼的。

所以当时吴松月把方潋拉到一边，告诉她温誓是出了名的混账玩意儿，非但没能打消她的兴趣，反倒让她对那个男人更好奇了。

她也缺心眼。

“哎。”方潋把吃完的冰激凌盒丢进路边的垃圾桶，“我有个东西想给你看看。”

温誓伸手牵住她，含羞带怯地笑了笑：“什么好东西啊？”

方潋说：“宝贝。”

两个人回到益木坊，温誓看着方潋蹲在地上，从工作台下的密码柜里搬出一个箱子。

他挂在嘴角一路的笑消失了，说“宝贝”还真就是字面意思啊？

箱子上落了灰，方潋用手轻轻拂了拂，打开盖子给温晳看，里面最显眼的是一只瓷瓶。

“老头留给我的，说随我留着还是卖了。你看看，这东西值多少啊？”

温晳弯腰，凑近瓷瓶仔细察看。

“哎哟。”他目光从下至上滑过瓶身，眉心微微蹙起，问方潋，“你爷爷还和你说什么了吗？”

方潋摇头。这么多年她也没告诉过别人，也不敢放家里，一直藏这儿呢。

方潋：“是真的还是假的？”

“不好说，赝品也有贵的。”温晳直起身子，“做工挺细的，得拿去给专业的鉴定机构看看。”

方潋眯了眯眼：“那你估计呢？要多少钱？”

“嗯……”温晳报了个数字。

方潋瞪大眼睛，一口气差点没喘上来。

“你确定吗？”她怀疑道。

温晳抱着胳膊笑了笑，指着自己，问：“你知道外面的人叫我什么吗？”

方潋摇摇头。

“哦！”她突然又想到答案了，双眼放光，自信地回答道，“温家败家子！”

温晳抿了抿唇，一字一顿说：“是民、间、鉴、宝、家。”

“哦。”方潋“呵呵”笑了声，小声重复，“民间鉴宝家。”

她的目光重新回到瓷瓶上，还是不太相信：“老头不会从哪里偷来的吧？”

温晳说：“那他就不会让你卖掉。”

要真是偷盗的珍品，宝贝一旦面世那可就得面临坐牢的风险了。

“也是。”方潋点点头，“那他哪儿来的？我还以为顶多几万块钱。”

箱子里还有些方学益的遗物，温晢靠在桌子边，拿起一个陈旧的笔记本，问她："你爷爷就什么都没和你提过？"

方澂摇摇头："他就一普普通通的木工，在木樨州待了几十年没出去过，也没什么朋友。"

温晢看了眼本子上的日期，问："那他年轻的时候呢？"

方澂挠挠脑袋，努力回忆说："他开店单干之前，好像是给人修房子的，小时候他老教我什么房屋结构，忘了。"

纸页上的字迹年代久远，模糊不清，温晢拿近本子凑到眼前仔细辨认——"修旧如旧"。

看着上面纯手工绘制的平面图，结合方澂的话，他恍然大悟："你爷爷是干古建筑修复的啊？"

方澂眨眨眼睛："什么东西？"

"也属于文物修复的一种。"温晢低下头，小心翼翼地捧着手里的笔记本，"你爷爷才不是普普通通的木工，这得叫匠人。"

他以前看过一个纪录片就是讲的这个，古建筑修复这行薪资待遇向来不高，如今还得面临着被现代科技替代的威胁，老技工年龄上增，难以承担高压的工作，新人又能力不足经验尚浅，人员流失严重，导致手艺也得不到传承。

木樨州以园林古迹闻名天下，多年来一直重视文物保护，在城市现代化的进程中仍旧保留了许多特色的古街古巷和古宅，也许方澂的爷爷就曾经参与其中。

比起价值连城的古董花瓶，方学益隐藏的过往更让方澂受到冲击。

"什么嘛，他是匠人，我爸妈是医生，你是老师。"她苦着张脸，郁闷道，"我们家就我一个没出息的啊？"

温晢"扑哧"一声笑了，放下手里的笔记本，手指刮了刮她的脸颊："你也很棒啦。"

"谢谢，有被安慰到。"方澂拿起笔记本，摸了摸封面上的名字，老头走得算是突然，至少她当时没有做好准备。那段时间她跟丢了魂似的，收拾东西的时候根本没想着打开看看。

“我说真话，不是安慰你。”不早了，温誓晃晃她的手，“走吧，回家了。”

方潋收拾好东西把箱子放回柜子里，上锁前她停下动作，回头对温誓说：“你把头转过去。”

“干吗？”

“我换个密码。”刚刚她开锁的时候温誓就站在旁边。

温誓愣住，不知她是在开玩笑还是来真的。

“不是，还要防着我啊？”

“嗯。”方潋理所应当地点头，“我的人生信条就是要对男人多留个心眼。”

“……行吧。”温誓无话反驳，“我出去等你。”

方潋把方学益的书和笔记本单独拿出来收进包里，她锁好柜子出来，看见温誓抱着手臂靠在门边，脸上的表情看着有些委屈。

她笑眯眯地走过去，贴到他身上问：“伤感情啦？”

温誓仰着脑袋没看她：“没有。”

“那怎么了？”方潋踮起脚去找他的眼睛。

温誓捏着她的脸颊把她摁回去：“我的支付密码是320511。”

方潋飞快地抬手捂住耳朵，满脸抗拒，不想听这个。

温誓：“怎么了？”

方潋拿开手，说：“大哥，我们俩只是上过床，还没到这个境界呢。”

温誓不懂她的逻辑：“哪个境界？”

方潋又重新捂住耳朵，警惕地看着他，怕他下一步就要说银行卡密码。

温誓拿下她的手：“不是要和你交换什么，我就是告诉你一声，表个态。”

“表什么态？你就不怕遇到骗财骗色的坏女人吗？”

温誓毫无感情地“哇”了一声：“就你啊？”

方潋抬起腿踢他。

温誓笑着把她抱到怀里：“我是想说，我们之间能不能多点信任？”

“我又不是不信任你，我就是，”方潋的声音低了下去，“习惯了。”

这种无时无刻竖立在她周身的防御状态，她习惯了。

“方潋宝宝。”温誓拍拍她的背，“你现在不是一个人了。”

按方潋以前的个性这个时候肯定要来一句“那我还是半条鬼啊”。

这也是她的习惯，她不是真不懂，也不是存心想扫兴，就是不适应温情和浪漫，总想说点什么做点什么打破这种氛围。

但这次她忍住了，什么都没说，只是抬手圈住温誓的腰，告诉他她知道了。

晚上睡觉前，方潋翻着方学益的旧物，在一本书里找到了一张她父母的照片。

也许这本书就是他们其中一个的，被方学益收了起来，现在又到了方潋的手上。

家里其实有很多那两个人的照片，甚至还有她刚出生时一家三口的合照。

方潋在照片上见过他们的样子，但只是总留不下什么深刻印象，看过之后过段时间那两张面孔在她的记忆里就会变得很模糊。

这张照片上两个人都笑着，男人从背后搂住女人，画质不算清晰，背景好像是在一片土地上。

“她是当地的医生。”方潋指着照片上的人，“他去山区医援，两个人就认识了。”

她没喊过那两个称呼，说出来总觉得别扭，所以称呼他们为“她”和“他”。

温誓偏头看了看方溦：“你像妈妈，怪不得。”

“怪不得什么？”

温誓说：“你的长相有北方人的感觉。”

“什么意思？很粗犷啊？”

“我是说大气。”

方溦笑了笑，不愧是温老师，文化人会说话，不掉进她的坑里。

“医援结束后，他把她带回了木樨州，结婚生了我，但是没过多久两个人又回山里去了，后来就出了事。”方溦把照片收进书里，“老头很后悔这事，觉得当时应该拦着他俩不让去。所以他心理有阴影，别的都不太管我，但就是每天得看见我回来才安心，不然他都不睡觉的。”

温誓问她：“那你难过吗？”

“不难过，他俩压根就没有在我的记忆里存在过。”顿了顿，她又轻描淡写地说，“也不是完全没感觉，以前肯定疑惑过，怎么人家都有爸妈我没有，但还好，没拥有过嘛，失去也没什么。”

“哎，你呢？”她枕在温誓怀里，“有一天突然知道自己爸爸是富豪，什么感觉啊？”

“我说是生气，你信吗？”

“觉得他薄情寡义？”

“也不是，就是烦他前十几年查无此人，然后突然出现，还要来插手我的人生。”

卧室里只开了床头的一盏小夜灯，两个人挨在一块儿，安安静静地聊会儿天。

“那你之前一面都没有见过他吗？”方溦问。

温誓摇头：“没有。我外公很讨厌他，也不会在我面前提他。”

“那你妈妈呢？”

“偶尔会回来看我，一开始也没告诉我她是谁，我外公那会儿生他俩的气，都不想让我见她。”

温誓轻声笑了笑：“我以前很讨厌和别人说这些东西，就怕他们因为这个觉得我可怜。”

方溦说：“我懂，没什么好可怜的。”

“是啊。”温誓叹了声气。

“哎。”方溦侧过身子，抬起头看向他问，“那你想生孩子吗？”

温誓有些没反应过来：“嗯？”

方溦重新躺回去：“我不想，我也不会生，正好提前和你说一下。”

温誓问她：“这又是到哪个境界了？”

“什么哪个境界？”

“不能交换银行卡密码，但可以聊孩子？”

“这不正好说到了，我就提一下。”方溦严肃语气说，“我不觉得我能当个好妈妈，这事责任太重了，我就想过好我自己的生活。”

“嗯，赞同。”

“反正我不生，至少现在不想，早点和你说清，你也可以好好考虑，省得将来麻烦。”

温誓突然掀开被子要下床。

方溦一吓：“干吗呀？”

“你把话说到这份上，我不求个婚都不好意思了。”他说得一本正经。

方溦拿枕头砸他，笑着骂：“滚蛋。”

温誓也就是想逗逗她，他伸手搂紧方溦，说：“我没认真想过这事，生育对于男人来说没有那么多需要顾虑的，所以我没你想得那么久远。”

“嗯。”方溦圈住他，把腿挂到他身上。

“反正我都听你的。”温誓说，“你做主。”

方溦亲了亲他的嘴角：“谢谢温老师。”

“什么话，本来的事。”

渐渐有了困意，温誓闭上眼睛：“睡吧。”

方溦打了个哈欠，最后问一句：“明天早饭吃什么？”

“煎饺吧。”

“好。”

方潋没有去找鉴定机构验那只花瓶，她怕真知道价格后她会忍不住诱惑转手卖掉。

虽然老头什么都没说，但她直觉这件东西是有来头的，她想留着。

田柠闲来无事的时候会拍些店里的照片和视频发到社交平台上，有一条方潋做木雕的视频播放量还挺高，网友们评论说看她这么切木块很解压。

所以在田柠的撺掇下，方潋开通了自己的个人账号，专门记录她的木雕日常，账号名字也取得特别拽，叫“欠削吧你”，有粉丝叫她“削削姐”或者“削师傅”。

平时方潋工作的时候田柠就帮她把手机架到旁边，视频也是她剪，用不着方潋操心。

粉丝虽然不多，但每次他们的弹幕留言都很有意思，方潋高兴起来就上传一条，视频里她不露脸不说话，就安静地雕木头。

八月三十一号，温老师正式上岗。

上班第一天，方潋可比温晢本人兴奋多了，一大清早就买好早饭去他家找他。

才七点出头，温晢还在床上，被方潋掀开被子叫醒。

“上班啦，温老师。”

温晢闲了两年，突然要早起上班还真不习惯，他痛苦地哀号一声，不想起床。

方潋趴在床边，捏捏他的脸：“还睡啊？”

温晢闭着眼睛，嘴里含糊道：“五分钟。”

方潋定了个闹钟，把手机放到他耳边，去客厅找腓腓了。

五分钟后卧室里传来一声惨叫，没一会儿温晢就睡眼惺忪地出来了。

方潋："醒了？"

"醒不醒不知道，但肯定是聋了。"他揉揉右耳。

方潋一只手抱着猫，推他去卫生间："多大人了还赖床？"

方潋："今天早上有课吗？"

"没，但要开个会。"

温晢洗漱完拿毛巾擦脸，方潋让他弯下腰，替他抓了抓头发："好好表现啊。"

说完她自己先笑了，问："我像不像送儿子上学的？"

"去你的。"温晢翘起嘴角。

这个姿势两个人能平视，等他擦好脸，方潋凑上去胡乱亲了好几下。

"这下醒了吧？"

"醒了。"温晢直起身子，满足地伸了个懒腰。

这才是叫醒服务的正确打开方式。

相比一中，二中没有那么大的教学压力，搁一中，开学第一天基本就是用来给学生摸底考试的。

温晢这个学期先带高一，明天才正式上课。

早上九点，全体学生和老师汇聚在大礼堂，等着开学典礼开始。

校长正在读的演讲稿是他前两天写的，对温晢来说更没什么好听的，他和其他副科老师坐在第三排，悄悄拿出手机"摸鱼"。

"最后我还要特别鸣谢蔚澜集团的温澜生先生……"

听到熟悉的名字，温晢猛地抬起头。

"从今年开始，每个学期结束后我们将会为十名品学兼优的同学颁布'春阳'奖学金……"

底下响起热烈掌声，温晢跟着拍了拍手。

开学典礼结束后，他被校长单独喊到办公室。

“小温啊，替我谢谢你父亲的这幅字。”校长拍拍他肩。

温皙看着摊开在办公桌上的卷轴，书法笔力遒劲潇洒，写的是句诗——“誓期春之阳，一振摩霄翰”。

他头次知道温澜生还有这本事。

校长说：“我得把它挂到荣誉墙那儿，让学生们都看到。”

温皙扯开嘴角笑了笑。

从校长办公室出来差不多就是午饭时间，他在教工食堂吃了饭，回到办公室。

其他老师还没回来，温皙犹豫很久，还是拿起手机给温澜生拨了个电话。

“喂。”

温皙清清嗓子，说：“校长让我谢谢你的字。”

“嗯。”温澜生顿了顿，开口说，“我是为了学生，为了教育，不是为了你啊，别多想。”

“哦。”温皙突然有些想笑。

父子俩还是没有那么多话可聊，别别扭扭地挂了电话，温澜生最后一句总是“有空回家吃饭”。

温皙应了“好”。

放下手机，他看见方潋发来了消息。

已读不回：温老师温老师温老师。

地球公民：在呢在呢在呢。

已读不回：吃饭了没？

地球公民：刚吃完。

已读不回：好吃吗？

地球公民：高中食堂，就那样。

已读不回：那正好。

地球公民：[？？？ .jpg]

已读不回：出来。

已读不回：我在学校门口。

温誓捏着手机，一路脚步匆匆地下楼梯，在拐角处差点撞上两个打闹的男生。

温誓：“小心点。”

学生们点头，喊：“老师好。”

“好。”温誓脚步没停，继续下楼。

方潋拎着打包盒站在校门口，温誓一眼看见她，抬起胳膊挥了挥手。

夏末的午后晴空灿烂，方潋微微笑着朝他走过来。

“上班第一天感觉怎么样？”

“本来是不怎么样的。”温誓牵起方潋的手，路过门口保安时说了声，“家属。”

保安大爷挥挥手，为他俩放行。

“这是什么？”温誓接过她手里的纸袋。

方潋回答说：“柿饼，我从吴松月那里拿的，你等会儿带去办公室和同事们分一分。”

温誓看了方潋一眼，想说的话太多太多了。

他们这么走在学校里，不少来来往往的学生投来好奇的目光，方潋被围观得有些不自在，挣开温誓的手，和他拉开了些距离。

温誓：“怎么了？”

方潋压低声音：“都在看呢。”

温誓并不在意：“我和你又不是早恋的，怕什么？”

方潋推他一把，嗔他：“能不能注意一点形象？人民教师。”

办公室里坐了位女老师，温誓和她打了声招呼。

“这么幸福，还有老婆来送饭啊？”女老师看向方潋，说，“你好。”

毕业多少年了，方潋看到老师还是紧张，点头微笑回了句：“你好。”

温皙笑笑，没有否认女老师的用词。

“那你们吃吧，我去班里了。”女老师拿着保温杯站起身，她是班主任，中午要看学生自习。

“好。”

每个老师的办公桌旁边都放了张书桌和板凳，方潋坐上去，对温皙说：“这张位置我熟啊。”

温皙合上桌上的书，打开保温盒，饭菜香味随之而来。

“板栗鸡啊，你做的？”温皙问。

“怎么可能是我。婶婶做了送来的，下面还有馄饨。”方潋好奇地翻了翻桌上的试卷，“这是什么？刚开学就要考试啊？”

“明天的作业。”温皙拿起筷子，问她，“你吃了吗？”

“吃了。”

还有五分钟自习才开始，走廊里充斥着学生们的说话声。

方潋撑着下巴，突然叹了声气：“真羡慕他们。”

温皙夹了颗金黄软糯的板栗喂到她嘴边：“你也年轻过。”

方潋翘了翘嘴角，说：“那可不一样，我上学的时候没有这么帅的老师。”

温皙被她说得都要不好意思了：“谢谢你啊。”

“要不明天我也给你送饭来吧？”

温皙摇头：“不用，太麻烦了。”

“不麻烦。”

方潋想到什么，问他说：“你以前三天两头送东西来店里觉得麻烦吗？”

“那当然不了。”

“那不就好了。”

温皙低了低头，板栗是甜的，心里也是甜的。他说：“你怎么这么好呢‘方潋潋’？”

方溆把胳膊搭在试卷堆上，歪着脑袋看他："因为你很好啊，所以你值得我对你好。"

"哎哟我的天啊。"温誓捂住脸，"别说了，要哭了。"

方溆扬起笑脸："少来了你。"

她今天穿了件白色T恤和牛仔裙，戴着黑框眼镜，黑发扎成丸子头。

教导主任路过办公室往里瞥了眼，乍一看还以为是学生，吓得停下脚步愣在门口。

温誓抬头看见，喊："主任。"

方溆偏过头，和门口的中年男人对视上。

"小温，这是谁啊？"主任问。

温誓说："女朋友，来给我送饭的。"

"哦哦。"主任笑了笑，"嗐，我刚以为是哪个学生。"

方溆心里乐坏了，咬着下唇憋笑。

等主任一离开，她嘚瑟地仰头放声大笑："有人老牛吃嫩草啊。"

温誓"哈哈"笑了声，学她说话："有人老黄瓜刷绿漆啊。"

方溆握拳瞪他。

今年的教师节和中秋节撞到了一起，周六晚上温誓带方溆回了温家吃饭。

温词一家三口也在，家里难得这么热闹，秦昭欣慰又高兴，从早上开始就叮嘱温澜生好几遍，今天不许说难听的话。

夏天快结束了，天色暗得一天比一天早，气温也日渐凉爽。

坐在餐厅里，方溆看着落地窗外的院子，想起自己第一次来听河路的场景，有些恍惚。

她回过头，问身边的人："所以那个时候你到底跟扬扬说了什么？他怎么就乖乖把东西给我了？"

温誓只是笑："你猜啊。"

方滶吸气做惊恐状：“你不会那个时候就和他说你在追我了吧？”

“那他也得能听懂啊。”温晢说，“我就是和他说，这个阿姨会魔法，你今天给她一个，明天她会给你变很多个还给你。”

温昱扬坐在儿童椅上，手里握着的是方滶今天刚送给他的小木雕，一只抱着月亮的兔子。

方滶笑起来：“那你还真没说错。”

温晢朝她摊开手掌：“所以我的礼物呢？今天还是教师节哎。”

“啊……”方滶眨眨眼睛，把自己的手搭上去，挤出一个笑，“回去再给你。”

今天的主菜是阳澄湖大闸蟹，温晢平时不爱吃这东西，嫌剥起来麻烦，能吃到的肉也少。

但看见简骏宁默不作声地给温词剥了满满一碗的蟹肉，引得秦昭一顿猛夸，他清清嗓子，解开衬衫袖口的扣子往上堆，这胜负欲说来就来。

“嘶——”温晢举着手，拇指侧边被划出一道红痕。

方滶听到声音偏头看向他，叹了声气，把他手里的蟹壳拿走：“大少爷，我来吧。”

坐在餐桌主位上的温澜生看了眼儿子，嫌弃得直摇头。

吃过饭，屋外夜色深沉，秦昭让他们去院子里看看月亮。

温词抱着儿子给他讲嫦娥奔月的故事，简骏宁拿了单反想拍照。

院子里草木丛生，方滶站了没一会儿就感觉腿边有蚊子在飞，她跺跺脚，跳到温晢背上。

“被咬了？”温晢摸摸她的小腿。

“还没，但也快了。”

“我们进去吧。”

“没事，再看会儿月亮。”

方滶抱着温晢的脖子，在他耳边说：“中秋快乐，教师节快乐。”

“你也快乐。”

“哎，笑一个。”不远处，简骏宁举着相机对准他俩。

方潋搂紧温暂，对着镜头绽开笑容。

从今年开始，她不再讨厌过节日了。

晚上回到家，大门还没关上呢，温暂就朝方潋伸手要礼物。

方潋把卫衣的帽绳打成蝴蝶结，挺胸凑到他面前：“拆吧。”

一看她就是什么都没准备，温暂无奈又好笑：“你倒是很聪明。”

“谢谢老师。”方潋毫不客气，“那我昨天说给你买康乃馨是你自己不要的。”

她给腓腓换了猫铃铛，给温昱扬雕了小兔子，给温词和秦昭送了松月茶室的糕点，唯独把温暂忘记了。

温暂：“不要那就没礼物啦？”

“那你想要什么？我补给你一个。”

温暂像是一早就想好了：“国庆陪我回越南蝉州吧，我想带你去看看我外公。”

方潋愣了愣，点头应“好”。

“那这也不算是礼物啊。”方潋说。

温暂晚饭陪着温澜生喝了酒，他靠在沙发背上，闭眼懒懒地打了个哈欠。

“这个夏天就是你送我的礼物。”他顿了顿，又说，“我很喜欢。”

方潋坐到他身上抱住他：“你这样我多不好意思。”

温暂低声笑了笑：“那友情提醒你一下，下个礼拜就是一百天纪念日了。”

“什么东西？”方潋直起背，一脸疑惑。

温暂重复道：“一百天纪念日，没听说过吗？”

也不是没听说过，她不是那种有仪式感的人，会专门去记这些日子，关键是以前也等不到过什么“一百天纪念日”。

“天啊，都三个月了。”她惊讶道，这个百年难遇的炎热夏季都要结束了。

“嗯，三个月了。”

方潋问温晢：“那要怎么过？”

“你想怎么过？”

“听我的？”

“听你的。”

“好。”方潋勾了勾嘴角，似乎是已经有了想法。

木樨州落了场雨，秋天就正式到了。

关于一百天纪念日的安排方潋只字不提，只让他那天去她家。

在一起那么久，这还是温晢第一次去方潋那小窝。

他捧着鲜花、提着蛋糕，怀里还有一只毛绒玩具熊。

“叮咚”一声，很快门就被从里面打开。

两个人看见彼此，表情却都僵住了。

一个衬衫西裤，头发还用发胶抓过，一个穿着围裙，手里拎着锅铲，头发用鲨鱼夹随意盘在脑后。

“呃……”方潋挠挠脸，侧过身子，“进来吧。”

温晢踏进屋里，皱起鼻子，闻到一阵鲜香味：“你在烧什么？”

“小龙虾啊。要过季了，我好不容易去菜市场买到了两斤。”方潋边说边回厨房。

温晢环顾一圈，放下蛋糕和玫瑰花，没忍住笑了声，清清嗓子说：“你家这是‘叙利亚风格’啊？”

虽然同样以黑白灰为主色调，却不是冰冷的北欧极简风，电视墙故意做旧，露出堆砌的灰红砖块，墙上还安了颗羚羊骷髅头。

方潋还说他家像博物馆，她自己也没好到哪里去，也不像家，像那种艺术家的工作室。

方潋端着小龙虾出来，嘴里喊着："烫烫烫。"

温誓伸手接过餐盘，没找到餐桌，问她："放哪儿？"

"茶几上。"方潋摘下围裙，走到冰箱前拿啤酒。

她家是开放式格局，没有餐厅，挨着床的是她平时用来木雕的一张办公桌。

方潋拿了两个靠枕垫着，两个人盘腿坐到地毯上。

方潋："还买蛋糕啦？"

温誓"嗯"了一声。

方潋突然凑近他，像小狗似的皱起鼻子嗅了嗅："还喷香水啦？"

温誓说："我姐送的。好闻吗？"

方潋抿唇笑了笑，现在空气里只有小龙虾的十三香味道，不凑很近压根闻不出来。

"你以为我要带你去哪儿？"

"不知道。"温誓拿起一罐冰啤酒，拉开拉环。

"失望了？"

"没有。"

"我是想和你再过一次夏天。"方潋说。

温誓举着易拉罐，缓缓抬眸。

窗外现在是二十摄氏度的阴天，风一吹，树上的落叶簌簌抖落。

"你不是说喜欢夏天吗？我再送你一个。"

温誓放下睫毛，嘴角向上翘。

他家方潋才不是不懂浪漫，她可太浪漫了。

温誓把啤酒放回茶几上，手撑着地，弯腰凑到她面前。

这个吻带着麦芽香，发生在秋初。

世界在转凉，他们在升温，这也是"温誓效应"的释义。

"我很喜欢，谢谢。"

“吃吧。”方湫拿起一只小龙虾，掰开虾头。

温誓很明显在空中看到了一道抛物线，他低下头，看了看胸前衬衫上被溅到的汤汁。

方湫朝他笑了笑，利落地起身说：“我去给你拿件T恤。”

这一幕似曾相识，温誓蓦地笑了，边解开衬衫扣子边说：“好像就是这件衣服，上次也是你。”

想到什么，方湫翘起嘴角：“那我告诉你个秘密呗。”

“什么？”

“你追人的招数真的很烂，温老师。”方湫把剥好的虾肉喂到他嘴边。

温誓挑眉：“是吗？那某人还被我追到了？”

方湫摇摇头，告诉他：“因为从一开始，就是我先注意到你的。”

温誓蒙了：“什么意思？”

方湫继续低头剥龙虾，说：“那天你一进门我就看见你了。”

“所以你是故意弄脏我的衣服？”

“怎么可能？”方湫提高声音，“那我也没办法计算它溅出去的角度啊，真不是故意的。”

温誓点了点头，想想也是。

“那你什么意思？”

方湫说：“你坐到我对面的时候，其实我在心里偷笑了下。”

温誓的脑子有些转不过来，疑惑道：“那你一开始为什么三番五次拒绝我？”

方湫停下手中的动作，认真思考后回答他：“我以前谈恋爱吧，都是上头快下头也快，总是谈不出什么好结果，过了就过了，这两年越来越觉得这样没劲，也不是所有看着喜欢的东西都要拥有，就像超市里那么多好东西，大家只会拿最需要的和买得起的。当时的你看起来，不是我能‘买得起’的。”

温誓说不出该高兴还是难过。

“还好……”他话还没说完就被方潋塞了口虾肉。

她对他说：“所以啊，要搁我以前，不用等到你来追，说不定你就已经是我的了。”

温晢笑了声，怎么被她说得还有点期待呢。

他喝了口啤酒，问：“后来又怎么觉得‘买得起’我了？”

方潋丢给他一个“你说呢？”的眼神。

他在她面前展现出的不值钱的样子难道还少吗？

“你是第一个那样对我的。”

——记得她的喜好，记得她随口说的每一句话，给她带吃的，送各种各样的小礼物。

比起爱意，方潋首先在他那儿感受到的是被在乎。

所以温晢追人的方法很笨，却对她来说最管用。

“我承受不住，你这种一上来就捧着真心的，谁能接得住？”方潋说。

温晢耸了耸肩：“也没怎么追过别人，不知道。”

“还给你骄傲上啦？”方潋“呵”了声，“果然男人不经夸。”

温晢立刻收敛表情：“不骄傲不骄傲。”

方潋又把虾肉递过来，温晢抓住她的手臂推回去：“你自己吃，别光喂给我。”

“本来就是买给你吃的，张嘴。”

今天的温晢可太幸福了，虽然只喝了啤酒，但也够他醺醺然了。

他一回头看见方潋床上有只毛绒玩具熊，乍一看这么柔软可爱的东西好像和整个家的风格格格不入，但仔细看看，他发现那只玩具熊的一只眼睛是用纽扣做的，还挺艺术挺酷。

“这就是你天天抱着睡觉的？”温晢看着那只玩具熊问方潋。

“嗯，跟我好多年了，老头拿回家的，也不知道他从哪里弄来的。”

“它的眼睛怎么了？”

方溆起身去把蛋糕拿过来，回答他说：“掉了，老头就拿了颗扣子给我缝上去了。”

“我也给你买了个熊。”

方溆进门的时候就看见了，还想问他呢——

“没事给我买只玩具熊干什么？”

温晢说：“其实我买了很久了，之前不敢拿给你。”

“很久是多久？”

温晢浅浅笑着，说话的语速慢了下来：“你还记得吗？有一次你说小时候没玩具，所以跟着你爷爷学木雕。”

方溆回忆了一下，那真的是很久以前了。

“我那天回去的路上看见它就买了。”

“为什么？”

温晢摇摇头：“我也不知道，就是想给你买。”

方溆用叉子挖了一勺蛋糕，巧克力的，刚吃进嘴里有点苦。

“谢谢温老师。”甜蜜的奶油在舌尖化开，她把新的小熊也放在床头。

“不客气。”

温晢伸手把方溆揽进怀里，下巴蹭了蹭她的头发。

“你也是我的小熊。”他玩笑说，“这两天你不在我都没睡好。”

这一周温晢轮到值班，要看学生们晚自习，晚上九点多才到家，两个人有几天没睡一起了。

以前从不觉得双人床一个人睡有多空，现在只要怀里缺个人，他怎么翻身都不习惯。

“那怎么办？”方溆问。

温晢突然严肃起口吻：“本人目前工作稳定、家庭和谐、没有债务、身体健康，所以亲爱的方溆同学……”

方溆屏着呼吸，眼睛一眨不眨地看着他。

——“要不要搬来和我一起住？随便你把房子搞成‘叙利亚风’还是什么风。”

方潋长舒一口气，嘟囔说：“吓死我了。”

“什么吓死你了？”问完温晳心里就有答案了，“以为我要求婚啊？”

“才没有！”方潋大声否认。

“那重新来。”他说着就要伸手从口袋里摸东西。

方潋心脏都要停止跳动了，惊慌道：“你来真的啊？”

温晳当然是吓她的，兜里哪有什么东西。

方潋气急败坏地捶他。

温晳笑着把人抱紧。

“要不两百天纪念日向你求吧？”

方潋更生气了：“这种事怎么还带预告的啊啊啊啊啊！”

“不着急。”温晳手按着她的后脑勺，顺了顺她的头发。

怀里的人趴在他肩上，没声音了。

“咱们先好好谈恋爱。”

方潋很轻地“嗯”了声。

“反正在我心里你早就是老婆了。”温晳笑着说。

“啊啊啊啊啊啊啊啊！”听到那两个字方潋又奓毛了。

“不许这么叫。”她凶巴巴地警告温晳。

“为什么？”

“反正不许。”她的脸涨得通红。

温晳“噗”一声乐了，说：“你害羞的样子好可爱哦。”

方潋捏紧拳头作势要揍人，自以为威慑力十足，殊不知在温晳看来和伸出爪子的猫没有区别。

他先后养过两只叫“腓腓”的猫，一黑一白，一只凶一只黏人，是否有排忧解难的功能都还有待商榷。

但眼前这只肯定是了，要不然和她在一起他怎么就只想笑呢。

他们第一次见面是在四月里的某个雨天，早餐铺嘈杂拥挤。

温誓出现在门口时，方潋就看到了他。

不是因为他长得有多么好看、气质有多么遗世独立，纯粹是因为那天他脸上的笑太惹眼了。

一大清早，又是个出行不便的阴雨天，周围都是赶着去上学上班的，个个打着哈欠苦大仇深。

只有他，精神抖擞，笑得好像是刚刚在路上捡到了钱。

从他进门和杨阿姨点单，到坐在她的对面，方潋都在用余光偷瞄这个男人。

所以她一不留神，把生煎包的汤汁溅到了人家身上。

道歉的时候方潋犹豫过，要不要留一个对方的联系方式，想想又算了。

还好他没因为她毁了好心情，仍旧笑吟吟的。

她在心里祝福他好人一生平安。

那时她不知道即将来临的夏天会异常炎热。

不知道几分钟后会有人路过益木坊，悄悄驻足看了她好久。

不知道那个笑起来很好看的男人会在后来代替她必须抱着才能睡着的毛绒熊，不仅陪她过年、过中秋，过一切值得纪念的日子，还给她每一个安稳的夜和清亮的晨。

所以怕什么呢？

未来总有好事发生，那个人总会出现的。

番外一

他的日记

国庆第四天，木樨州出现断崖式降温。昨天还穿着短袖开着空调过着最后的夏天，今天就得披上厚外套才能抵御室外的寒风。

方潋兜着卫衣帽子，一路小跑到车边，拉开车门坐进去。

还好昨天晚上睡前温誓特意叮嘱过她“明天要降温，记得多穿点”。

“好冷好冷。”方潋把冰凉的手伸过去，温誓牵住她的手将它包裹在自己掌心。

听到车后座的猫叫声，方潋侧过身子回头，腓腓窝在猫包里，温誓给它开了个小口，它正探头探脑地张望。

“你把它也带上了？”

“嗯。”手差不多焐暖了，温誓把早餐递给方潋，转动车钥匙准备上路，“我姐还想让咱俩把温昱扬带上，说这小子也没去过南蝉州。”

方潋咬了口烧卖，咧开嘴角笑起来：“那就带着呗。”

“我才不。”温誓手搭着方向盘，目视前方说，“什么时候亲子游变成舅舅舅妈带外甥了？”

最近方潋一个同学结婚，她和吴松月都被喊过去当伴娘，前前后后忙活了好几天。她喝了口豆浆，和温誓分享说：“所以别结婚别生小孩，谈恋爱多开心啊，累自己的也开心自己的。”

没听到温誓说话，方潋转头看了他一眼。

“不开心了？”方潋问。

“没有啊。”

“那怎么没声音了？”

温誓开着车，眼睛离不开前面的路，他停顿几秒，开口道：“就是突然不知道怎么说。”

一方面他完全理解并赞同方潋的观点，婚姻会带来更多的牵扯，负面一点地说就是麻烦。

但从辩证的角度看，事物总有两面性。

“你有没有想过，假如今天我出了事，在医院要急救，如果你不是我合法的伴侣，你连字都签不了。”

方溦一下子被问住。

温晢继续说：“还有如果我意外死亡，你都当不了第一……”

“呸呸呸。”方溦提高声音打断他，“能不能想点好的啊大哥？”

温晢说：“我就是假设。”

方溦咬着下唇，手里的塑料杯被捏瘪，发出一声轻响。

“那难道谁和你结婚就是为了图能给你签病危通知书和当你的保险受益人吗？”她语速飞快地问。

这次换温晢无言以对了。

“说实话，在这段关系里，比起你，我更担心我自己有一天会搞砸。”方溦说。

她被很多人这么指责过，喜欢一个人的时候会把所有的热情都拿出来，但分手的时候又太冷漠了，没有一点留恋，近乎绝情。

张潮说她是太自我了，一切处事方式都根据自己的心情来，不知道顾及别人的感受。

在如何建立和维系一段亲密关系上，方溦是毫无疑问的差等生。

温晢却只是笑笑，反问她：“我都不担心有一天你不爱我了怎么办，你担心什么？”

方溦没吱声。

也是，她不会的，这不是有温老师教嘛。

木樨州到南蝉州开车要两个小时，一路跨区前行，天气也发生转变。

来时是多云的阴天，进南蝉州之后天空阴云密布下起了小雨。

方溦感到胸口发闷，从包里摸出耳机，对温晢说：“我困了，睡一会儿啊。”

她双臂抱在胸前，靠在椅背上，双眼紧闭。

温晢察觉到方溦语气里的异常，抽空侧头看了她一眼，发现她表情看上去也不太舒服。

“怎么了？”

方潋闭着眼睛，开口回答他：“不喜欢下雨天坐车。”

温誓想起之前方潋提过，她下雨天开不了车。

“没事吧？”他担心道，这高速上也没办法停。

“没事。”方潋睁开眼睛，打开一点车窗，让风和新鲜空气灌进来。

“快到了。”

“嗯，没事。”

服务区刚过，温誓只能提高车速，开往目的地。

雨势渐大，雨点砸在车窗上噼里啪啦响。

腓腓也不喜欢下雨天，在猫包里缩成一团。

下高速后温誓在路边随便找了个地方停好车，拨了拨方潋额前的刘海，问：“怎么样？”

方潋摘下耳机朝他笑了笑：“没那么严重，没事。”

“怎么回事啊？”他蹙着眉，心悬在半空晃晃荡荡，就没见过她这副样子。

方潋朝他张开手，温誓把她抱进怀里，轻轻拍着她的背。

方潋：“先说好，不许笑我。”

“不笑你。”

方潋把脸颊靠在他的肩膀上，叹了声气：“就差不多三年前，当时那男朋友喜欢开快车……”

温誓没忍住，插话问：“你到底有过几个男朋友？”

方潋“啧”了声：“别打断我。”

“行，你说。”

“每次坐他车我都心里发慌，但说了他也不改。果然吧，后来真出事了，下雨天差点撞上人，方向盘一拐车撞旁边的绿化带上了。”方潋说，“不过还好，不算严重，就是撞出去那一下我眼前白了，我说那个瞬间我看到我爸妈了你信吗？”

她笑了声，自顾自地说下去：“说是他俩想我来接我来了，那几天把我吓得啊……”

温晳蹭了蹭她的头发。

“后来老头就进医院了。他平时身体也挺好的，就突然倒下了。街上仙婆婆说，肯定是上面的人挂念他了。”方潋说出来自己都觉得荒唐好笑，但这东西本身就挺玄乎的，没办法解释清楚。

温晳忽然煞有介事道：“改天我得去见见二老。”

“干吗？”

“得和他们说一声，他们女儿现在是我的，先别惦记。”

方潋笑着推他一把：“挺霸道啊小伙子。”

温晳端起架子：“还行吧。”

“别害怕。”他拍拍方潋的脑袋，“我的东西谁也拿不走。”

这么张狂放肆的语气，而方潋居然真的想相信。

在路上耽搁了些时间，到杨柳巷老房子的时候已经过中午了。

好几年没回来，这里的格局和摆设还跟以前一样。

温晳没将这里卖出去，也不出租，就这么空着，定期叫人来打扫。

方潋把腓腓放出来，坐到沙发上，拿出手机点开外卖软件，问温晳：“这里附近有什么好吃的啊？”

“我也不知道。”

“炒饭？”

温晳笑了：“南蝉州不是只有炒饭的。”

到最后方潋还是点了两份虾仁炒饭。

温晳把行李搬到二楼，方潋跟着上去，问：“你小时候就住这儿？”

“嗯。”他推开一扇房门，摸到墙壁上的开关打开顶灯，“这个是我的房间。”

方潋环顾一圈，和温家他那间卧室也没什么区别，架子上堆满了书。

她坐到书桌前，发现上面还有几个笔记本，随手拿起翻阅起来。

但刚看了个开头就被温晳从身后拿走了，说：“这个不能给你看。”

“什么东西啊？”

温晳把本子合上，凭着身高优势放到书柜最上面：“没什么。”

方潋哼哼笑了声，踮脚要去够，被温晳拦着不让。

“日记本啊？还是你写的小说？”他越这样，方潋越好奇。

“你猜。”

“给人家看看嘛。”

“不行。”

“见外了啊，小温。”

“真的不行。”温晳推着她往外走，“外卖要到了，出去吧。”

等两个人一出门，方潋弯腰挣脱开他的手，钻回房间“砰”一下关上房门上了锁。

卧室外，温晳缓了缓才反应过来，朝里喊：“你当过特工啊？”

方潋把椅子拖到书架旁边，站上去拿到那个笔记本，带着满满的好奇心翻开第一页。

接下来的一分钟，她嘴角的弧度越来越平。

温晳敲了敲门，说：“是我写的小说，别当真。”

方潋带着酸了吧唧的心情一目十行，快速浏览完了接下来的几十页。

说是日记本，其实更像手写信。

看到最后一段“夏天一过我就要去木樨州了，今天同学们送了很多礼物给我，我一下子就认出哪个是你的。你说木樨州的秋天闻起来一定是甜的，但我觉得哪怕有再多的桂花树，下一个秋天也不会是甜的。要是再快点长大就好了”，方潋竟然还有那么一丝丝想哭。

她把边缘泛黄的笔记本小心放回桌上，打开门锁。温晳抱着手臂靠在门边，脸上似笑非笑地看着她。

温暂："看完了？"

"嗯。"方潋挠挠脖子，憋了半天憋出一句，"看不出来你还挺纯情的。"

温暂说："都多少年前的东西了，我自己都不忍直视。"

方潋撇撇嘴，看上去不太高兴。

"怎么了？"温暂弯腰捏了捏她的脸颊。

方潋拍开他的手："没事。"

温暂十六岁的暗恋日记在她读来就是一杯加了冰糖的柠檬茶，比起酸更多的还是清清凉凉的甜，她是站在旁观者的角度看的，那些青涩的文字现在读来也许矫情，但也是最真诚最纯粹的，很触动人。

但看完后回到现实，又不得不承认她还是羡慕的，羡慕那个女孩，羡慕对方的年轻明朗，羡慕对方那时拥有一个少年全部的真心。

楼下响起门铃声，外卖员到了。

方潋往楼梯口走，说："饿死了，吃饭吧。"

他们在南蝉州待了两天，温暂带她去山上看他的外公外婆，带她逛古运河，吃五丁包、腰片汤和蟹粉狮子头。

最后一个晚上，温暂沿着从前的生活轨迹带她去了他以前的学校。

晚饭时方潋喝了点酒，她降下车窗吹夜风，路过中学门口时她把手放到嘴边，突然扬声大喊："你好啊十六岁的温暂！"

温暂开着车，没法拦着她发酒疯，也想听听她要说什么。

"失恋了也不要难过哦！木樨州也很好的！十几年后你会在那边遇到一个叫方潋的人！她会让你幸福的！"

华灯初上，夜晚的南蝉州静谧安宁，方潋的声音被吹散在秋风里。

十六岁的温暂也许听不到，但二十九岁的温暂听得清清楚楚。

窗外的街道熟悉又陌生，曾经他一度陷入恍惚，到底哪里对他来说才是"家"。

现在看着身边的人，他又觉得答案其实很简单，吾心安处即是吾乡。

这个秋天，方溦慢慢把东西搬到了温晢那儿，原本的小公寓被她用来当副业工作室。

最近她拍了几个木雕的教程视频上传到网站上，又涨粉不少，还有品牌找她推广合作，这小副业可谓是蒸蒸日上。

某天晚上方溦在书房里收拾架子，想腾出一部分空间放她的东西。

温晢的书放得杂，教科书和工作笔记都混在一起，方溦帮他分门别类地整理好。

有一个牛皮封面的笔记本上什么都没写，她拍照发给温晢，问：这是什么？给你放哪层？

地球公民：别打开看。

很快这条消息又被撤回了。

温晢改而说：是读书笔记，你放下面那层就行。

方溦是什么人，她放下手机看着手里的笔记本，犹豫一秒后果断地翻开。

看之前她猜到是温晢的日记本，他说因为人的记忆很有限，再珍贵的记忆都可能随着时间被模糊，所以他从很久以前开始就有随手记录生活的习惯，而打字容易删改修饰，用笔写出来的话会更诚实一些。

但她没想到那里头写的都是她。

2022 年 4 月 21 日 周四 小雨

久违地有了写日记的想法，翻开本子发现上一篇居然停留在 2020 年，干脆重新拿了本新的。

这两年的生活太一成不变了，轻松，但是无趣，所以也没什么值得记录的。

讨厌下雨天出门，但是任瑜信誓旦旦保证说是好货，姑且相信他。

今天还遇到了一个很有意思的人。

也是头次发现原来看人家削木头也可以用“赏心悦目”来形容。

幸好今天出了门。

…………

2022 年 5 月 7 日 周六 多云

今天和她意外相遇在木樨路，她手里拿着相机，第一眼我以为是哪个摄影师。

她好像一直给我这样的感觉，安静又自由，说不出来，认识她的人就会懂。

她请我喝了一杯饮料，我陪她沿着河岸走走。

今天她对我说了一句话，“我不从别人嘴里认识一个人”。

哇，怎么没有早点遇到她。

想起刚来这儿的时候，明明没有一个人认识我，但谁又都可以谈论我。

可能就是那一刻，我很确定，我一定会爱上这个人。

手机铃声响起的时候，方潋刚津津有味地看完 5 月 7 日这一篇。

电话里的人问她：“你是不是在看呢？”

方潋装傻：“看什么？”

温晢叹了声气，无奈地妥协：“行吧，看就看了。”

他说：“就是怪不好意思的。”

方潋都能想象到他现在的表情，嘴角一个劲地向上扬，说：“我这种人怎么可能忍得住不看嘛。”

有学生来问问题，温晢说：“我挂了啊。”

“嗯，早点回来。”

本子里的最后一篇日记是他们从南蝉州回来的那一天。

2022 年 10 月 7 日 周五 晴

我不太敢告诉她，其实从很早以前开始我比任何人都更向往婚姻或者是组建家庭这件事。

从南蝉州到木樨州，从杨柳巷到听河路，我总是被迫放到哪儿待在哪儿，好像从未真正拥有过一个家。

这次回南蝉州前，我自认从来不把木樨州视作家乡，可走在路上扑面而来的陌生感又让我害怕。

我到底属于哪里呢?

昨天晚上看着喝醉酒的她，我想那就把这个地方先定义为“她的身边”吧。

虽然她提起那些事的时候总是很平静，但我知道父母的缺失还是给她留下了很大的创伤。

在结婚这件事上她比我慎重，也比我害怕。

我是幸运的，我有失而复得的父母，也许正是因为这样让我更想补全她所缺失的那部分爱。

我知道，有时我心疼她也是在心疼过去的自己，我想治愈她也是想治愈我自己，在这点上面我存有私心。

而我自认为要给她的安全感，其实是在向她讨要。

事实上，她比我勇敢也比我强大。

一个礼拜后，温誓收到了一对檀木戒指和一个户口本。

还有方溦的一句话：我家户口本上就我一个人，加你不嫌多，来不来啊温老师?

他怎么可能拒绝。

番外二

新年快乐

隆冬天寒，温晢从学校出来时夜色已浓。

学生们吃完晚饭准备回教室上晚自习，路上有个男生认出他，招手问：“温老师，你要走啦？我还有题目要问你。”

温晢脚步没停，回头摆摆手说：“明天再说吧，我老婆催我了。”

路过街头的咖啡馆，店员踩着椅子上，用写着“2023”的彩色贴画装饰玻璃窗。

又到年末了，益木坊近来生意火红，温晢进店里的时候，李肃元和陈彻正在组装一套新做好的衣柜。

陈彻：“姐夫。”

“哎。”温晢应了一声，问陈彻，“你姐呢？”

“刚出去了。”

陈彻话音刚落，门上的铃铛响了两声，方潋推门进来，喘着气说：“来啦？”

温晢看她鼻头都冻红了，走过去摸摸她的脸：“去哪儿了？”

方潋神神秘秘地从外套口袋里揪出一包东西，白色塑料袋里头包着烤红薯，温暖的香味瞬间弥漫开来。她得意地向温晢炫耀：“最后一个了，吴阿公特地留给我的，一小孩想买都没买到。”

温晢弯着嘴角，问她：“这会儿吃了，晚饭还吃得下吗？”

“吃得下。”方潋用餐巾纸包着两头，把红薯掰成两半，右手的留给自己，左手的递给温晢。

方潋：“叔，我们走啦。”

“嗯。”李肃元不忘叮嘱他俩，“周末记得去我们家吃饭啊。”

“你让婶婶少买两个菜，跟平常一样就行。”方潋拿起沙发上的围巾，胡乱给自己绕了两圈。

温晢替她理好围巾，伸出手说：“走吧。”

方潋牵住他，低头咬了口手里的烤红薯。

路灯的白光映亮脚下的路，城市亮起万家灯火，木樨州没有夜生活，街道上行人寥寥。

方潋边吃着红薯，边絮絮叨叨地说："现在的都是蜜薯，软塌塌的不好吃，小时候方学益给我用灶头的火烘出来的才香，就那种干巴巴的、噎人的。"

"我知道，喂猪吃的那种。"温誓接过她的话。

"对……"下意识回答完方潋才反应过来，她抬腿去踢旁边的人，"你说谁呢？"

温誓往前躲，咧着嘴直笑，说："我明天去菜市场看看有没有的卖。"

方潋重新挽住他的胳膊，嘟囔道："讨厌你们这些脑子转得快的。"

地上的影子亲密地依偎在一起，温誓说："你也不慢啊，这次不就反应过来了？"

"什么意思？"方潋瞪大眼睛质问他，"我哪次没反应过来？你是不是没少偷偷骂我？"

"我干吗偷偷骂你？"温誓揽住方潋的脖子，用脸颊蹭她的脑袋，"喜欢你还来不及呢。"

"哼。"方潋噘高嘴，用胳膊肘捣他。

温誓有时候觉得自己可能真有点毛病，他就喜欢方潋冷着脸的样子，她越气鼓鼓他越觉得可爱，亲亲抱抱都不能过瘾，他就想上手揉，想咬她一口。

家门口堆着两个快递箱，一箱是方潋买的车厘子，还有一箱应该是温誓的。

"你买了什么啊？"方潋把两个快递都搬进家里，另一箱东西虽然体积大，拿在手里却不重。

温誓摘下挂在墙壁上的围裙，打开厨房的灯，说："你拆开看看。"

打开纸箱的一瞬间，方潋睁大了双眼："你买这么多玩具干什么？"

箱子里放着七八个不同样子的毛绒玩具，穿着红色格纹衣服的棕熊、戴着圣诞帽的腊肠犬，还有麋鹿、雪人、系着红蝴蝶结的花环……

“送扬扬的啊？”方潋拿出一只白色小狗玩具，它脑袋上戴着红格纹贝雷帽，脖子上还系着同色围巾，毛茸茸的，可爱极了。

“他哪里喜欢这个啊，他现在喜欢‘挖掘机’和‘叉车’。”温晢从冰箱里拿出两颗鸡蛋，说，“我给你买的，圣诞礼物。”

自从方潋有一次和他说自己小时候没什么玩具，温晢就好像着了魔一样地爱给她买这些小玩意儿，卧室的飘窗都快堆满了，全是各种各样的毛绒狗、毛绒熊、毛绒兔子。

“又给我买啊？”方潋嘴上嫌弃，其实开心得很。

“可爱不？限定款，很难抢的。”

“可爱。”

“可爱就来亲我一口。”

方潋不搭理他：“好好做你的饭去。”

温晢笑了笑，早就习惯了她的“浪漫过敏症”。

路上一人吃了半个红薯，晚餐温晢就简单下了两碗面。

腓腓趴在他们脚边，方潋咬了口煎蛋，问温晢：“过年你要回南蝉州扫墓吗？”

温晢摇头：“我和我妈一般都是清明回去一趟。”

方潋又问：“那年夜饭是不是要在家里吃啊？”

温晢听出来了，装作不经意地提议道：“要不我们春节找个地方去旅游吧？”

方潋一个宅女，最烦收拾东西和出远门，温晢本以为她会拒绝，没想到方潋反倒比他还积极。

“行啊，我们去南方吧。”方潋拿出手机，“我昨天刚刷到一个鹿城五天四夜游的攻略。”

鹿城是沿海城市，四季温暖，方潋和温晢都怕冷，不喜欢冬天，立刻就拍板决定了，不出半个小时连机票都订好了。

饭后方潋洗了一碗车厘子，颗颗饱满多汁，一箱花了她好几百，放平时她肯定不舍得买，但谁让温老师爱吃呢。

她盘腿坐到沙发上，看到温晢正在购物软件里挑选花衬衫，忍不住“扑哧”一声笑了出来。

“大哥。”方潋把一颗车厘子喂到他嘴边，“还有两个月才去海边呢。”

“我刚看了一个酒店，楼下就是海滩。”温晢把手机拿到两人中间，“你看，在阳台还能看日出。”

“日出免了吧，咱俩肯定起不来。”

“那看日落。”

“日落可以。”

温晢忽然笑了。

方潋蹙眉疑惑：“你笑什么？”

温晢说：“我们要一起出去玩了。”

“你小孩子啊你。”方潋咬住一颗车厘子。

接下来的一个月，家门口的快递就没停过。

温晢连拆了三个包装袋，里头都是方潋买的碎花连衣裙，某人还说他心急呢，自己也没好到哪里去。

不得不说，大年夜不用和一群不熟的亲戚坐在一桌吃饭确实很爽。

落地鹿城后，温晢的嘴角就没下来过。

连续几日都是大晴天，空气清新，气温宜人。

他和方潋都没看过大海，放好行李后两个人走到海滩边，温晢挺想朝着天空大喊一声，但又怕被方潋嘲笑是小孩子行为。

他强忍着心里的激动，却突然听到身边的人“啊！”了一声。

方潋张开双臂跑在沙滩上，回头对着温晢喊：“好开心啊！”

风吹乱她的头发，却掩藏不住她脸上明媚的笑容，阳光下她成为温皙眼里最耀眼的存在。

他展颜，笑着跑向方潋。

两个人旁若无人地相拥在一起，耳边都是彼此的心跳声。

“嘭、嘭、嘭……”

方潋抬起头，踮脚亲在温皙的唇角。

她很少主动，还是在公共场合，温皙有些受宠若惊，低头问：“怎么了？”

“谢谢你。”方潋在这一刻突然变得感性，太幸福的时候人反而会想落泪。

“谢我什么啊。”温皙更用力地搂紧她。

方潋小声告诉他：“我以前把周围的东西都抓得很紧，怕丢，但我现在可以放松下来，好好享受生活了。”

温皙亲亲她的额头，说：“你抓不抓住我我也不会跑，放心吧。”

“我抓住你。”方潋圈住他的腰，“我只抓住你。”

晚上温词打来视频电话，说：“早知道就让你们把温昱扬也带上了，他现在啊，狗都嫌的。”

方潋吃着鸡翅，在旁边小声嘀咕：“可别，我比狗还嫌。”

温皙使坏，立刻把手机举到她面前。

方潋瞬间变脸，笑着和温词打招呼说：“嗨，姐。”

温皙憋笑憋得肩膀直抖，方潋悄悄把手伸过来掐他腰。

“你们吃什么呢？”温词问。

方潋举起手里的全家桶，回答说：“肯德基。”

简骏宁说：“温皙你就带方潋吃这个啊？酒店没有海鲜大餐吗？”

方潋笑了笑：“我们就想吃这个。”

“嗯。”温皙咬了口蛋挞，附和道，“我们山猪吃不了细糠。”

方潋问：“扬扬呢？”

温词说："院子里放烟花去了，现在根本坐不住，皮死了。"

"给我给我。"秦昭接过手机，对着屏幕亲昵地喊，"潋潋。"

"妈。"

"在那边玩得开心吗？"

"开心。"

"那你们什么时候回来呀？"

"初六。"

秦昭说："爸爸给你准备好了红包，等回来了就赶紧来家里啊。"

方潋点点头："好。"

秦昭和方潋说了几句话，手机又重新回到温晢手上，他问："爸呢？"

秦昭切换后置镜头给他看："在那边喝酒呢，你要跟他说话吗？"

"不了，让他少喝点。"

小姑姑一家也在，电话那端很热闹，温晢提高音量说："你们新年快乐，吃好喝好。"

"哎，你跟潋潋也好好玩。"

电话挂断，方潋抽了张纸巾擦嘴，满足地说："饱了。"

温晢站起身看了看窗外，问她："要出去走走吗？"

"好啊。"

沙滩边有摊贩在卖烟花，温晢买了一包仙女棒和一个打火机。

这会儿天还没完全黑透，温晢一抬头，发现方潋拿着胶片机正对准自己。

他扬起嘴角笑了下："偷拍我啊？"

"这叫抓拍。"方潋说。

温晢把仙女棒和打火机递给她，接过她手里的胶片机："去玩吧。"

方潋点燃仙女棒，烟火映亮她的脸庞。

她笑起来，像个小孩似的，在星火燃烧那短暂的十几秒里飞快地挥舞手臂。

温皙眯着一只眼睛，拿起相机捕捉她的笑容。

仙女棒燃尽后，方溦跑过来，一脸期待地问温皙："有没有看到我刚刚写了什么？"

温皙蒙了，摇摇头，他刚刚只顾着看她了。

方溦生气地皱眉，拿起打火机说："再来一遍，你好好看。"

这次温皙全神贯注，看得很仔细。

"L-O-V-E-U"，还有一个爱心。

温皙低了下头，实在憋不住，"哧哧"地笑起来，说："'方溦溦'，你好土哦。"

方溦张牙舞爪地跑向他，威胁道："你再说一遍。"

温皙伸手抱住她："我说你好可爱。"

"你才土。"方溦气急败坏，"你以前可没少说土话做土事。"

"嗯嗯嗯。"温皙顺着她说，"是我把你带坏了。"

落日沉入海底，在满世界的喧闹中，温皙捧着方溦的脸，低头吻住她的双唇。

她没有躲，安静地闭上眼睛。海浪拍打着礁石，方溦攥着温皙的衬衫衣角，悄悄踮起脚尖。

"新年快乐。"温皙在她耳边说，"我也爱你。"

Quan qiu shengwen

番外三

又一年夏

市电视台最近开了一档新栏目，叫《行行出巾帼》，主要向大众介绍各行各业里的女性形象。

任瑜把这事告诉温誓，温誓又转达给方潋，说节目组想做一期关于她与木工这个职业的采访。

方潋从小到大连上台发言都打怵，更别提要坐在摄像机面前接受访谈，无论温誓怎么劝说，她都摇头拒绝。

节目编导是个年轻女孩，叫夏长嬴，后来她登门拜访，找方潋单独聊了聊，也不知道两个人都说了什么，方潋还真同意接这个活了。

为此温誓愤愤不平："我跟她说了那么多她都不肯，夏长嬴怎么做到的？"

任瑜耸肩："我哪知道，不过那丫头本来就很擅长蛊惑人心。"

温誓哼笑，问："所以把你的心也蛊去了？"

任瑜没说话。

几天后，夏长嬴带着工作人员到益木坊正式开始节目拍摄。

方潋还是恐惧镜头，一定要温誓站在对面，这样她一紧张眼睛乱瞟的时候就知道要往哪里看了。

记者："你是什么时候开始做木工的呢？"

方潋深呼吸一口气，回答说："我爷爷是木工，小时候会教我一些简单的木雕。其实我不能算木工，木雕也是半路出家的。我以前在药店上班，2020年的时候才正式接手这家店。"

记者："那是什么样的一个契机让你成为这家木工坊的老板呢？"

这些问题方潋都提前准备过，但真要从嘴里说出来她还是紧张。

温誓站在摄影师旁边，察觉到方潋看了过来，他笑着点点头，鼓励她继续说下去。

"这家店是我爷爷留给我的，他在我们这里是很有名的木工师傅，很多邻居家里的柜子都是他做的，元叔是他的徒弟，陈彻是元叔的徒弟，我希望以后也能一代代地传下去。”

记者：“你在视频网站有一个十万粉丝的账号，主要就是在里面分享自己做的小木雕吗？”

方溦点点头，笑了起来：“对，他们还挺爱看的，说削木头的过程很治愈，有的时候我也会做点钥匙扣什么的送给他们。”

看到她渐入佳境，温誓脸上尽是欣慰的笑，他举起手机打开摄像头，悄悄记录下这一刻的方溦。

采访结束后，接下来就该方溦带着记者参观益木坊了。

方溦一边往里走，一边向记者介绍说：“这边是我们常用的工具，这个架子也是我们自己量了尺寸、按照需求做的。”

记者却被旁边的照片墙吸引了注意，问：“这些都是你拍的吗？”

方溦回答说：“也不全是，也有一些是我老公拍的。”

记者说：“看来你们都很热爱生活，记录了那么多有意思的瞬间。”

“是啊。”方溦看了眼不远处的男人。

“你们这里很有温度。”

“我爷爷也这么说过，说木头是有温度的。”

“那你认同这话吗？”

方溦想了想，回答说：“我觉得有温度的是人，很多父母都会来我们店里定制婴儿床，还有一些会直接拿着木材来请教我们，说想自己做。其实这东西哪里都可以买到，但就是觉得手工做出来的更能承载感情。”

拍摄进行了一整个下午，宣布收工后，方溦“咕咚咕咚”猛灌了一大杯白开水。

夏长赢走过来，对她说：“辛苦啦！”

“你们也辛苦了。”方溦长叹一口气，“我今天终于可以安心睡个好觉了。”

夏长赢笑着说：“你表现得很好，差不多下个月就能看到成片，过两天可能我们还要再来补拍几个镜头。”

方溦点点头：“行，有事再联系。”

温晢给方溦捏了捏肩，毫无保留地夸道：“方溦同学你真的太厉害了，我太为你骄傲了！”

方溦活动着酸痛的脖子，伸开双臂像个软体动物一样挂到他身上，说：“累死我了。”

温晢低下头亲亲她的脑袋：“辛苦了。晚上想吃什么？”

“都行。”方溦嘟囔说，“但我现在好想吃棒冰啊，嗓子冒烟了。”

“好，等会儿就给你买。”

回家的路上，温晢耐不住好奇心，问方溦：“夏长赢到底怎么说动你的？口才比我还好？”

方溦咬了口手里的赤豆棒冰，说：“她跟我报了劳务费。”

温晢缓缓睁大眼睛：“所以你就见钱眼开了？咱家也不缺钱吧。”

方溦举起两人牵在一起的手，看着温晢无名指上的檀木戒指，说：“我想有空去给你换个带钻的。”

“怎么想着要换啊？”

“本来就是临时做来跟你求婚的，应该要换了。”

“但我就喜欢这个。”温晢放下手，继续往前走，“劳务费你自己收好，钱不够花就找我要。”

方溦“嘁”了一声，翘起嘴角：“那这个木头的也不能戴一辈子啊。”

“坏了你就给我重新做呗。你今天自己说的，手工做出来的更能承载感情，这里头都是你对我的爱，我可不摘。”

“行行行。”方溦妥协了，“温老师说得对。”

初夏夜晚的风也是温热的，冰凉甘甜的赤豆棒冰驱散了暑意。

方溦一手拿着棒冰，一手牵着温晢，这就是她眼下能获取到的最大的幸福，她都牢牢握在手里。

“你知道马上是什么日子了吗？”温晢突然出声问。

“知道啊。”方溦把最后一口冰含进嘴里，木棍抛进旁边的垃圾桶，“马上就在一起一周年了。”

温晢有些惊喜：“对，还以为你不会去记呢。”

“那这次你安排还是我安排？”方溦问。

“我吧。”温晢重新牵住她，真是一刻都舍不得松，“我们再过个浪漫的。”

“行。”

恋爱一周年纪念日的那一天，方溦早早从益木坊离开，拉着吴松月去购物中心逛街。她买了一条新裙子，剪了刘海，虽然温晢不想换戒指，但她还是想给他买点什么。

她和吴松月在商场一楼逛了一圈，最后买了一对情侣手链，两根手绳靠近时挂坠上的小人就会吸在一起，拼出一颗完整的爱心。

吴松月忍不住吐槽：“花个大几千就为了买这种小孩子情侣手链，真受不了你们。”

“怎么小孩子了？”方溦反驳道，“多有意思啊。”

回家的时候她还买了束花，路上温晢发来消息，说已经下班回家了，问她什么时候回来。她回了三个字和两个感叹号：马上到！！

为了留足惊喜，到了家门口方溦特地没用钥匙开门，她抬手按下门铃，飞快地整理了一下刘海。

听到门后的脚步声越来越近，方溦提起一口气。

“回来啦？”随着门缝逐渐拉大，一股熟悉的鲜香味一同飘了出来。

两个人看见彼此，表情都僵住了。

一些似曾相识的画面涌上头脑，方溦把手里的花砸在温晢怀里，怒道：“你玩我呢温晢？”

“我……”温晢哑口无言，他手里还拎着锅铲，反应过来又有些想笑，“今天打扮得那么漂亮啊？”他想伸手过来搂方溦，被她嫌弃地躲开。

“油。”

“哎哟。”温誓这才想起来锅里还烧着小龙虾，赶紧转身回厨房。

方潋脱下高跟鞋进屋，看见茶几上的啤酒和蛋糕，心里一时间五味杂陈。

她走进厨房，从温誓背后圈住他的腰。

“这里油。”温誓拍拍她的胳膊，“出去等我吧。”

“没事。”方潋不松手。

温誓翻炒着锅里的龙虾，说：“这个头大吧？我特地让菜市场的阿姨给我留着的。”

“闻着就香。”方潋说，“你说过个浪漫的，我还以为你要带我去什么高级餐厅呢。”

“我说的浪漫，前提是你喜欢、你舒服。”

方潋咬住下唇，嘴角向上扬：“你真好。”

“觉得我好啊？”温誓脑袋往后偏，“觉得我好就亲我一口。”

方潋二话不说，立刻踮脚亲上去。

温誓惊讶地瞪大眼睛，以前他用这招方潋从来不搭理他。

“干吗呀。”他自己反倒不好意思起来了。

“什么干吗呀？不是你让我亲你的吗？”方潋勾住他脖子，踮着脚还要凑上去。

“哎哎哎，小心锅。”这阵势太猛，温誓快招架不住了，求饶道，“宝宝你先出去，我马上做好。”

方潋噘了噘嘴，不情不愿道：“好吧。”

厨房里又只剩下他一个人，温誓拍了拍胸口平复呼吸。

怎么恋爱一年了反倒进入热恋状态了呢，他抽了张纸擦额头上的汗，想到什么又低下头弯唇笑起来。

他在想什么？

他在想，原来哥的好日子都在后头呢。

番外四

相遇之前

又到冬天了，空气变得湿冷，怀孕后秦昭每天都裹得厚厚的，身子越发笨重。

快要天黑，她收拾东西走出花店，远远看见有道熟悉的身影朝她走来。

秦昭站在台阶上，等着温澜生走过来，意外道：“你怎么过来了？”

温澜生接过她手里的包，把胳膊递给她：“今天下班早，顺路过来接你。”

秦昭笑着挽上去，指着巷子深处说：“那正好，你陪我去里面一趟。”

温澜生问：“去里面干什么？”

“杨姐和我说的，有个师傅手艺不错，我想找他定做一张婴儿床。”

“哦。”温澜生抓了下她的手，“冷不冷？”

“不冷，我比你还热乎些呢。”

秦昭想给他暖暖手，温澜生没让，让她把手插回兜里。

他陪着秦昭朝巷子里走去，那家木工坊没有门店招牌，两个人找了好一会儿才找到。

温澜生推开门，让秦昭先进去。

里头有两个男人在做工，秦昭看向年长一些的那位，问：“是方师傅吗？”

“对，要做什么？”

秦昭回答说：“床，婴儿床。”

“肃元。”木工师傅喊来自己的徒弟，“带他俩挑一下木材。”

“哎，来了。”年轻男人放下手里的木板，过来招待他俩。

秦昭不太懂这些，交给温澜生去沟通了。

她捧着纸杯，在面积不大的店铺里环顾一圈。

方师傅在凿木头，抬头看她一眼，问：“几个月了？”

秦昭回答说：“四个月。”

师傅叮嘱她：“你小心点，我这边地上乱。”

秦昭笑了笑："知道。"

"这种婴儿床最多睡个一两年，等孩子大了你可以让人再送过来，我给你们改成个其他的，书桌什么的，这样小孩长大了还能继续用。"

秦昭点点头："行，谢谢师傅。"

方师傅说："我儿子今年大学毕业，本来还等着他回来结婚，结果现在跑西北那边去了。"

秦昭安慰他："说不定在那儿找个儿媳妇给你带回来呢。"

方师傅笑起来："借你吉言啊，正好沾沾你们的喜气。"

温澜生付完定金，喊秦昭过去。

回家的路上，他对秦昭说："感觉做个床也不难，要不买点木头回来我自己来打？"

秦昭问他："公司那么忙，你有时间吗？"

温澜生想想也是，打消了这个念头。

秦昭说："我看方师傅手艺挺好的，以后家具就找他做吧。"

温澜生牵住妻子："听你的。"

换季天气多变，温晢这两天有些伤风咳嗽，吃了药也不见好转。

早上秦昭看他脸颊红扑扑的，担心是发烧了，赶紧带孩子去医院。

走廊里有不少家长带着小孩来看病，哭闹声不停。

出门前秦昭给温澜生打了电话，但他在开会抽不开身。

温晢趴在她怀里，没哭，安安静静地睡着觉，但秦昭又担心他是烧迷糊了。

一岁多的小孩抱在身上也很吃力，没一会儿秦昭就觉得右边胳膊麻了，想换只手，但一动儿子就醒了。

他倒是不常哭，但一哭起来就闭着眼睛不管天不管地地号，怎么哄都没用，估计这点是随了温澜生。

秦昭拍着温晢的背，看他还有力气哭那么大声，心放下一半。

过了会儿，护士终于叫到她的号。

“哪里不舒服？”年轻医生问。

秦昭抱着温晢在椅子上坐下：“感冒，今天早上看他有点发烧。”

“咳嗽吗？”

“咳的。”

医生拿了体温计出来，塞到小孩腋下让他夹好。

秦昭怕温晢乱动，想分散他的注意力，指着桌上的工牌教他认字：“方、好，这是方好医生。”

温晢跟着念，稚声稚气地喊：“好医生。”

秦昭纠正道：“是方医生。”

方医生过来拿温度计，笑着说：“也没喊错，是‘好医生’。”

秦昭反应过来，赶忙说：“对对对，好医生。”

“三十七度五，还行，不用挂水，开点药吃吧。”医生拿起笔在单子上写下一行字，叮嘱道，“回家拿湿毛巾给他敷一敷，最好不要焐，这个天稍微少穿两件没关系。”

秦昭边听边点头，离开之前对儿子说：“说‘谢谢医生’。”

怀里的温晢跟着念道：“谢医生。”

方医生笑弯眼睛，戳戳他肉嘟嘟的小脸：“不客气，小朋友。”

“这里就是南街，街上好几家店铺都是秦姨年轻的时候一点一点开起来的。”温词侧身向弟弟介绍说，“你来木樨州半年了，都没来这边玩过吧？”

少年点了点头，站在街头往里看去，这条路沿河而建，房屋白墙黑瓦，枯枝在寒风中摇晃。

“夏天的时候有集市，会热闹一点。”温词指着旁边的一家早餐店说，“这家生煎包很好吃的，你饿不饿？”

温晢不饿，但更不想扫兴，于是说：“有点。”

“那我们进去尝尝。”温词说。

这时，突然响起一声——

“哎，方潋！”

温晢转身转了一半，不知撞到个什么东西，只觉得手背上一凉。

他低下头，看见一支赤豆棒冰跌落在脚边。

“对不起对不起！”女生连连道歉。

温晢说：“没关系。”

女生摸了摸口袋，看向同行的朋友求助：“松月，你有餐巾纸吗？”

“有。”另一个女生从包里摸出手帕纸，递给温晢说，“不好意思啊，她走路不带眼睛。”

温晢摇摇头，还是说：“没关系。”

他摊开纸擦了下手背，温词问：“没事吧？”

两个女生逐渐走远，温晢收回目光，回答说：“没事。”

温词：“大冬天还吃冰啊。”

温晢弯了弯嘴角：“是啊，看得我也馋了。”

…………

吴松月：“你刚刚是不是故意的？”

方潋：“才没有，怪你不提醒我。”

“我提醒你了呀，但你已经往人家身上撞了。”吴松月挽着方潋的胳膊，悄咪咪地说，“他还挺帅的哎，应该是高中生吧？”

“应该是吧。”方潋慢下脚步，忍不住回头看了一眼。

吴松月拽她：“别看了，人家都进去了。”

“你饿不饿？”

“不饿啊。”

“我饿了。”方潋抓住吴松月的胳膊往回走，“我们去吃个点心吧。”

给方潋

For fanglian

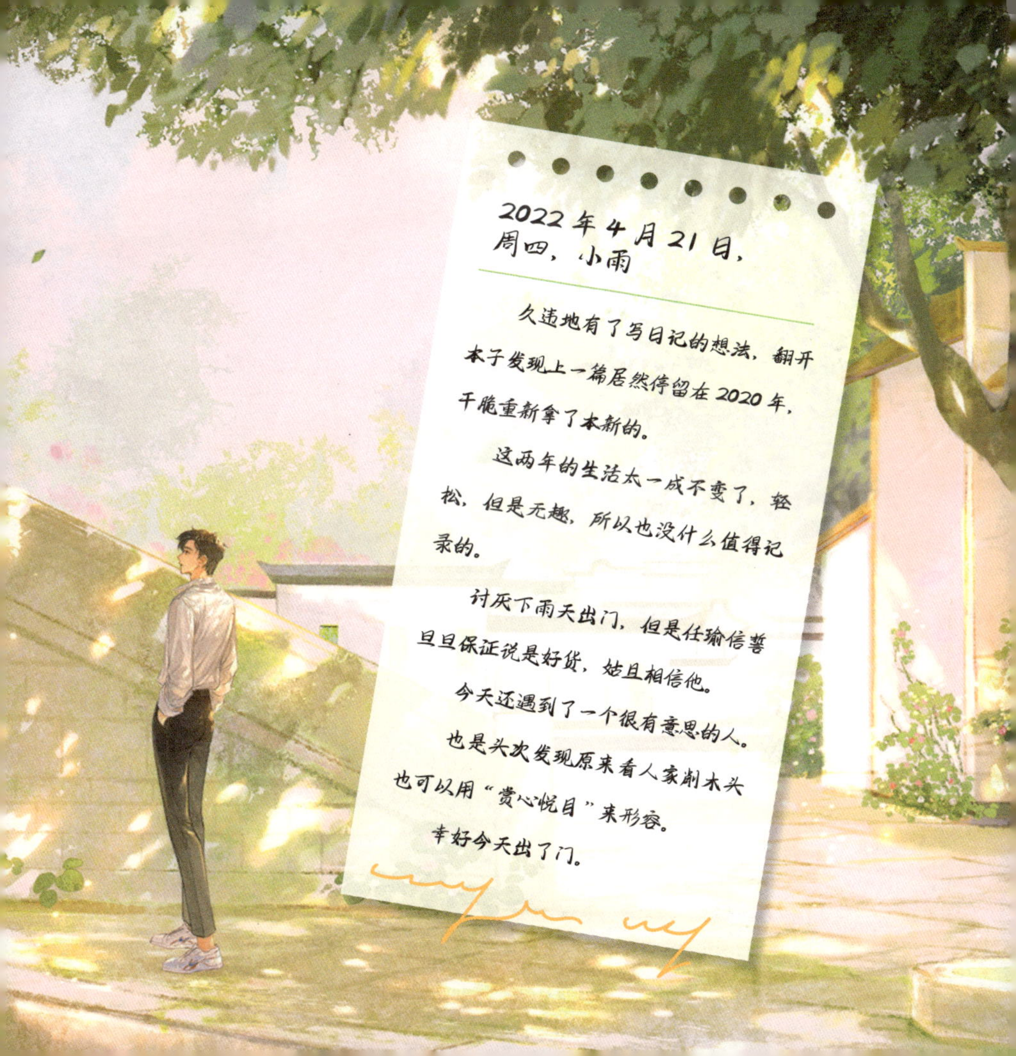
2022年4月21日，
周四，小雨
久违地有了写日记的想法，翻开本子发现上一篇居然停留在2020年，干脆重新拿了本新的。
这两年的生活太一成不变了，轻松，但是无趣，所以也没什么值得记录的。
讨厌下雨天出门，但是任瑜信誓旦旦保证说是好货，姑且相信他。
今天还遇到了一个很有意思的人。
也是头次发现原来看人家削木头也可以用“赏心悦目”来形容。
幸好今天出了门。

2022 年 5 月 7 日，周六，多云

今天和她意外相遇在木樨路，她手里拿着相机，第一眼我以为是哪个摄影师。

她好像一直给我这样的感觉，安静又自由，说不出来，认识她的人就会懂。

她请我喝了一杯饮料，我陪她沿着河岸走走。

今天她对我说了一句话，“我不从别人嘴里认识一个人”。

哇，怎么没有早点遇到她。

想起刚来这儿的时候，明明没有一个人认识我，但谁又都可以谈论我。

可能就是那一刻，我很确定，我一定会爱上这个人。

COFFEE
XIATIAN
YUJIAN

2022年10月7日，周五，晴

我不太敢告诉她，其实从很早以前开始我比任何人都更向往婚姻或者是组建家庭这件事。

从南蝉州到木樨州，从杨柳巷到听河路，我总是被迫放到哪儿待在哪儿，好像从未真正拥有过一个家。

这次回南蝉州前，我自认从来不把木樨州视作家乡，可走在路上扑面而来的陌生感又让我害怕。

我到底属于哪里呢？

昨天晚上看着喝醉酒的她，我想那就把这个地方先定义为“她的身边”吧。

虽然她提起那些事的时候总是很平静，但我知道父母的缺失还是给她留下了很大的创伤。

在结婚这件事上她比我慎重，也比我害怕。

我是幸运的，我有失而复得的父母，也许正是因为这样让我更想补全她所缺失的那部分爱。

我知道，有时我心疼她也是在心疼过去的自己，我想治愈她也是想治愈我自己，在这点上面我存有私心。

而我自认为要给她的安全感，其实是在向她讨要。

事实上，她比我勇敢也比我强大。

Sunny

GLOBAL ———————————— WARMING

For fangllian

a surprise day

blooming flowers

M I N G

good day

flowers

S H A N G X I N

Y U E M U

blooming flowers

Sunny

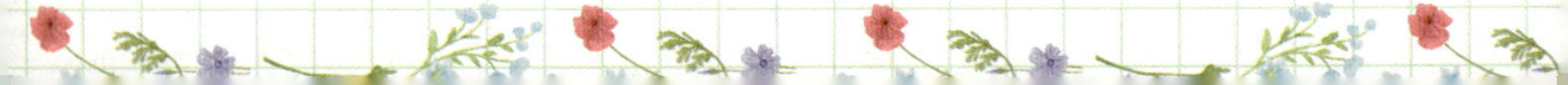

For fangllian

a surprise day

blooming flowers

M I N G

good day

flowers

SHANGXIN

YUEMU

blooming flowers

Sunny